片恋ロマンティック

間之あまの

幻冬舎ルチル文庫

CONTENTS ✦目次✦

片恋ロマンティック

✦イラスト・高星麻子

✦カバーデザイン＝小菅ひとみ（Coco.Design）
✦ブックデザイン＝まるか工房

片恋ロマンティック

【1】

アパレルメーカー『Sprince《スプリンセ》』のエレベーターには、色気がある。

なんて言うと無機物に異常な愛情を持つヘンタイと思われかねないけれど、椎名羽汐《しいなうしお》は勤め先のエレベーターのことを常々そう思っている。

ちなみに決してヘンタイではない。デザイン画から型紙を起こすパタンナーは一種の『職人』だから、独特の感性を持つ人の多いファッション業界内においてはむしろ常識的な方だと自負している。……常識的な人間はエレベーターに色気があるなどと思わないらしいけれど、それはそれだ。

通常、オフィスビルのエレベーターといえばシンプルな四角い箱、なめらかに扉が開閉し、速やかに上階と下階を繋《つな》ぐもの。しかし、フランスの古い邸宅を丸ごとはるばる移築したというこの会社のエレベーターは、金色の鳥籠《とりかご》を髣髴《ほうふつ》とさせる昔ながらのヨーロピアンスタイル。二重になっている扉は自動で動くものの若干時間がかかるし、五人も乗ればいっぱいの狭さ、しかも移動時にはちょっと揺れる。

けれど、美しい。

近くで見ると繊細な模様を彫り込まれている渋い金色の格子《こうし》も、突き当たりに設置されている鏡の象嵌《ぞうがん》細工の枠も、白い大理石の床も、中央にライトを埋め込まれた天井のメダリオンも、すべてがオフィス用としては無駄に贅沢《ぜいたく》で、凝っている。

本当の意味で色気のあるものというのは、美しさを備えているものだ。言い換えれば、美しいものは大抵そこはかとない色気をはらむ。

そして美しさとは往々にして、無駄な部分にこそある。ファッションひとつ取っても、刺繍《ししゅう》やスタッズ、飾りボタン、ステッチ、レースやフリル、ちょっとしたギャザー、布地の柄、ダメージ加工など、なくても衣類自体は成り立つ、必要のない部分こそがその服を魅力的ならしめているのは明らかだ。

もちろん世の中には『機能美』というものもある。けれども、シンプルさも行き過ぎれば味気ない。装飾が過多になれば悪趣味なのと同じきわどさがあるのだ。

ゆったりしているものには、優雅さがある。

そして優雅で美しいものには、色気がある。

（でも、急いでいる時はちょっといらいらするんだよなー……）

ホールで上階から降りてくるエレベーターを待ちながら、椎名は黒いブーツの右足から左足へと重心を移した。

これで四回目。色気のない普通のオフィスエレベーターなら、とっくに一階に着いているころだ。

(今日はあいつが帰ってくるから、早いとこうちに帰っていろいろ準備しときたいんだけど……)

椎名の脳裏に、帰宅を急ぐ原因となっている幼馴染《おさななじ》みの姿が浮かぶ。

黒い大きなソファに横向きに寝そべって、気《け》だるげに、なおかつどこか挑発的に、真っ黒な長めの前髪越しにこちらを紫水晶《アメジスト》色の瞳で見つめているノーブルな美貌《びぼう》。しなやかに鍛え上げられた長身に纏《まと》っているのは艶《つや》のある黒いシャツと長い脚を際立たせる細身のパンツ、それから銀色に輝く腕時計。

一カ月近く会っていないのに瞬時に細部まで思い描けるのは、毎日その姿を目にしているからだ。通勤に利用している駅のいちばん目立つところに、さっき思い描いた通りの巨大な広告が高級時計のブランドから出されている。

世界四大コレクションの常連で、名だたるハイメゾンからのオファーが引きも切らない世界が認める男性トップモデルのＣｌａｎ《クラン》こと、四條琥藍《しじょうくらん》。

彼こそが、久しぶりに帰国する椎名の幼馴染みだ。

生まれながらにあらゆるものに恵まれすぎた幼馴染みは、本人無自覚で優雅に傲慢《ごうまん》、そしてひそやかに繊細だ。久々の帰宅にもかかわらず友人の椎名が彼の家で出迎えてやらなかったら、静かに不機嫌で面倒な男になるのは目に見えている。

（……まあ、そういうとこも嫌いじゃないんだけどさ。普段はやたらと超然としているくせに、黙って聞き分けのない子どもみたいになんのとかおもしろいし）

本人が聞いたら嫌そうに眉《まゆ》をひそめること請け合いなことを思う椎名は、小学校入学時に名簿順で前後に並んだ時から誰よりも琥藍の近くにいる。というか、椎名以外は誰も琥藍に近付けなかったと言った方が正しい。

幼いころからつくりものめいて整った美貌の持ち主だった琥藍は、性格的にも年相応というものからかけ離れていた。どこか達観した風に美しくも冷めた目をしていた子どもは周りと馴染まず、本人にも馴染む気がないようだった。

が、そんな琥藍がおもしろくて、椎名は透明なバリアのようなものを気にせずに踏み込んでいって、勝手に側《そば》にいた。最初は迷惑そうにしていた琥藍が椎名の存在を認めて、受け入れてくれたのを感じた時は、なかなか懐《なつ》かない野生の黒豹《くろひょう》のテリトリーに入れてもらった気がして嬉《うれ》しかったものだ。

そうして始まった付き合いも、もうすぐ二十年。

海外を中心に仕事をしている琥藍とは疎遠《そえん》になってもおかしくないのに、仕事上の繋がりもあって今のところ全然疎遠になる気配がない。というか、仕事上の繋がり自体が友人関係を続けていたからこそできたものだった。

（その仕事のためにも、琥藍を不機嫌にしないですむように早く帰りたいんだけどなー……）

ため息混じりに五回目の重心移動を終えたところで、ようやくエレベーターが降りてきた。

格子扉ごしに、先客と目が合う。

にこ、と相手が控えめな笑みを見せた。繊細な雰囲気を持つ童顔の同僚は、スプリンセのテキスタイルデザイナーの柚月《ゆづき》だ。ちなみに同い年、見えないけれど二十六歳。男なのにもかかわらず、金色の格子のストライプの向こうにいるとオフホワイトのコートの無垢《むく》さもあって囚《とら》われの姫君のように見える。

「椎名、もう帰り？　早いね」

柚月は声も口調もやわらかい。彼の得意とする水彩画風の布の印象そのままだ。

「たまにはな。柚月は？」

「僕はこれから印刷所さんのとこ。インクジェットで試しにプリントした布の確認と、カラーの微調整に立ち会おうと思って」

「じゃあ駅まで一緒だな」

ゆっくりと二重扉が開くのを待ちかねるようにして乗り込み、即座に『閉』ボタンを押す。けれど、扉は途中で開くのをやめるような無粋《ぶすい》な真似はせずに一旦全開になり、それからようやく閉まり始めた。いまさらだけど、優雅にトロい。

下に向かい始めたところで、柚月が大きな瞳でまじまじと椎名を見つめてきた。

「どした？」

「それ、インディゴのコートだよね？　今シーズンの新作」

「あたり」

社員価格で今シーズン入手したばかりのダークグレーのコートは、『indigo《インディゴ》』というメンズラインのものだ。

そのコンセプトは「使いやすい、けれども凡庸《ぼんよう》ではない」。

正統派のデザインを踏襲《とうしゅう》しながら、全体にタイトなシルエットで洒脱《しゃだつ》さを、ディティールへのこだわりで遊びと色気を持たせている人気のラインだ。椎名が着用中のものも、一見スタンダードなダブルボタンの襟《えり》付きコートに見せかけておいて、明度と彩度を合わせたネイビーのトリミング、ループ式のボタンなど、随所にこだわりの細工が施《ほどこ》されている。

「椎名は本当にインディゴの服が似合うよね。社長から専属のモデルもやってみないかって言われてるんでしょう」

「本気のわけないじゃん。俺みたいなごくフツーの身長だとモデルとして映えないし」

「でも、椎名は頭が小さくて全体のバランスがいいし、美人じゃない」

「……ま、そういうことにしとこうかな」

男相手に真顔で「美人」なんて言ってのける同僚に苦笑が漏れるけれど、せっかくの褒め言葉、反論せずに遠慮なく頂戴《ちょうだい》しておく。

実のところ、柚月の表現はあながち間違っていない。

椎名は美人顔だ。特に少し目尻《めじり》の上がった瞳が特徴的で、本人としては勝ち気な性格が表れていると思っているのだけれど、周りに言わせれば何気ない流し目が色っぽいらしい。

揺れやすい古風な乗り物の中で、同乗者が慎重に椎名の背後へと移動してきた。

「何？」

「後ろからも見てみたくて」

こういうのは一種の職業病だろう。椎名も時々、街行く人の服をじろじろと見てしまいそうになる。

じっくり見られて困るような服は着ないし、作らない主義だ。「存分に見るがいいさ」と笑って背中を向けてやると、背後で柚月が感心したような吐息をついた。

「やっぱりインディゴはシルエットが綺麗《きれい》だよねえ。インディゴの服って、上品なのになんか色っぽいんだよね。そのコートは特に、背中から腰にかけてのラインが秀逸《しゅういつ》」

「お、さすがは柚月、お目が高い」

思わず顔がほころんでしまったけれど、それも当然。インディゴの型紙――いわゆるパターンを起こすのは、椎名が一手に引き受けているのだ。

デザイナーの生み出したデザイン画を元に、見えない部分を補《おぎな》って、着心地まで想像して脳内で立体化し、それをさらにパーツに分けて平面図に変換するのがパタンナーの仕事だ。デザイナーがイメージしていた通りに服を現実化できるかどうかは、パタンナーのセンスと腕次第と言える。

「俺もこのラインを出せるように、かなりこだわって計算したんだよね」

「椎名って天才」

「それほどでも」

「……謙遜《けんそん》してるはずなのに、椎名が言うとそんな感じがしないのは何でだろう」

噴き出す柚月を肩越しに振り返って、無言でにやりと笑ってみせたところで一階に着いた。

優美な鳥籠のような乗り物から降りて、エントランスに向かう。

今は閉じている大きなバーガンディ色の両開きのドアは、中央がガラス張りになっていて一月末の街並みが向こうに見える。空は薄い灰色の雲に覆われていて、かなり寒そうだ。

「一月は新春とかいって暦《こよみ》の上では春なのに、この寒さは春じゃないよね」

社外に出るなりの寒風《かんぷう》に小柄な体をより小さくした柚月の言葉に、椎名はマフラーを巻き直しつつ笑う。

「いや、あったかいんじゃないの？　北極とかに比べたら」

「比較対象がグローバルすぎるよ」

「要は気の持ちようってこと。ほら、さくさく歩け」

今にもその場にしゃがみこんで丸まってしまいそうな柚月を促して、駅へと歩き出す。

しばらくして、柚月が聞いてきた。

「椎名、なんか急いでる？」

「え？」

「歩くの、早い気がする」

そんなつもりはなかったけれど、確かにいつもより大股《おおまた》だったかもしれない。柚月も自分も若干呼吸が上がっているし、そういえば話もしていなかった。

歩くペースを少し落として、椎名は片手で拝む真似をして謝る。

「悪い、無意識」

「これから何かあるの？」

「実はインディゴのデザイナーが帰国するから、これから土曜まで俺が付きっきりでデザインをもらう予定なんだよ。面倒くさい人だから、遅れたくないって思ってたせいかも」

「土曜までって……今日火曜だよ？」

「知ってる」

苦笑して頷《うなず》く椎名に、柚月は目を丸くする。

「噂《うわさ》には聞いていたけど、本当にインディゴのデザイナーさんって椎名を家に呼び付けてデザインしてるんだねえ。……あ、だから椎名にあれだけ似合うの？　プレタポルテの形を借りたオートクチュールみたいな」

今度は椎名が目を丸くする番だ。

「それ、おもしろい発想だなー。インディゴのデザイナーが、俺のために服作ってくれてるってことだよな？　しかもオリジナル一点ものじゃなくて、わざわざ大勢の人とお揃《そろ》いになるようにして」

「あ、そっか。なんか変だね」

「うん、すごい変。ついでに言えば、俺のためにデザインしているなんていう事実はどこにもない」

ドリーミーな発想をする柚月にありのままの現実を告げると、どこか納得いかないような顔で眉根《まゆね》を寄せる。

「じゃあ、どうして椎名を家に呼ぶんだろう」

「めちゃくちゃ忙しい人だから。そんで、名前も顔も出したくない人だから。俺がその場でデザイン画を見て、パターンを作る時に疑問に思いそうなところとか直接聞くようになってんの」

「合理的と言えば合理的だけど……ものすごくイレギュラーだよね。そもそもインディゴのデザイナーさんって、何で匿名《とくめい》なの？」

柚月の疑問はもっともだ。せっかくのデザインに自分の名前を一切出さないなんて、最終的に自分のブランドを持つことを目標としているはずのデザイナーとしては異例中の異例、ありえないやり方だ。

けれどもインディゴのデザイナーはそうしている。なぜなら本業が別にあるし、元々デザイナーになる気がなかったから。

なる気がないのにデザイナーになった経緯も、才能があるのにどうして本気でデザイナーを目指す気がないのかも、椎名は知っている。

インディゴのデザイナーは椎名が昔からよく知る人物——本業のモデルだけで十分に忙しい、幼馴染みだから。

琥藍がデザインしていることが世に知られれば、インディゴの服は間違いなくもっと売れる。けれど、琥藍はそうされることを徹底的に拒んでいる。もし彼がデザイナーであると漏れた場合は、インディゴのデザインは二度としないと宣言しているくらいだ。

そのあたりはいろいろあるのだけれど、匿名でデザイナーをしている理由を端的にまとめると、こうなる。

「家庭と本人の事情が複雑なやつだから」

「ふうん、なんだか難しそうな人だね」

「いや、おもしろいやつだよ」

ふ、と表情を和《やわ》らげた椎名に、柚月が目を瞬《しばたた》く。

「仲よさそうだね」

「まあな」

「椎名だけはプライベートにまで踏み込ませてるってことは、もしかして恋人？」

「違う。実はそいつ、俺の幼馴染みなんだよ」

答えながらコートのポケットから定期入れを出す。もうすぐ駅だ。

「椎名、また歩くの早くなってるよ」

「あ、悪い」

「いいけどね。早く会いたいんだろうし」

どこか笑みを含んだ指摘に、ドキリとする。けれど、表情には出さない。

「べつにそういうわけじゃないけどな」

「ふうん」

目が笑っている。おっとりして見えるものの、自然をモティーフに繊細なテキスタイルを生み出す柚月の観察眼は侮《あなど》れない。何か感づかれたっぽい気がする。

「じゃ、また来週な」

片手を挙げてそそくさと階段の方へ向かうと、柚月が笑って手を振った。

「うん、またね。椎名のデザイナーさんによろしく」

明らかに恋人だと思っているニュアンスだ。顔をしかめて振り返る。

「幼馴染みって言っただろ」

「幼馴染みの恋人とかっていいよね」

「だから違うって」

にこにこ顔の同僚に聞く耳はないらしい。

「ただの幼馴染みだからな」

一応最後の念押しをして、きびすを返す。背後から「わかってるよー」と笑い声が返ってきた。いったい何がわかったのやら。

階段を上がりつつ、椎名は小さく吐息をついた。

(幼馴染みの恋人、かあ……)

離れていても相手のことを忘れないで、スケジュールが合えば短い時間でも会って。琥藍との関係は、そう呼べるだろうか。……たぶん、近いものではあると思う。

だけど、決定的なものが欠けている。

「……そんなロマンティックな関係じゃないもんな」

吐息混じりの呟《つぶや》きは簡単に駅の喧騒《けんそう》に紛れ、椎名自身も何も呟かなかったかのような顔で予定通りの電車に乗り込んだ。

インディゴのデザイナー氏は帰国している間は椎名を側に置きたがるから、その間はまるまる彼のところにいることになる。今回は四泊五日。

会社には『インディゴ業務に伴う在宅勤務届け』を出してあるし、毎回恒例だから同僚も椎名も慣れたものだ。仕事はきっちり終わらせてきた。

「傷《いた》むものはなかったよなー」

呟きつつ、一人暮らしをしている賃貸マンションのわりと広い１ＤＫ、そのキッチンに置いてある冷蔵庫を開けて中身をチェックする。

普段からあまり料理はしないから大したものは入ってないし、生鮮食品は使い切ってある。朝食用の食パンも冷凍したから大丈夫。

キッチン周りのチェックを終えて寝室兼リビングに戻った椎名は、クロゼットから大きめのバッグを引っ張り出した。そんなに必要ないといえばないのだけれど、一応着替えとして下着やらシャツやらを適当に放り込み、ものの数分で宿泊支度を整える。ざっと掃除機をかけて、ゴミをまとめた。

いつもの不在前ルーティンを終えて時計を見ると、琥藍のマンションに向かう予定時刻まであと三十分ほどだ。

「そろそろ風呂に入っとくか」

今から洗濯機を回して乾燥コースにしておけば、洗濯物もバッチリだ。我ながら素晴らしい段取りのよさ。

「……意外と、風呂での準備がアレなんだけどなー……」

全裸になってシャワーの下に立った椎名は、はあ、とため息をつく。

「ま、準備しとかないとお互い大変だしな。あいつがいる時しかあんなとこ弄《いじ》んないから、一カ月ぶりじゃ時間かかるだろうし」

割り切った口調で自分に言い聞かせて、体を洗い始めた。

いつも以上に全身ピカピカになった椎名が最後にやるべきことは、幼馴染み兼友人に抱かれる準備だけだ。

高校生のころから、椎名は琥藍に抱かれている。べつに恋人同士というわけではない。

きっかけは、琥藍から。

便乗《びんじょう》したのは椎名。

体の関係を持つようになったからといって、二人の関係は何も変わらない。幼馴染みで、友達で、琥藍のいちばん近くにいるのが椎名。ただそれだけ。

変わらないというより、変えられないという方が正しいかもしれない。

(あいつ、恋愛感情が欠落してるからなあ……)

椎名の唇に、諦《あきら》めを滲《にじ》ませた苦笑が浮かぶ。

(まあ、それでもいいって思ってるから抱かれてるんだけど)

友人関係として普通じゃないのも、常識的な人からは眉をひそめられる行為なのもわかっている。

だけど、椎名は琥藍を拒めない。相手に恋愛感情が欠落しているからといって、こっちも同様なわけじゃない。琥藍を好きだったからこそ、椎名は抱かれる立場になることを受け入れた。

伝える気は毛頭ない。玉砕《ぎょくさい》するのはわかっているから。それに、琥藍にうとまれたり憐《あわ》れまれたりしたら、もう側にいられなくなる。

そうやって関係を続けているうちに、あっという間に十年だ。

不毛。だけどやめられない。

少なくとも、自分からは。

「……仕方ないよなあ、惚《ほ》れた方が負けって言うし」

苦笑混じりに呟いて、慣れてもいまだに微妙な抵抗感の残る『準備』にかかった。

抱かれるための準備を自分でするのが嫌だというわけじゃないし、こんなの恥ずかしくて無理なんて思うほど純情可憐《かれん》でもない。誰に見せるわけでなし。

ただ、身も心も高まっている時はともかく、平常心であらぬところに指を入れてもべつに気持ちがいいわけじゃない。さらに言えば、冷静に自分の姿を思い浮かべてしまうと一気にいろんなものが萎《な》える。このバスルームに鏡がないのは幸いだ。

「ん……」

後ろへの異物感をごまかすために前も同時に弄りながら、ゆっくりとそこをほぐしてゆく。バスルームの壁に寄り掛かって、自分の声を聞かなくていいように、それから水気を与えるために腰の上あたりにぬるめのシャワーが当たるようにして、できるだけ全身の力を抜いて琥藍のことを思い浮かべる。

自分を抱いている時の、熱をはらんだアメジスト色の瞳を思い出すと、異物感がだんだん楽になってくる。頃合いを見計らって、指を増やす。

世界で通用するトップモデルである琥藍は、日本人離れした体格の持ち主だ。スタイル抜群の長身は余裕で百九十を超えていて、どこを取ってもサイズが大きい。当然、椎名の中に入ってくるものも、ちょっとぎょっとするくらいの質量がある。

（……よく、あんなのが入るよなあ）

我ながら感心するけれど、ただ入るだけでなくものすごく気持ちよくなってしまうのだから、人体というのは不思議だ。

（入ってんのが自分の指だと、そんな快《よ》くないのに……）

同じ指でも琥藍のだと違うのだから、気持ちの問題もあるのかもしれない。自分でほぐす時は、どうしても冷めた目をした椎名が心のどこかにいる。

だからこそ椎名は、琥藍がいる時しか後ろは弄らない。とはいえ、十年に渡って琥藍に抱かれている間に、困ったことに前だけではイけなくなってしまった。おかげで琥藍がいない間は禁欲生活だ。そのせいで、間が空くと毎回元に戻ってしまうから『準備』が必要になるというスパイラルなのだけれど。

「ん……はぁ……」

そろそろ、適度にやわらかくなった感じだ。すぐに琥藍を受け入れられるほどではないけれど、ことに及ぶにあたっての時間短縮には十分だろう。このまま自分を高めて出すのは嫌なので、準備はこのくらいにして切り上げることにする。

指を抜こうとしたところで、突然ガラリと浴室のドアが開いた。気温の低い脱衣場の方に白い湯気が一気に流れ出してゆく。

ぎょっとして固まっている目に映ったのは、舞台効果のような淡いスモークの中に立つ、黒いロングコート姿のエレガントな長身だ。地上に降り立ったばかりの堕天使のような美貌の男、その深い紫色の瞳と目が合って、ようやく椎名は我に返る。

「ちょ……っ、琥藍！　勝手に開けんな！　つうか、予定より早いよな⁉」

見られた場面が場面だけに真っ赤になって怒鳴ると、コートを脱ぎながら落ち着き払った低音が返される。

「一つ早い飛行機に乗れた」

「そういう時は乗る前に連絡しろよ」

こっそり指を抜きつつ、怒った口調で声の乱れをごまかす。けれど、遠慮のない視線からしてぜんぶしっかり見られているに違いない。

シャワーを浴びなおすふりで何気なく背中を向けて、しかめ面《つら》で注意した。

「じろじろ見てるなよ」

「何で」

悪びれもしない。恋愛感情のみならず、たぶん琥藍は恵まれすぎた部分を差し引く形でいろいろ欠落している。主にデリカシー。

「ていうか、連絡！」

「どうせイノサンがメールしてるだろう」

ストールを外しながら淡々と返された。

フランス人名にもあるイノサンという呼び名は通称で、本名は猪俣《いのまた》さん、琥藍のマネージャー氏だ。金髪メッシュの入った髪をポニーテールにしているごつい大男の彼は、見た目は強面《こわもて》なのに喋《しゃべ》り口調は「おネエさん」で、琥藍のそっけなさを補って余りある朗《ほが》らかで超有能な人物。

琥藍がモデルを始めたころからマネージャーをしている彼とは椎名も懇意《こんい》にしているし、帰国中の琥藍がインディゴのデザイナーとしての権限をフル活用してパタンナーを独占していることはイノサンも知っている。ほぼ百パーセント、琥藍の急な予定変更を知らせるメールを送ってくれているだろう。

肩をすくめて白状した。

「あー、バタバタしてたから見てなかった」

「じゃあ意味ないな」

言いながら、ニットと重ねたままでカットソーを脱いで、琥藍は見事に鍛えられた上半身をあらわにした。さっきから着々と彼は脱いでいっているのだけれど、ここで着替えるとかそういうのではないだろう。

無駄な気はするけれど、一応聞いてみる。

「ここですんの？」

「駄目か」

腕時計が外された。たぶん、値段を聞いたらそんな無造作《むぞうさ》に扱うなと叱《しか》ってやりたくなるような品に違いない。だからあえてそのあたりはツッコミを入れずに、目下の問題点を口にする。

「うち、お前んちと違って壁薄いんだけど」

「俺は気にしない」

「俺が気にするんだよ。もう出られるし、お前んちまで待てないか？」

ウエストのベルトにかけていた手を止めて、琥藍がアメジスト色の瞳でじっと見つめてきた。完璧に整った唇がゆっくりと開いて、低く告げられる。

「待てない」

ずん、と腰の奥に響いた。好きな相手に切羽詰《せっぱつ》まったような声で求められて、嬉しくないわけがない。

とはいえ、喜んで両手を広げて迎え入れるようなキャラじゃないし、そんなスウィートな関係でもない。椎名はわざと混ぜ返す。

「待つ気がないの間違いじゃないの？」

「いや、待てない」

冗談めかそうとする椎名の口調には構わずきっぱり言い切って、琥藍が完全に前をくつろげた。存在感たっぷりなものの状態に気付いて、ごくり、と喉《のど》が鳴る。

「……何で、もうそんななってんの」

「指を入れてる椎名の姿が、後ろで自慰してるみたいで煽《あお》られた」

「な……っ」

「すぐできるように準備してたんだろ。だったら焦《じ》らすなよ」

尊大に言い放つ男には、デリカシーのみならず可愛《かわい》げもない。そのくせ、強い視線も低い声もこっちを押し切ってしまうのに十分な熱があって、口先での抵抗を奪い取る。

ていうか、こっちも長い禁欲生活だったのだ。早く目の前の男が欲しいに決まってる。だからこそ準備していたと言ってもいい。

はあ、と自分への呆《あき》れと、抵抗を諦めたのがないまぜになったため息が零《こぼ》れた。

「……声、あんま出させるなよ」

「俺に言われてもな。いい声で鳴くのは椎名の方だ」

言外の受容に失礼な返事をして、堂々たる全裸になった琥藍がバスルームに入ってくる。伸びてきた腕に抱き寄せられながらも、椎名は忠告した。

「俺の弱いとこばっか狙《ねら》うなって言ってんの」

「気を付ける」

本当かよ、と思ったものの、見飽きることのない美貌が近付いてくると、久しぶりに帰ってきた目の前の男のことしか考えられなくなる。

琥藍はとにかく綺麗な顔をしている。

東洋と西洋が絶妙に入り混じっていて、独特の雰囲気がある。綺麗な切れ長の瞳に高い鼻《び》梁《りょう》、上品なのに肉感的な唇。美しいアメジスト色の瞳も含めて、完璧な美貌はノーブルとしか言いようがなく、男の欲なんて感じさせないくらいだ。その実、琥藍の抱き方はエロティックで濃厚なのだけれど。

ずっと見ていたい美貌が近付きすぎて焦点を結ばなくなってから、椎名は瞳を閉じた。ほどよく厚みのある、完璧に整った唇が自分のシャワーに濡《ぬ》れていた唇に重なるのを感じる。無意識に薄く開いていた間から、すぐにぬるりと舌が入り込んできた。

琥藍はキスが上手《うま》い。お互いの無防備な粘膜を深く交わらせるこの行為は、立派な性行為だと思い知らされるようなキスをする。

「ん……ふ、……はぁ……っ」

口内を犯されているだけで一気に体温が上がり、視界が潤んだ。いつの間にかバスタブに腰かけた琥藍の腰をまたがされていたけれど、気にする余裕もなく濃密なキスの快楽に酔わされる。

呼吸が苦しい。

久しぶりの彼との触れ合いで胸を満たす気持ちのせいもあるけれど、それ以上に貪《むさぼ》るようなキスで上手く息継ぎができないのと、逞《たくま》しくて長い腕が一ミリの隙間《すきま》も許さないというようにきつく体に巻き付いているのが原因だ。

苦しいのに、気持ちいい。ぴったりと重なっている濡れた肌の感度がどんどん上がっていって、お互いのわずかな身じろぎで擦《こす》れるだけでも甘く痺《しび》れる。

「んっ、ん……ッ」

大きな片手でお尻を包み込んで引き寄せられたと思ったら、ぐり、と琥藍の熱で椎名自身を嬲《なぶ》られた。すでに熱を溜《た》めていた場所を擦り合わせるように刺激されて、あっという間に張りつめる。

「う、あっ、待て、琥藍……っ」

「待てないって言った」

長めの黒髪がかかる琥藍の首筋に顔を埋《うず》めるようにしてキスから逃げたのに、そのせいで滴《したた》るような色気をはらんだ低音を耳に直接囁《ささや》き込まれる羽目になって、いっそうぞくぞくする。

乱れがちな呼吸をなんとか落ち着かせてから、椎名はちらりと琥藍に目を向けた。

「お前、このまま俺に挿《い》れる気だろう」

「ああ」

当たり前のことを聞くな、とでも言いたげだ。ため息をついて上体を起こす。

「久々だし、たぶんまだ俺がキツい」

「さっき慣らしてただろう」

「お前、自分のサイズわかってるか？」

触れ合っているお互いの熱を目線で指してやると、琥藍が納得したように呟いた。

「ああ……、椎名は小さいからな」

「俺は普通だ」

いろんな意味で。身長は平均だし、アレもお尻も決して小さいわけじゃないと思う。同じくらいの身長の人と比べたことがないからわからないけど。

「とりあえず、まだ無理。もうちょっと慣らさないと」

「わかった」

「……わかったって、何でお前、完全に待つ体勢なの」

琥藍の両手が自分の腰に回された状態で組まれたのを感じて当然の疑問を呈すると、やつは端整な顔でとんでもないことをのたまう。

「椎名が自分で慣らしてる方が、見てて興奮する」

「お前なあ……」

「俺がしてやった方がいいのか？　多少性急になってもいいならしてやる」

はあ、とため息が出た。そう言われて「うん、お願い」なんて可愛く言うようなタイプなら、事前に自分で慣らすこと自体しない。だいたい、琥藍が見たいのなら見せてやってもいいような気がしてしまう。本当はあんな姿、見られたくないのに。

（俺は琥藍に甘すぎるんだよな……）

わかっていても、惚れている身は弱い。せいぜい何でもないようなふりをするのが椎名なりの強がりだ。

「べつにいいよ、自分でするし。その代わり、わざわざ見やすいようにはしないからな」

「ああ」

好きな男の腰をまたいで膝《ひざ》の上に抱かれた状態で、自ら受け入れの準備をする。可愛げのかけらもないな、と思いながら二本の指を舐《な》めて唾液《だえき》を絡ませ、後ろに手を伸ばした。

「さっきは三本入れてただろ」

こっちが固まっていた間に、やはりしっかり見ていたらしい。顔をしかめて椎名は言い返す。

「うるさい。様子みて増やしていくから黙ってろ」

「四本入るようになったらいいいんだよな」

「……一応な」

琥藍のサイズがサイズだけにそれだけ広げないといけないのは確かだけれど、つくづくデリカシーも風情《ふぜい》もない男だ。そういうことをあからさまに確認するとかどうなんだろう。さすがに慣らしている最中の表情をじっくり見られるのは嫌なので、さりげなく琥藍の肩に頭を付けて顔を隠すようにしてから、息を吐きながらゆっくりと埋め込んだ。さっきまでほぐしていた蕾《つぼみ》はすんなりと指を飲み込み、動かすと濡れた音が立つ。

「椎名、顔が見えない」

腰の上で組んでいた手をほどいて、琥藍が軽く耳朶《じだ》を引っ張る。乱れがちな呼吸に気を付けつつ、椎名はそっけない口調で答えた。

「見せないようにやってんだよ」

「何で」

「見る必要ないだろ」

「見たい」

頭を抱え込むようにして首筋にキスを落としながら、低く求められた。ぞくりと甘い痺れが渡る。

「顔、上げろよ椎名。キスしてやるから」

軽く首筋を噛《か》んで誘われると、ささやかな抵抗はあっけなく崩れてしまう。自分でも悔しいくらいこの男に弱い。

とはいえ、主導権をぜんぶ渡してやる必要はない。数回深く呼吸をして息を整えると、椎名は意識してクールな表情を作って顔を上げ、潤んだ瞳や上気した頬《ほお》をじっくり観察される前に要求した。

「早く、キス」

「焦るなよ」

「焦ってない。顔上げたらするってお前が言ったんだろ」

「椎名は本当に俺のキスが好きだよな」

ふ、と淡く笑った琥藍に、言えない気持ちも混ぜ込んだ答えを返す。

「……ああ、好きなんだよ。だから早くしろ」

「了解」

深く唇を割られた。彼ならではの濃厚なキスで口内を犯される。

「ふ、はぁ……っ」

つうっと糸を引いて唇が離された時には、達する目前まで煽られていた。溶けきった椎名の顔をじっくり眺め回しながら、琥藍が濡れた唇を艶《なま》めかしく舐める。

「椎名、手が止まってる」

「仕方ない、だろ……っ」

あんなキスをされていたら、他のことまで気が回るわけがない。無茶を言うやつだと潤んだ瞳で睨《にら》んでやったら、すいと大きな片手が下りてきた。蕾に埋め込んでいる椎名の指に添わせるようにして、手を重ねられる。

「何……」

「手伝ってやる」

言うなり、指の間に割り込ませるようにして、ずぷり、とそこに長い指を差し込まれた。

「んん……っ、馬鹿、無茶すんな……っ」

「大丈夫だ。ちゃんとやわらかくなってる」

遠慮なく指を動かされるけれど、確かにきつくはない。それどころか、入口を摩擦される感覚と圧迫感が気持ちいい。

濡れた吐息混じりの声が漏れると、琥藍が熱っぽく呟いた。

「これなら、もう一本いけるよな」

「な……っ、まだいけるわけ……っ」

最後まで言い切る前に、半ば強引に入れられた。琥藍は男っぽくもすらりと綺麗な手をしているけれど、椎名の手より大きいだけにその分指が太い。だからまだキツいかと思ったのに、彼のものに長年慣らされてきた体は柔軟に飲み込んでしまった。

（なんかもう、俺の体って……）

琥藍のためのものになってしまっているとしか思えない。

乱れた息を零しながら目を上げると、椎名の表情を観察していたらしい深い紫色の瞳と視線が合った。体は完璧に臨戦態勢なのに妙に涼しげに見えるのは、仕事柄の特技なのか、この行為に感情が伴わないからか。

「……平気そうだな」

溶けて潤んだ眼差し《まなざ》しに確信を持ったように呟いて、ずるり、と椎名の指も一緒に引き抜いた。ぞくぞくしている耳元に、涼しげな見た目に反してどこか切迫した、熱のこもった低音で囁かれる。

「挿れたい、椎名。もういいか？」

確かに四本入るくらいにはほぐれたけれど、たぶん、まだちょっとキツい。けれども好きな男にこんな声で求められたら、椎名の方こそ我慢できなくなってしまう。

「ん……、ゆっくりな」

「体、自分で支えられるか」

「ん」

頷いて、琥藍に腰を持ち上げられた椎名は自分の体を支えるために厚い肩に腕を回す。大きな手で脇腹《わきばら》から腰へと撫《な》で下ろされてぞくぞくしていたら、お尻の丸みを包み込まれた。そのまま強く左右に引かれて、いつもは秘められている場所でひんやりした空気を感じる。

「おい、そんな開くな……っ」

「手伝ってやってるだけだろ」

表情を崩しもせずにのたまって、あらわになった蕾にたっぷりとした熱をあてがう。

「息、吐いてろよ」

「わかってる」

琥藍の手で下に引かれるのに合わせて、自ら熱の上に腰を落とす。入口に強い圧迫感を覚えた直後、限界までそこを開かせるようにして熱の塊《かたまり》が体内に押し入ってきた。一カ月近く抱かれない間に中が狭くなったのか、気持ちよさよりも無謀と思えるほどの質量に圧倒されるけれど、呼吸を合わせてなんとか奥までぜんぶ受け入れる。

は、と短くも色っぽい吐息を琥藍がついた。

「久々だと、さすがにキツい、な」

「……仕方ない、だろ……。お前の、でかすぎるんだよ……」

予想以上の充溢《じゅういつ》感に息をあえがせて、椎名は声が体に響かないように囁き声で答える。

「ていうか……、なんか、いつも以上に、でかくないか……」

「そうかもな」

「何でだよ」

「溜《た》まってた」

あっさりと綺麗な顔に似合わないことを言う。

「そういうのは、先に言えよ。これは、一回ヌいとくべきだったぞ……」

ただでさえ久しぶりなのに、いつも以上だなんて無茶すぎる。

「だから先に慣らしてやっただろう。すぐにでも椎名に挿れたいのを我慢して」

「……おい、恐ろしいこと言うなよ。いきなりお前のなんか突っ込まれたら、絶対裂ける」

「だろうな。俺の自制心に感謝しろよ」

「あー……、ありがとよ」

偉そうな琥藍に投げやりな礼を言ってやると、ふ、と紫色の瞳が和らいだ。するりと髪に手を差し込まれて、頭を撫でるような優しい仕草にドキリとする。

「相変わらず椎名はおもしろい」

「……琥藍ほどじゃない」

「俺のことをおもしろいと言ってる時点で、かなりおかしい」

おかしいとは何だ、と言おうとしたのに、さっきの挿入の衝撃で若干勢いを失った自身を大きな手のひらで包まれて、言葉にならなかった。

「さっきまでガチガチだったのにな。中、そんなにキツいか」

「キツい」

話している間に少し馴染んできたけれど、わざと咎《とが》めるように言ってやる。

「じゃあ、慣れるまでこっち触っててやる。動いても平気そうになったら言え」

「自慢の自制心の出番だな」

「まあな。椎名の中に入ったら、衝動《しょうどう》がちょっと落ち着いたしな」

何だそれ、と複雑な気分で思う。体を繋げたら安心したみたいなことを言うなんて、ただ快楽を求めるための関係らしくない。

とはいえ、琥藍はたまに意味もなく、しかも本人無自覚で思わせぶりなことを言う。どういう意味だよ、と聞いてみたところで「言った通りの意味だが」と怪訝《けげん》そうにされるだけだから、下手《へた》な期待はしないように気を付けているけれど。

ゆるゆると中心を育てるように手を動かされて、感じやすい場所から生まれる快楽が広がっていった。久々の感覚に馴染んでくるにしたがって、埋め込まれた熱に内壁が絡むようになる。

「中、やわらかくなってきたな」

「ん……、動いていいぞ」

許可を出すと、琥藍が椎名の腰を摑《つか》んでゆっくりと回すようにした。奥までいっぱいに満たしているもので中の具合を確かめるような動きにぞくぞくして、濡れた吐息が零れる。

「大丈夫そうだな。本当に動くぞ」

「ん……」

返事ともあえぎともつかない声が漏れるのと同時に、本格的な抜き差しが始まった。初めは椎名の様子を見ながら奥の方だけを、そのうち動きが大きく、強くなってゆく。

久々だからこその違和感さえ乗り越えてしまえば、体はあっという間に慣れ親しんだ深い愉悦《ゆえつ》の味わい方を思い出した。琥藍に抱かれるのは、ものすごく気持ちいい。それは体の相性《あいしょう》がいいというのもあるのだろうけれど、彼の抱き方による部分も大きいと思う。

琥藍はいつも、受け入れる側である椎名がつらくないように、たっぷりの快楽を惜しげもなく与えながら抱く。この関係を始めた最初の約束通りに。

できるだけ声を抑えるつもりなのに、知らずに甘くなった声が唇から零れてしまう。

「あっ、あっ、琥藍……っ、そこ、いいっ、もっと……っ」

「ここだろ」

的確に内部の好きなところを強く擦り上げられて、高い声が上がって背がしなる。たわんだ腰をしっかりと抱いて支えた琥藍が、突き出された椎名の胸元に唇を寄せて、とがりきっている突起を含んで軽く歯を当てた。さあっと全身が総毛だつほど感じる。

「うあ、ヤバい、いま、それ……っ」

「快《よ》さそうだな。中もうねってる」

乱れた呼吸混じりの艶めかしい声とは裏腹な淡々とした口調で呟いて、さらに胸の突起を愛撫《あいぶ》してくる。無意識に黒髪の形のいい頭を胸元に強く抱きしめてしまうと、低く笑う声が響いた。

「椎名、そんな風にされたら動けない。いいのか、中の方は」

体を起こした琥藍に、ぐん、と下から突き上げるようにされて、熟《う》れきった内部が甘く痺れた。椎名はかぶりを振る。

「や、もっと、突いて……っ」

「ついでに言うと、声、けっこう出てる」

指摘されて、少しだけ我に返る。快楽の涙で潤んだ視界で自宅のバスルームだったことを再認識して、熱っぽく震えるため息をついて椎名は琥藍の肩に顔を埋めた。荒い息をつきながら、懸命にクールダウンを図る。

「……もっと早く思い出させてくれよ」

「悪い、俺ものめりこんでた。俺に抱かれている時の椎名は、普段からは想像できないくらいエロいからな」

背中から腰へと撫でる大きな手にぞくぞくしながらも、椎名は数回呼吸してから少し顔を上げる。心がけるのは、軽い口調。

「ギャップに萌《も》えるだろ？」

「ああ」

「……真顔で頷くなよ」

複雑な顔になってしまう。言葉にも態度にも裏表なんてないくせに、思わせぶりな困ったやつ。

「で、どうする。このままってわけにはいかないよな」

バスルーム内の湿度もあって、雫《しずく》が滴るほどになった長めの黒髪を片手でかき上げながら、琥藍が聞いてくる。そんな何気ない仕草でさえ見とれるほどに優雅、それでいて色っぽい。ていうか、どうして琥藍はこの状態で声も態度もこんなに落ち着いていられるんだろう。とても自分の中で脈打っているものの持ち主とは思えない。こっちは息が上がったままだというのに。

「どうするって……、とりあえず、さくっと終わらせるしかないよな。早めにイけよ、琥藍。お前のせいでいつも長くなるんだから」

「急ぐのは気が進まない」

「進む進まないの問題じゃねえの」

呆れた声で叱るのに、承服しかねるといった表情だ。琥藍は椎名の体を気に入っているせいか、抱く時はいつも濃い。というか、仕事で会えない期間に比例するように年々濃くなっている気がする。

「……ったく、だからお前んちに行ってからにしようって言ったのに」

「うちは遠い」

「車で十分は遠くない」

ため息をついて訂正してから、妥協案を出す。

「ここで続けるなら、口、塞《ふさ》いでてくれ」

ふ、と表情を和らげた琥藍が、椎名の期待通りに唇を重ねてきた。舌を絡め合って、再び快楽の世界に溺《おぼ》れる。

しっかりと腰を摑んでの動きに、椎名も合わせる。おあずけ状態だった体は、さっき以上に深い悦楽に襲われた。重なり合った唇の隙間から声が漏れるけれど、ほとんどは琥藍が飲み込んでくれる。

けれども逆に、声を抑え込まれていることでバスルームには淫靡《いんび》な空気が満ちた。乱れた息遣いに混じった甘い喉声、抜き差しに伴う淫《みだ》らな水音、肌がぶつかり合う独特の音に、鼓膜からも嬲られる。

（あ、ヤバい、すぐイきそう……）

急ぐのは気が進まないと言っていたけれど、琥藍は椎名の忠告通りに早めに切り上げてくれるつもりらしかった。速いピッチで容赦なく高められていく感覚に、椎名は厚い肩に回していた両手をこぶしにしてきつく握りしめる。

本当は、琥藍にもっと触りたい。手のひらで逞しい背中を感じていたいし、張りのあるなめらかな皮膚の下にある筋肉や骨まで愛撫するように触れていたい。

だけど、今日はできない。素肌で抱き合うのは気持ちいいけれど、間に布地がないと彼の背中に爪痕《つめあと》を残してしまう危険性があるから。

モデルにとって、体は重要な仕事道具だ。だからこそ琥藍は、体調管理を仕事の一部と見なしてきっちり私生活までコントロールしている。食事は体を作る元となるからこそジャンクフードを食べないし、世界中で仕事をしているせいで不規則になりがちな睡眠時間は医者のアドバイスに従った分割睡眠という形で管理しているし、毎日ウエイトトレーニングを欠かさない。それも、必要以上に筋肉が付かないようにトレーニング内容を調整して。

そんなストイックな姿勢を知っているだけに、椎名は琥藍の体に情交の痕を絶対に残さないようにしている。爪痕はもちろん、数日で消えるキスマークだって付けない。

琥藍が気付いているかどうかは、わからないけど。

「んっ、んッ、んんぅー……ッ」

ひときわ深く穿《うが》たれて、つま先まで甘い痺れが渡った。琥藍の引き締まった腹筋で擦られていた自身から白濁が溢《あふ》れて二人の腹部を濡らし、内壁が彼を絞り上げる。

重なり合ったままの唇で琥藍が息を呑《の》んだ気配がして、さらに数回、うねる中を擦りたててから最奥に熱を撃ち込まれた。自分でも男としてどうかと思うけれど、椎名は琥藍に中に出されるのが好きだ。彼が自分で気持ちよくなってくれたことが嬉しくて、中に溢れる熱が愉悦の波をより高くする。

「ふ、は……、はぁ……っ」

きらめく糸を引いて、ようやく唇が離された。腰からぐずぐずに溶かされたような気分で力の抜け切った体を目の前の男に預けると、思いがけずにぐいと片手であごを上げさせられた。暗く燃え立つようないつもより深い紫色の瞳と視線が合って、ぞくりと背筋に痺れが渡る。

「……足りない」

「は……」

酸素を取り込むために薄く開いていた唇を、唖然《あぜん》としてさらに開けたのは失敗だった。がっぷりと口づけられて、深く淫らなキスで再び犯される。

軽く揺さぶられて、絶頂の余韻に浸っている体が中から痺れた。勝手にうねってしまう内部にまだ収められたままのものが、存在感を失う間もなく最強の硬度と質量を取り戻し始める。これは間違いなく、続行だ。

絶倫だな、と呆れるものの、こうなるのを全然予測していなかったわけじゃない。ついでに言えば嫌でもない。

あまり声を出せない自宅のバスルームだし、ベッドじゃないといろいろ不便だし、達したばかりでさらなる快楽を与えられるのは感じすぎてつらい。だけど、会えなかった時間の分まで取り戻そうとするように貪欲《どんよく》に求められるのは、内心で嬉しかったりするのだから我ながら困ったものだ。

とりあえず、言っておくべきことがある。椎名はなんとかキスの唇をほどいて、息が上がっているせいで途切れがちになる声で告げた。

「琥藍……、やるんなら、後ろからな」

色気も恥じらいもあったものじゃない。そんなの自分でもわかっている。

だけど、このまま続行されたらたぶん理性が完全に飛ぶ。そうしたらもうこぶしなんか握っていられなくて、琥藍の背中にきっと爪痕をつけてしまう。そんな真似をするくらいなら、何の役にも立たない恥じらいなんか不要だ。

琥藍が唇を舐めてから、低く聞いてきた。

「キスしててやれないが、声はどうする」

「自分で塞いどく。とりあえず、一旦抜け」

「わかった」

熟れきった内壁を摩擦しながら熱が出て行く感覚に、ぞくぞくと全身が震える。中に出されたこともあってひどく濡れた音を立てて完全に引き抜かれると、物足りなさを訴えるようにそこが収縮した。

「立てるか？」

「……たぶん」

正直、さっきまでの交わりでまだ腰にあまり力が入らない。自信なげな返事に淡く笑って、琥藍は椎名が膝の上から降りるのに手を貸した。

抱きかかえられるようにして壁に手をついた椎名は、両脚を少し広げて自力で立つ。

「いいぜ、こいよ」

腰を突き出すようにして、顔だけ琥藍の方に向けて誘うと、ふ、と笑った気配がして厚みのある体が背中に重なってきた。腰を両手でしっかりと摑まえられて、一息に奥まで貫かれる。

「〜〜〜〜ッ」

左手の甲を唇に押し付けて声が出るのは抑えたけれど、その分逃がせなかったのか、快感が頭のてっぺんまで突き抜けた。がくりと腕が折れて壁の方に上体が倒れ、あからさまに琥藍にお尻を突き出す格好になる。たぶん、このままだと抜き差しの様子が丸見えだ。

もう少し何とかしようと思ったものの、座位より動きやすくなった琥藍に容赦はなかった。

さっそく大きい抜き差しが始まって、繋がっているところから生まれる愉悦以外何も考えられなくさせられる。

「ん……っ、く……ッ」

一度達した後のせいか、声を出せないことで快楽を逃せないせいか、おかしくなりそうなくらい感じた。どんどん快感の波が高まって、限界が近くなる。

突き上げられるたびに先端から雫が零れ、目の前がハレーションを起こし始めた。

（ヤバい……、このままだと、たぶん、トぶ……）

琥藍に抱かれると、快感が強すぎて最後には意識を失ってしまうことがある。気絶するのはやはりちょっと怖いし、なかなか慣れるものじゃない。ていうか慣れたくない。

だからこのままイかされるのを止めたいのだけれど、口を塞いでいる手を外したらあられもない声しか出ないのは明らかだ。

どうしよう、なんて迷っている間にも、突き上げが激しくなって何も考えられなくなった。きりきりと快楽の糸が引き絞られてゆく中、ひときわ強く突き入れられて強烈な絶頂が訪れる。

「んンー……ッ」

全身で快楽が弾《はじ》けて、びくびくと痙攣《けいれん》する内壁が彼のものを求めるように絡んだ。勝手に奥へと締め上げる。

「……っ、出すぞ」

とてつもなくセクシーな低音にほとんど無意識に頷いた直後、最奥でたっぷりとした熱が溢れた。指先まで快楽に満たされて、目の前が白く溶ける。体と意識が軽くなってゆく。

ブラックアウトする寸前、大事そうに抱きしめられたような気がしたけれど、それはきっと願望が見せた夢だ。

自分を抱いているのは、優しく甘い恋人なんかじゃないから。

そもそも琥藍には、人を愛するという感覚自体がないらしい、から。


琥藍とこういう関係になるきっかけとなった日のことを、椎名は今もはっきりと覚えている。

約十年前、高校二年の五月。何も特別なところなどない、気持ちよく晴れた午後のことだった。

初夏ともなれば放課の時間帯はまだまだ明るい。昼間と変わらないような陽気の中、学校帰りの椎名はいわゆる豪邸と呼んで差しつかえのない四條邸に直行し、両開きの鉄の門扉《もんぴ》にも気後れすることなくチャイムを押した。

「こんにちは、椎名です」

応答してくれた声は、いつも通りにぴしりと折り目正しい年配の女性のもの。家政婦の黒《く》江《え》女史だ。

的確な数語で訪問販売を見事に撃退する技術を持つ彼女の口調にも慣れている椎名は、気軽に言葉を交わして遠隔操作の門扉を開けてもらう。

玄関に向かう途中で右に折れ、咲き初《そ》めたばかりのつる薔薇《ばら》がほのかに香るレンガの道をアール・デコ風の瀟洒《しょうしゃ》な白い建物に沿って進む。

庭師によって自然を活《い》かす雰囲気で手入れされた贅沢な広さの庭は新緑がまぶしく、まさしく風薫る五月にふさわしい。つややかに葉をきらめかせている木々の中をずんずん歩いて行き、テラスで目的の人物を見つけた。

大きな木の緑陰《りょくいん》になる位置で、籐《とう》の長椅子にゆったりと——悪くいえば怠惰《たいだ》な姿勢で、それなのにやたらと絵になる優雅さを湛《たた》えてハードカバーの本を読んで座っている美形に、挨拶《あいさつ》なんかすっ飛ばして咎《とが》める声をかける。

「琥藍、お前また学校サボっただろ」

「撮影だった」

本から目を上げることもなく、端的な答え。ちなみに読んでいるのは横文字の本、たぶんフランス語の哲学書あたりだろう。琥藍はだいぶ前から人間のレーゾン・デートル《存在理由》とやらに興味を持って、哲学関係の本を読みあさっている。

「それ、嘘《うそ》じゃないけど本当でもないだろ。撮影は昼までに終わったって猪俣さんから確認取れてんだよ」

近くにあった籐椅子《とういす》を勝手に引っぱってきながら、彼のマネージャーから得た情報を警察さながらの態度で突き付けてやる。と、琥藍が端整な顔をしかめた。

「個人情報漏洩《ろうえい》だな」

「漏洩されて困るんなら、サボんなよな」

隣に座って、やつの椅子の脚を軽く蹴《け》ってやる。しかし動じることなく、琥藍は本に目を落としたままでのたまった。

「べつに困らない。単なる事実を述べたまでだ」

「お前なー……」

サボったことがバレてちょっとくらい困った顔をすればまだ可愛げもあるものを、困らないと言い切るとかどうなんだろう。

とはいえ、琥藍は普段からこんな感じだ。喜怒哀楽を含めたすべての感情の変化が極端に少なくて、その代わり安定している。そして理屈っぽい。

「それ、何読んでんの」

「サルトル。『L'Être et le néant』、邦訳題だと『存在と無』」

「は？　誰って？」

「ジャン・ポール・サルトル。フランスの哲学者。文学者でもあるな」

予想通りにフランス語の哲学書のようだ。そんなのばかり読んでるから理屈っぽくなるのに違いない。

ちなみに琥藍はフランス語が堪能《たんのう》だ。小学校に上がる前の年までフランスにいた琥藍は、五歳のころは日本語よりもフランス語をメインで使っていた。そんな琥藍のために、フランス語も話せる家政婦として黒江女史が雇われたと聞いている。

元々の素養プラスその後の勉強や日常生活からの習熟で、琥藍は今や立派なバイリンガルだ。

……いや、英語も相当できるからトリリンガルだ。日本語もたまにおぼつかない椎名としては、何カ国語も自在に操れるなんて脳内がどうなっているのか謎だと思う。

長い指でぱらりとページをめくる琥藍に、重ねて聞いてみる。

「それ、おもしろいの？」

「ああ」

淡々とした肯定《こうてい》。どう見てもおもしろがって読んでいるようには見えないけれど、琥藍の言葉はいつだって裏表なく本当だ。

はっきり言って琥藍は変だ。めちゃくちゃ見た目がよくて、それと同じくらい飛び抜けたレベルで頭もいい。ただ、頭脳に関してはよすぎる弊害《へいがい》なのか、どうも人と違う回路を持っているとしか思えないことがある。

椎名としては琥藍のそういうところもおもしろいのだけれど、周りからしてみたら感情の起伏のなさ、端整すぎる美貌とあいまって取っつきにくく感じられるらしい。

（みんなが思ってるほど、付き合いにくいやつじゃないんだけどなー）

確かに本から顔は上げないけれど、さっきから彼はちゃんと椎名の質問に答えてくれている。自分から積極的に関《かか》わろうとしないだけで、琥藍はこっちからの働きかけを無視するようなことはしない。

ただ一人、ある女性を除いて。

（……実の母親なのに、会いたくないとか言うんだよなあ）

事情を考えれば、それも仕方のないことだろうとは思う。

琥藍の母親は、世界的デザイナーの四條織絵《おりえ》だ。二十年前からフランス在住の彼女は、パリコレに毎年参加しているハイメゾンの創始者であると同時に、藍染《あいぞめ》の布地を印象的に使った映画衣装でも不動の名声を築いている。

彼女が琥藍の実の母親であることを知っているのは、ごく限られた人数だけだ。織絵は、琥藍の存在を世に公表していないから。

要するに琥藍は、四條織絵の隠し子なのだ。しかも父親について織絵は黙秘しているから、誰も知らない。

どうして織絵が琥藍の存在を極秘にしているのかについて、琥藍は知らないし、興味もないらしい。彼にとって織絵は、「必要ないくせに子どもを生んだ女」というだけの認識だ。

そこに「無責任な」という形容がかろうじて入らないのは、織絵が琥藍の養育にあたって十分すぎるほどの金銭を提供しているから。自分で育てていないとはいえ、織絵は琥藍のためにこの広大な屋敷を購入し、黒江という凄腕《すごうで》の家政婦を雇ってずっと面倒をみさせてきた。

（でも、親ってそういうもんじゃないもんな……）

いくら琥藍が子どもらしくない子どもだったとはいえ、テストでいい点を取っても、かけっこで一番になっても、誕生日を迎えても、一緒になって喜んでくれる人がいなかったのはきっとすごく寂しかっただろうと椎名は思う。黒江女史は家政婦としてはパーフェクトだけれど、職分をわきまえているプロフェッショナルだけに、どう転んでも家族という感じじゃない。

五歳で日本に渡って以来、琥藍は母親と会っていない。

最初は織絵の方の都合で。

途中からは、琥藍の意思で。

いくら琥藍の記憶力がよくても、彼はもう母親の顔を忘れてしまったんじゃないだろうか。聞くところによれば、フランスにいた時でさえ数えるほどしか織絵とは会ったことがなかったということだし。

元々母親に関心を持っていない様子の琥藍だったけれど、ある時を境に完全に自分から母親を切り捨てるようになった。モデルの仕事を始めたのも、一刻も早く織絵の庇護《ひご》下から脱するためだと言っていた。

「自分の生活費を自力で稼げないうちは、独立した一人の人間とは言えない」というのが琥藍の信条なのだ。そのために嫌っている母親と同じファッション業界で稼ぐようになったというのは、皮肉な話だけれど。

琥藍がモデルを始めたのは、高校入学直後、赤ん坊のころからモデルをやっているというクラスメイトに誘われたのがきっかけだった。

ファッション業界にまったく興味がなさそうな琥藍が誘いに乗ったのは意外だったものの、「手持ちの資源のみで始められる仕事だから」なんて何のてらいもなく言ってのけたのを聞いて、とても彼らしい発想だと思ったのを覚えている。

実際、琥藍はモデルとしてとても恵まれた外見を備えている。生まれ持った抜群のスタイルに、誰もが思わず見とれてしまうノーブルな美貌。しかも、虹彩《こうさい》は世界でも珍しい紫色で、髪の色は瞳を謎めかせてより魅力的に見せる漆黒という組み合わせだ。

しかも琥藍は、強運まで持ち合わせていた。

当時、すでにおネエ言葉の超敏腕マネージャーとして名を馳《は》せていたイノサンこと猪俣氏が、クラスメイトに連れられてモデル事務所にやってきた琥藍と出会い、瞬時にして彼のカリスマ性に惚れ込むという事態が起きたのだ。業界のノウハウに通じ、何かとコネもあるイノサンが効果的かつ大々的に売り出してくれたおかげで、瞬《またた》く間に琥藍は売れっ子モデルになった。運も実力のうちとはいえ、すごすぎる。

端整な横顔を眺めながら物思いに耽《ふけ》っていると、さすがにへばりついている視線が気になったのか、琥藍の方から口を開いた。

「椎名、言いたいことがあるなら早く言え」

やたらと偉そうだ。

べつに、と答えてさらにじろじろ眺めてやろうかと思った矢先、琥藍の横にあるテーブルの上のものが目に入った。

表面を涼しげに結露させているガラスのピッチャーに入っているのは、四條家ではお馴染みのレモンのスライスを浮かべた微炭酸のミネラルウォーター。そういえば、急いでここまで来たから喉が渇いている。

「琥藍、俺、喉が渇いた」

氷と水が半分ほど入っているグラスをもらうつもりで言うと、ようやく彼が顔を上げた。ちらりとテーブルの上に目を向けて、家政婦が置いていったらしい内線用の電話機を取り上げる。

「何が飲みたい？　黒江に持って来させる」

「いいよ、門を開けてもらう時にお構いなくって俺の方から言ってきたし。黒江さん、断っておかないと本格的なアフタヌーンティーを用意してくれるじゃん。こんな時間にサンドイッチとかスコーンとか食べたら、晩メシ入んなくなる」

「飲み物だけ持って来させればいいだろう」

「わざわざいいよ。琥藍のがあるし」

「飲みかけだぞ」

「俺は気にしない」

「……ならいいが」

電話をテーブルに戻して、琥藍はグラスを渡してくれる。ピッチャーから水を注《つ》ぎ足してくれるあたり、こう見えて意外と濃《こま》やかだ。

他の人が相手だとどんなものでも共用することを冷たく拒絶するこの幼馴染みが、自分に限っては許容してくれる。こういうのは特別扱いっぽくて、彼のテリトリーに入れてもらっているのを実感できて嬉しい。

爽《さわ》やかなレモン風味の水で喉を潤しつつ、椎名はここに来た理由を思い出した。再び手許《てもと》の本に視線を落としている琥藍に、話を戻して忠告する。

「ていうかお前、学校来ないくせにやたらと成績よくて先生たちに嫌がられてんだから、来れる日にサボんなよな」

「単位も日数も計算してる」

「そういう問題じゃないだろ」

「じゃあどういう問題だ？　教科書を読めばわかることを、わざわざ時間と場所を制限された状態で改めて説明されに行く行為に俺は意味を見出《みいだ》せないが。より深く学びたい場合もネットを使えば済むしな」

淡々とした琥藍ならではの正論に、うぐ、と言葉に詰まる。

あんまりサボると先生の心証が悪いと言ってみたところで琥藍にはどうでもいいことだろうし、自習で間に合っている相手に勉強が遅れるなんて言うのは間が抜けている。

ため息をついて、椎名はとりあえずいちばん困っていることを挙げた。

「お前が来ないと、俺が女子に文句言われるんだよ」

「……何で椎名に文句を言うんだ？　意味がわからない」

心底不思議そうな顔をしている琥藍に、椎名は肩をすくめる。

「俺が琥藍の幼馴染みで友達だからだろ。友達ならお前を引っぱってこいってプレッシャーかけられてんの。あ、友達じゃないとか言うなよ。俺はお前のこと友達だと思ってるから」

「……わかってる」

先回りして釘《くぎ》を刺してやると、琥藍がなんとも名状しがたい表情で答えた。とりあえず、嫌そうではない。

「なあ琥藍、それってどういう表情？」

本人に聞いてみたのに、琥藍は少し眉根を寄せて首を傾《かし》げた。

「わからない」

「何だよそれー」

噴き出してしまうけれど、琥藍の言葉はいつもそのままだから、本当に本人にもわからないのだろう。

笑いながら椎名は気付く。女子に文句を言われるのが嫌だとか、先生たちの琥藍への評価が心配だとかは建前《たてまえ》で、本音としては自分が彼に学校に来てほしいのだ。琥藍がモデルの仕事でいないとどうしているのか気になるし、彼が近くにいると椎名は楽しい。

ワガママだな、と自分でも思うけれど、遠慮なんかしない。だって友達だから。

「なあ、ちゃんとガッコ来いよ。琥藍がいた方が俺は楽しいし、お前が来ないせいで女子にあれこれ言われる俺って可哀想《かわいそう》じゃん」

「……女子のことはともかく、椎名は俺がいた方が学校が楽しいのか」

「当たり前だろ」

何が彼の心を揺さぶったのか、少し思案するような顔になる。けれど、あまり乗り気ではなさそうだ。

理由はだいたい想像がつくから、椎名は咎めるつもりで琥藍の椅子を数回軽く蹴った。

「こら、面倒くさがるな」

「何も言ってない」

「言わなくてもわかる」

小さくため息をついた琥藍が、こっちに視線を向けた。何か考え込むようにアメジスト色の瞳で見つめていた彼が、ゆっくりと完璧な形の唇を開く。

「……なあ椎名、俺にとって学校はつまらないものだし、学習のためにわざわざ通う必要性もないと思っているのはわかってるよな」

「ん？　うん」

「ものすごく面倒だが、それを押してお前の勧めに従ってちゃんと学校に行ったら、椎名が俺に褒美《ほうび》をくれるか」

「褒美？」

いつも超然としている琥藍からは予想外の発言だけれども、こっちがワガママを言っている自覚はある。一緒にいたいというだけで単位も日数も計算している彼に登校を強要するからには、この際多少の出費はやむを得ない。

「んー、あんま高くないんだったらいいぞ。何が欲しい？」

「椎名」

「うん？」

「椎名が欲しい」

真《ま》っ直《す》ぐに見つめて告げられて、大きく心臓が波打った。

琥藍の言葉には、いつだって裏も表もない。つまり、言葉のままに受け止めないといけない。

(ご褒美に、俺が欲しいって……)

その言葉が意味する可能性が頭の中を怒濤《どとう》のような勢いで回って、まともな返事ができない。まさか、まさか、まさか。

「……なにこれ、俺、告《こく》られてんの?」

ようやく声を出せるようになって、やたらと跳ね回る心臓に気を取られながらもなんとか確認する。と、あっさりかぶりを振られた。

「いや」

「……は?」

予想外の連続で呆然《ぼうぜん》としている椎名に、琥藍がいつもの淡々とした口調で言い足す。

「今日の現場で、男同士でヤるとものすごく快《い》いって話が出てたんだよ。試してみたい」

「試すって、俺で?」

「ああ」

「……お前、そういうこと友達に言うのってどうなの」

浮き上がっていた気持ちを、いきなり地面に叩《たた》きつけられた気がした。

普通、友達相手にそういうことは言わない。相手との関係が大事なら、絶対にそんな軽々しい扱いはできないはずだ。

いくら関心の有無が極端なタイプとはいえ、ただの興味で十年来の幼馴染みにそういうことを求めるとか。何の感情もなく、ただ試してみたいってだけで相手がどんな気持ちになるか考えずにそういうこと言うとか。

（お前にとって、俺って結局その程度のものかよ。そりゃ確かに、こっちが勝手にお前の側にいたんだけど……！）

傷ついた。小学校入学直後からずっと一緒にいて、こっちはすっかり琥藍の特別な友達になれたつもりだったのに。

唇を噛んで黙り込んだ椎名に気付いたのか、あっさりと琥藍は要求を引っ込めた。

「駄目ならいい」

「……いいのかよ」

「ああ。椎名なら男でも抱けそうな気がしたから言ったんだが、友達に言うべきことじゃないんだったら撤回する」

真顔だ。それも、ちゃんと本から顔を上げて、神妙な様子でこっちを見て。口調からはわかりにくいけれど、反省していると思われる。

ちょっとだけ、ささくれていた気持ちが落ち着いた。椎名は吐息をついて、改めて琥藍に聞き返してみる。

「俺なら抱けそうなのかよ」

「ああ」

「何で？」

「さあな。なんとなくそう思っただけだから、実際やってみるとどうなるかわからないしな」

「……ふうん」

「さっきのは忘れてくれていい。学校へは行くように善処する」

善処するって、あんまりその気がない時に使うよな、なんてツッコミを入れる気にもなれずに頷くと、話はこれで終わりと言わんばかりに琥藍は再び手許の本に視線を戻した。

とんでもないことを言ったくせに、いつも通りに静かで端麗な幼馴染みの姿を横目に、椎名は複雑な気分でレモン水を口に運ぶ。

グラスを片手に、ふとさっきの会話にひっかかりを覚えて眉根が寄った。

（あれ……？　なんか俺、矛盾してないか……？）

『試してみたい』には腹が立ったのに、『椎名なら抱けそう』は嫌じゃなかった。言い方が違うだけで、意味するところは一緒なのに。

普通なら、同性にそういう目で見られたことに怒りを感じたり、相手のことを気持ち悪がったりしてもおかしくない。それなのに、『椎名なら』と限定されたら自分だけ特別みたいな感じがして嬉しかったような気がするし、実際やってみたらどうなるかわからないと言われてちょっとガッカリしたような気さえする。

（いや……、いやいや待て！『抱けそう』ってことは俺が琥藍にヤられんのが前提だぞ？それなのに嫌じゃないってありえないだろ！）

慌てて危険な思考にストップをかけてみても、もう遅かった。

嫌じゃない。それどころか、逆だ。

これまでも椎名は、琥藍の唇って適度に厚みがあって、重ねてみたら気持ちよさそうだなあ、なんてふと思うことがあった。今は本を手にしている、爪の先まで完璧に整った彼の大きな手で触れられるのをうっかり想像して、ドキドキしてしまったことだってある。

同性の友達を相手にそんなことを考えるのはおかしいし、ヤりたい盛りの気の迷いだろうとあえてスルーしてきたけれど、他の人にはそんな風になったことなんかない。

琥藍だけが特別だった。

昔から、ずっと。

一度自分の感情を自覚してしまうと、ぜんぶが繋がった。

たぶん、子どもながらに一目惚れだった。だからどうしても側にいたかった。綺麗な色の瞳に自分の姿を映してほしかったし、琥藍の特別になりたかった。恋人にはなれなくても、せめていちばん近い友達でいたかった。

だからこそ、友達としてさえ琥藍に軽く扱われたと思った時に傷つき、腹が立ったのだ。

（うわあ、マジで⁉　俺って琥藍が好きだったのか……！）

衝撃のあまり思わず両手で頭を抱えて叫び出したくなったけれど、なんとかこらえる。やたらと速い鼓動を全身で聞きながら、椎名は深呼吸を繰り返した。

（お、落ち着こう、とりあえず落ち着いて考えよう）

自覚してみたところで、この感情はどうしようもない。こっちは男だし、琥藍はべつに同性が好きなわけじゃない。

さっきは「試してみたい」なんて言ったけれど、あれは「新しく得た情報を試して、事実かどうか検証してみたい」くらいのノリだった。だからこそ、「抱けそう」だった椎名に断られたらあっさり諦めたのだ。どうしても検証したいわけじゃない程度の、ちょっとした好奇心。

そもそも、わざわざ同性なんか抱かなくても、琥藍になら抱かれたいという女の子は椎名が知るだけでも山のようにいる。愛想がないから遠巻きにする人が多い一方で、超優良物件なのは一目瞭然《いちもくりょうぜん》だから。そういう女の子達からのアプローチのほとんどを琥藍は断るけれど、ごくたまにＯＫを出す。

そこまで考えて、椎名はあることを思い出した。

「……あのさあ、お前、先々週くらいから三年の美人と付き合ってなかったっけ」

『彼女』がいるのに椎名に「試してみたい」なんて言ったのだとしたら最悪だな、と思って確認してみると、本から目を上げないままで淡々とした答えが返ってきた。

「先週終わった」

「は？」

思わずぽかんとしてしまったけれど、いつも通りと言えばいつも通りだ。琥藍は告白されて付き合い出しても、毎回一カ月ともたない。

人として最悪じゃなかったのはとりあえずよかったものの、付き合い始めてすぐに終わってばかりというのも問題だ。

「何でいっつもそんな短期間になんの？　琥藍、何か変なことさせてんじゃないの」

冗談めかしつつも本気で心配になって聞いてみると、少し考えてから琥藍が答えた。

「変なことはさせていないが、原因は俺にあるだろうな。俺が相手の求めるものをやれないから」

「求めるものって……？」

「恋愛感情」

淡々とした答えを、何言ってんの、と笑い飛ばしたかったのに、彼に限ってはリアリティがあってできなかった。

子どものころから見てきたけれど、琥藍は感情の起伏が極端に少なく、いつでも理性的だ。恋したり、愛したりなんていうままならない感情に惑《まど》わされている姿なんて、想像もつかない。

「一応、付き合う前に俺は人を好きになれないってことは伝えてあるんだがな。それでもいいと言うわりに、実感すると耐えられなくなるらしい」

「あー……、たぶんそれ、自分だけは琥藍に好きになってもらえるかもって思ってたんじゃないの」

「かもな」

琥藍はいかにも興味なさそうだけれど、椎名としては人ごととは思えない。友達でもいいから琥藍の特別になりたくて、そうじゃなかったのかもと思ったさっき、傷ついた身としては。

「ていうか琥藍、好きになれないってわかってても選ぶ相手は美人なんだな」

元カノたちへの同情もあってちょっと責める口調で言ってやったのに、返ってきたのは琥藍らしい言葉。

「美人だったか？」

「自覚ないのかよ。お前の元カノ、俺が知る限りでもみんな学校でもトップクラスの美人ばっかだったっつーの。贅沢なメンクイめ」

椅子の脚を蹴って男として当然の不満をぶつけてやると、少し考え込む様子を見せていた彼がこっちを見て、ああ、と納得顔になった。

「そうだな。顔が大事だったようだ」

「うわ、認めたよ」

「俺も今気付いた」

それだけ言って、また本に視線を戻してしまう。顔が大事と言いつつ、それさえどうでもよさそうな態度だ。

(顔か——……)

ぶらぶらと脚を揺らしながら、椎名はそれこそ際立った美貌の持ち主である幼馴染みの横顔を眺める。

揺らしていた脚が、ふと止まった。

(もしかして……好みに合う顔の男から迫られることがあったら、琥藍はそいつと「試してみる」のか……!?)

気付いた瞬間、全身がその考えへの拒絶反応を起こした。

嫌だ。そんなの許さない。

相手が女の子である限りは、諦めていられた。男である時点で自分は問題外だから。

だけど、琥藍が同性を抱くのなら、その相手を他のやつに譲りたくない。そんなのは絶対、我慢できない。

琥藍が好きだ。

認めないようにしてみたところで、何も変わらない。琥藍が他の男で興味を「試した」としたら絶対に腹が立つし、すごく苦しくなる。たぶん、突っぱねたことを後悔する。

（……いや、だけどそういうのって、やっぱマズいよなー……。エッチとかしちゃったら『友達』でいられなくなったりすんじゃないのか……？　ていうか俺、今まで誰とも付き合ったことないからそういう経験が全然ないんだけど、上手くできんのか……？）

ぐるぐるといろいろな考えが頭を巡った。巡りながらも、一つの方向を向いて勝手にまとまってゆく。

琥藍が恋愛感情を持てないのなら、誰を抱いたとしてもそれは身体的な快楽を愉《たの》しむだけの行為だ。彼女だろうが、彼氏だろうが、友達だろうが。

だからこそ、体の関係込みの友達っていうのも琥藍ならアリなのだ。椎名さえ、友達というスタンスを崩さないでいられれば。

良識的じゃない。――わかってる。

精神的にダメージを受けるかもしれない。――それもわかっているつもりだ。

だけど。

琥藍にとっていちばん近くにいる友達である椎名が体も重ねる相手になったら、それは限りなく恋人に似た存在だ。さらに言えば、誰に対しても恋愛感情を持てない琥藍に関しては、それ以上は望むべくもない立場。

（ていうか、試してみるだけだし……！　実際やってみたらわからないって琥藍も言ってたし、一回やったら気が済むかもしんないし……！）

一回きりなら、椎名としては「好きな人から抱かれた」もしくは「抱かれそうになって途中まではした」という思い出と、キスなどの実体験を得られることになる。琥藍のことだからその後は一切の後くされなく、何ごともなかったかのような関係に戻れるだろう。

そして一回してしまえば、たとえ琥藍への気持ちを自覚した自分の態度がおかしくても、「照れくさいんだよ」とか言い訳も立つようになる。怪しまれずに『友達』を続けられる。

特にデメリットなし。何か見落としているとしても、この際もういい。

ひそやかに数回の深呼吸をしてから、椎名は思い切って口を開いた。

「……あのさあ琥藍、さっきの話だけど」

とっくに読書に戻っていた琥藍が、ちらりと紫色の瞳を上げる。

「さっきのって？」

「俺と試してみたいってやつ」

琥藍が視線を本に戻す。

「友達に言うべきことじゃないいんだったら、忘れてくれていいって言ったよな」

「うんまあ、そうなんだけど。ただ、ちょっと興味が湧《わ》いてきたっていうか……」

無言で視線が戻ってくる。言い淀《よど》んだら駄目だ、軽い口調で、あくまでもこっちも興味本位な感じで。

「本当に気持ちいいんだったら、試してみてもいい。まあ、エッチする友達っていうのもあると言えばあるしな」

「セフレか」

ずばりと言われて、ちょっと動揺する。あえてその単語は使わなかったけれど、やっぱりそうなるよなと妙に納得もした。

「うんまあ、そういうやつだ。その代わり、痛かったら二度としないからな」

「痛くなかったら何度でもしていいのか」

「……全然痛くなかったらな」

まさかそういう確認をされるとは思っていなかったけれど、とりあえず本音を答える。と、琥藍が真顔で言った。

「痛くしないよう努力するし、俺は大抵のことは努力しなくても上手くやれる」

「自慢かよ」

「安全保障だ。取引成立か？」

少しためらってから、椎名は頷いた。

もう後戻りはできない。

さすがに初めてのことだし、本来なら抱かれることを前提としていない体だ。たとえあまり痛くなかったとしてもいきなり気持ちよくはなれないだろうと思っていたのに、予想を大きく裏切られた。

痛いどころか、ものすごく気持ちよかったのだ。

安全保障の言葉通り、琥藍は信じられないくらいに根気よく、巧みな愛撫で椎名の体を丁寧にひらいた。あまりにも終わりのない快楽がつらくなった椎名が、「ちょっとくらい痛くてもまたやっていいから」と半泣きで約束してからようやく先に進むとか、ありがたさを通り越して恨みがましい。

ともあれ、許容量をオーバーするほどの快楽に酔わされ、完全に溶かされた体は、椎名の想像を超えて感じやすくなっていた。

たぶん、体の相性もよかったのだと思う。

女の子のようにやわらかくもなく、男としては細くて薄っぺらいのに、反応がいいせいか彼はずいぶん椎名の体を気に入ったらしい。あれ以来、ことあるごとに琥藍は椎名を抱く。

高校卒業後、琥藍が海外の仕事をメインに活動するようになってからも、その関係は続いている。もはや「学校をサボらなかったご褒美」とかじゃなくて、体の関係まで含めた「友達」という関係が定着だ。

琥藍にとって感情は伴っていなくても、椎名からしてみたら好きな男と体を繋げて、他では得られない親密な快楽を共有しているのに変わりはない。こういう関係になってもう十年近いのに、琥藍は飽きる様子もなく椎名の体を求めてくる。

だから時折、琥藍に気持ちを伝えてみたらどうなるだろうか、なんて考えてしまうことがある。

考えて、やっぱりやめる。

琥藍の態度は、セフレになる前と、なった後で何も変わらないから。どれだけ体を交わらせても、彼の椎名に対する感情には何も変化がないのがわかるから。

恋愛感情を持てないと言っていた琥藍を相手に、下手な期待をしてはいけない。自分だけは特別になれるんじゃないかなんて思ったら、かつての元カノたちのように耐えられなくなって、彼の側から離れたくなる。

だから、椎名は何も期待しないように気を付けている。

「好き」と言えない代わりに、体で好きだと伝えるように彼に触れて、抱きしめて、求められるままに受け入れる。「気持ちいいから好き」「琥藍のキスが好き」「琥藍のが入ってるのが好き」と言葉にすると琥藍は煽られるらしいから、椎名はいつも、抱かれている間に言えない気持ちも混ぜ込んで、あられもないセリフを何度でも言う。

好きな男に抱かれているのだから、この関係も悪くはない。

……全然虚《むな》しくないと言ったら、嘘になるけど。


ふうっと意識が浮上してきた。

眉間《みけん》にしわを寄せて薄く片目を開けた椎名は、間接照明にやわらかく照らされた、見覚えのある高い天井をしばらく眺める。

「……マジか……」

思わず呟いてしまったのは、ここが琥藍のマンションの寝室だからだ。確か、自分が意識を失ったのは自宅のバスルームだったはず。

気を失った時は素っ裸だった。そして今現在、シーツの下の体に変わりはない。

まあさすがに一月末の寒空の下、むき出しの全裸で運ばれたとは思っていない。体がさらりとしているし、お尻のあたりも濡れた感じがしないところからして、琥藍はちゃんと後始末をしたうえで、椎名の体を自分のコートとかで丸ごと包んで車まで運んだのだろう。

頻繁《ひんぱん》に海外と日本を行き来する琥藍は、空港近くの有名人御用達《ごようたし》、セキュリティのしっかりした会員制パーキングに海外にいる間は自分の車を預けている。帰国したその足で椎名のところに来たのなら、車だった可能性が高い。

椎名の部屋から車まで数メートル、そして琥藍のマンションの駐車場には各部屋直通のエレベーターがあるから、目撃者もなく誘拐《ゆうかい》されてきたと思われる。たとえ目撃されていたとしても、すっぽりと大事にくるんだ状態で意識のない人間を運んでいたら、実情がどうあれ重病人に見えるだろうし、大抵の人は堂々としている人を怪《あや》しむことはないらしい。そして琥藍は、いつだってやたらと堂々としている。

「起きたな」

声の方に顔を向けると、夜景のきらめく大きな窓に面した一人掛け用のソファに腰かけ、本を手にしている美形の深い紫色の瞳と目が合った。さすがは世界トップモデルというべきか、ニットとジーンズというラフな格好でもファッション雑誌の表紙を飾れそうなくらい絵になっている。

「今何時……？」

「二十一時三十七分」

きっちり分単位までの答えに、琥藍が帰ってきたのを実感する。思ったほど経《た》っていなくてほっとした。

ごろりと寝返りをうって、本を閉じる琥藍の周りを縁《ふち》どる夜のきらめきを眺めながら、なんとなくしみじみした気分になる。

「夜景って、地上の星って言うだけあって実際すごい綺麗だけどさ、罪深いよな」

「どういうことだ？」

「地上が明るいと、その明るさに消されて本物の星が見えなくなるじゃん。お前が『雑談が多すぎる』ってよくサボってた地学の先生が言ってたけど、俺たちが見る星の光って、何万年も前に星が発したものがようやく届いたものなんだろ。気が遠くなるくらい長い時間を旅してせっかく届いたものなのに見られないなんて、もったいないよなあ」

「見たからといって何かが変わるわけじゃないし、そもそも星は人間のために光ってるわけじゃないだろ」

あっさり言って、本を置いた琥藍がこっちに向かってくる。

「……そうだけど。琥藍はロマンのわからないやつだなー」

「椎名がロマンティストすぎるんだろ」

「そんなことない。俺がロマンティストだったら、お前とこんなドライな関係になってるわけがないだろ」

「それもそうだな」

そんなすぐ納得されても。本気でこっちに何の感情もなく抱かれてると思っているのか。

……聞くだけ無駄だろうから、聞くつもりもないけど。

「飲むか？」

ベッドサイドテーブルからグラスを取り上げた琥藍が、椎名に掲げて見せた。細かい泡が立ちのぼる透明な液体は、いつものようにレモン風味の微炭酸ミネラルウォーターだろう。頷くと、起きなくてもすむように口移しで飲ませてくれる。いつものことだから、遠慮なく満足いくまでもらう。

「ん……、もういい」

水滴のついた唇を舐めて申告したのに、琥藍は何も言わずに再度グラスを傾《かたむ》けてミネラルウォーターを口に含み、唇を重ねてきた。最後の一口かな、と思いつつ何の気なしに唇を開いて受け入れると、水分と一緒にするりと舌が入ってくる。

口の中の水分を飲んだ後も、琥藍の舌が艶めかしく動いてひどく濡れた音を立てた。ちょっとした戯《たわむ》れとは思えないような濃厚なキスを仕掛けられて、だんだん体が熱を帯びてくる。

ベッドだし、こっちは全裸だし、このままだとたぶんまずい。

椎名はシャープなラインの頬を両手で挟んで、なんとか唇を離した。上がってしまった呼吸を整えつつ、自分に覆いかぶさっている男の美貌を見上げる。

「こら……、ちょっと待て」

「待ってただろ。椎名の目が覚めるまで」

確かに。琥藍は昔から、意識のない椎名には手を出さないのだ。

椎名としてもそれは嬉しい。こっちの意識がなくてもいいのなら、それは自慰用の人形《ドール》と何ら変わらない。けれども琥藍は絶対にそういう扱いをしないから、セフレなんていう関係でもプライドと彼への気持ちが守られる。

とはいえ、こっちは数時間前に意識が飛んだばかりだ。ようやく気が付いたのに速攻また飛ばされるようなことになったら、さすがに困る。

「俺はお前ほど体力ないんだぞ。やり殺す気か」

「それもいいな」

「いいわけあるか。真顔でそういう冗談やめろ」

呆れ声で叱るのに、まさかの無言。

「……おい、冗談じゃないとか言うなよ」

「冗談のつもりはなかったが、よく考えてみたら本気でもない。椎名をやり殺してしまったら、二度と抱けなくなる」

「あーそう……、お前、ホントに俺の体気に入ってるよな」

「ああ」

妙な理屈をこねられて呆れ声になるのに、琥藍は真顔で頷く。喜んでいいのか、これは。

「ていうか俺、腹へったんだけど」

しっかりした両肩をポンと叩いて上から退《ど》くように主張すると、琥藍はごねることなく静かに身を起こした。そのまま内線用の室内モニターに向かう。

「メシにするか。黒江を呼んでおいた」

スーパー家政婦である黒江女史は、七十を過ぎた今もなお現役で四條邸を管理している。そして、琥藍が帰国した時だけ四條邸の仕事を休み、琥藍のところでその能力を発揮する。

……つまり琥藍は、自腹でこのおそろしく高級なマンションを購入し、黒江女史を雇っているのだ。

ベッドの上で体を起こしながら椎名は苦笑してしまう。

「無駄だよなー。あっちの家に帰ればいいのに」

「あれはあの女の家であって、俺のじゃない」

眉一つ動かさずに言い放たれて、言葉に詰まった。『あの女』とは、疑問の余地もなく織絵のことだ。

琥藍は徹底して、母親である織絵の存在そのものを否定している。自力で稼げるようになった後、過去の養育費相当の金額を小切手で送り返したというのだから徹底するにもほどがある。

母親なんかいないし、いらない。

いなくても何の問題もなく生きていける。

琥藍はいつも、言外にそう主張している気がする。声に出してなくても、こっちがひるんでしまうくらいの強さと冷たさで。

昔から琥藍の家庭環境を知る椎名としては、彼のそういう態度を責める気にはなれない。むしろ、あれこれと自己憐憫《れんびん》の言い訳をつけて裕福な母親に寄生することなく、独立独歩の道を進んでいるのは偉いとさえ思う。

けれども、あまりに頑《かたく》なでいるのはきっと本人にとってもつらい。

だから一度、彼の母親である織絵についてゆっくり話したいと思っているのだけれど、少しでも母親に関する話が出ると琥藍は心を閉ざしてしまう。取りつく島がないというのはまさにこのことだ、と、さっきみたいに短い発言からでも実感する。

だから、いつか琥藍が少しでも聞く気になったら話そう、と思っているのだけれど、感情の起伏が少ない彼はその分椎名からは想像もできないくらいに安定していて、いつまでたっても均衡《きんこう》が崩れない。ずっと変わることなく、織絵の存在を否定している。

（怒《いか》りですら、ないもんなー……）

『好き』の反対は『嫌い』ではなく、『無関心』だという。琥藍を見ているうちに、椎名はその意味がわかるようになってしまった。

『嫌い』は、まだ相手の存在を認識しているのだ。認識したうえで、ネガティブではあるものの反応を起こしている。

けれども『無関心』は、そもそもの存在自体をなかったことにしてしまう。この世にないものとして扱っているというのは、心の中で相手を殺したのと同じだ。

たった二人きりの親子なのに、それはあまりにも悲しい。

（どうしたもんかなー……）

お節介《せっかい》なのは重々承知しているけれど、放っておきたくない。それ以上に、放っておけない。琥藍のためにも、母親である織絵のためにも。

どうしたらいいのかは、いまだにわからずにいるのだけれど。

物思いに耽って眺めている間にも、夕飯の指示を出し終えたらしい琥藍が振り返った。

「行くか」

「おう……って言えるか。俺、マッパだぞ」

肌触りのいいシーツの下は冗談抜きでスッポンポン、ついでに言うとあちこちにできたばかりのキスマークが散っている。

「シャツとローブ、どっちがいい？」

言って、ウォークインクロゼットの方に向かう広い背中に椎名は羽根枕を投げてストップをかける。

「それ、お前の、ってことだよな」

「そうだが？」

何の問題がある、という顔をするのはやめてほしい。こっちの方が変なことを言っているみたいな気分にさせられる筋合いはない。

「俺、まだ黒江さんに挨拶してないから自分の服が着たいんだけど」

まっとうな主張をしたのに、琥藍はあっさりと却下した。

「黒江は下がらせておく」

「いやいや、何言ってんの。四泊五日も世話になるんだぞ」

言いながら、今回はいつもと違ったからこそまだ黒江女史に挨拶ができていないことに気付く。

「そういや琥藍、俺んちに空港から直で来たのか？」

「ああ」

「珍しいっつーか、初めてだよな」

合鍵はずっと前から渡してあったけれど、使われたのは初めてだ。いつもは事前連絡で知った帰国の飛行機到着予定時刻から逆算して、椎名の方がこのマンションで黒江女史と一緒に琥藍を出迎えてやるようにしているから。

「予定外にひとつ早い飛行機に乗ったから、椎名の準備が間に合っていない可能性があると思ってな。空港から黒江に電話で確かめて、まだ来てないということだったから迎えに行った。まさかあんなにエロい出迎えをされるとは思っていなかったが」

ふ、と楽しげに口角を上げる琥藍に、椎名はもう一度羽根枕を投げる。今度はキャッチされてしまった。

こっちに投げ返して、改めてクロゼットに向かいながら琥藍が珍しく機嫌よさそうな口調で続けた。

「ああいう姿が見られるのなら、これからは椎名のところに直接行った方がよさそうだ」

「いや、それは勘弁」

「何で」

「毎回いきなりがっつりヤられて、意識がない状態でこっちに連れてこられたら困る。黒江さんに全然挨拶できなくなるじゃん」

「べつにいいだろう。そもそも、椎名が黒江に挨拶する必要はない。椎名は俺の客で、雇い主の客の世話をするのは黒江の仕事だ」

真顔で、本気でそういうことを言えるのは琥藍が琥藍だからだ。黒江女史が家政婦のプロフェッショナルなら、琥藍は雇い主としてプロフェッショナルなのかもしれない。見事なまでに割り切っていて、長年一緒にいるというのに馴れ合いとか親しさが一切ない。

確かに、ぴんと伸びた背筋と同じくらいに表情をゆるませることのない黒江女史を見ていると、挨拶したところで意味なんかない気もする。でも。

「俺が黒江さんに挨拶したいんだよ」

「……そうか」

いまいち腑《ふ》に落ちないというような顔をしながらも、琥藍はそれ以上は何も言わない。基本的に、椎名がしたいのならすればいい、というスタンスなのだ。

そういう態度は相手に興味がないようにも見えるし、自主性を尊重しているようにも見える。椎名としては、いい方に解釈するようにしているけど。

「てことで、俺の服は？　ベッドのとこに一応準備しといたんだけど」

「持ってきてない」

すっぱりとした断言。全裸で連れて来られたうえに、着替えナシ。

「靴箱の上のバッグも？」

「そっちは仕事道具が入ってるようだったから、持ってきた」

さすがは琥藍、仕事に関しては抜かりがない。しかし。

「服が全然ないとか、俺、帰る時どうすんの……」

「土曜になったら買って来てやる」

「それ、ここにいる間は何も着れないってことだよな」

「いつものことだろう」

「……そうだけどさ」

はあ、とため息が出る。

琥藍が日本にいる間――インディゴのデザイナーとして椎名を側に置いている数日間、椎名が服を着ることはほとんどない。抱かれている時はもちろん、抱かれていない時も体を休めるためにほぼベッドの中、ベッドから起き出していてもどうせ寝室内にいる。唯一の例外は食事の時だけれど、その時でさえ素肌に琥藍のローブかシャツを羽織《はお》っているだけだ。

ちなみに、黒江女史は雇い主とその幼馴染みの間に体の関係があることをとっくに知っている。椎名としては抱かれる方だし、できれば気付かないでいてほしかったのだけれど、隠し通すには琥藍のキャラクターが問題すぎた。

（ったく、どこの王族かって感じだもんなー……）

身の回りの世話をする人間を雇うという環境でずっと育ってきた琥藍は、雇った相手に世話をされることを当然のことと受け止めている。さながら、王族が着替えを召使いに手伝わせて裸体を見られても、何も恥ずかしいとは思わないのと同じくらいのレベルで。

だから黒江女史に事後のシーツを洗濯されても平気だし、椎名を抱いていることを隠そうともしない。

黒江女史はさすがのプロフェッショナルぶりで、他言もしなければ、雇い主の服を羽織った椎名がだるそうに食卓に現れても顔色ひとつ変えない。それどころか、「お飲み物をご用意しますか」というのとまったく同じ口調で「ベッドサイドに潤滑剤と避妊具をご用意しますか」なんて琥藍に確認できるほどの猛者《もさ》だ。

感覚が違うのが自分だけなら、合わせた方が話が早い。そう悟った椎名は隠すことを諦め、今はオープンすぎる状態を受け入れている。

とはいえ、来て早々にいかにももうヤりました、という格好で挨拶できるほど厚顔《こうがん》ではないのだ。せめて最初の挨拶くらいはそれなりにちゃんとした姿でしたい。

そう言ったのに、一般人の心の機微《きび》を解《かい》さない男は怪訝な顔で言ってのける。

「いまさらだろう」

「いまさらでも。俺んちまで取りに行くのが面倒なら、何か貸せ」

訴えると、鷹揚《おうよう》な幼馴染みは「好きなのを着ればいい」と、ウォークインクロゼットの中身をすべて委《ゆだ》ねてくれた。

とはいえ、そもそも体格が違う。世界的モデルと一般人代表、しかも平均より細身の自分が同じ服を着こなせるわけがないのだ。

結局、いちばん無難《ぶなん》ないつも通りの格好――琥藍のシルクのローブを借りて食卓につくことになった。

「……なんか、すごい敗北感……」

「気に病《や》むな。黒江は椎名が何を着てもどうせ気にしない」

フォローのはずなのに、琥藍の声には微妙に笑いが混じっている。悔しいけれど、めったに笑わない彼を笑わせることができたのならもういい。

ダイニングルームでは、黒江女史によって完璧に夕飯の支度《したく》が整えられていた。

「今回もお世話になります、黒江さん」

「畏《かしこ》まりました」

慇懃《いんぎん》かつ一切の動揺がない返事は、予想通りと言えば予想通り。雇い主が部屋着としている深いブルーのローブを羽織っただけの椎名の姿をいきなり目にしても、スーパー家政婦は実に落ち着き払ったものだ。

小学校の入学式で初めて見かけた時から、黒江女史の印象は変わらない。背筋は古稀《こき》を過ぎた今でもぴんと伸びていて、動きもきびきびとしている。見事に白い髪は一筋の乱れもなく襟足《えりあし》でシニヨンに結われ、ハイネックの黒いワンピースと糊《のり》のきいた真っ白なエプロンを制服のように身に着けている。

ストイックにプロの仕事人であるところは、琥藍によく似ていると思う。さすがは育ての親と言うべきか。

プロフェッショナルな黒江女史は、料理も抜群だ。美味《おい》しいのは当然のこととして、盛り付けも美しく、栄養バランスまでばっちり。

本日はテーブルセッティングも含めて純和風だった。旅館さながらにたくさんの小鉢が並び、ふつふつと出汁《だし》の沸いている土鍋が一人ずつにある。水菜や薄切りの椎茸《しいたけ》、繊細なカットの人参《にんじん》を添えて花びらのように大皿に盛りつけられているのは、縁《ふち》が透き通るくらい新鮮な白身魚の刺身《さしみ》。

「もしかして、鯛《たい》しゃぶ？」

以前琥藍にご馳走《ちそう》してもらって、すごく美味《おい》しかった記憶がある。思わずはずんだ声をあげると、手作りのポン酢を渋い唐津焼《からつやき》の取り鉢に注いでくれた黒江が首肯《しゅこう》した。

「はい。琥藍様からご指示がありましたので」

「琥藍から？」

わざわざメニューまで指示するなんて、彼にしては珍しい。意外に思って目を向けると、箸置《はしお》きから優雅な手つきで塗り箸を取り上げた琥藍がさらりと言った。

「この前気に入っていただろう」

「あ、うん」

椎名のため、ということだ。なんとなく落ち着かない気分になって、聞き返す。

「でも、よかったのか？　俺はこういうさっぱり系が好きだけど、琥藍ってけっこうがっつり肉食じゃん。物足りないとかないか？」

「大丈夫だ。椎名はすぐにバテるから、しっかり食わせておかないといけないしな」

「……オヤジっぽいぞ、その発言」

「どのあたりが？」

真顔か。こういう時まで真顔なのか。ていうか自分の発言が暗にセクハラ成分を含んでいるということさえ自覚がないのか。

真面目に詳細を説明する気にもなれないので、椎名は「もういいよ」と苦笑混じりに話を流して、華麗な料理を目でも堪能する。

「それにしても、黒江さんの料理って毎回本当に見事だよなー。あ、琥藍、まだ食うなよ。せっかくだから記録しときたい」

「……わかった」

くりぬいた柚子《ゆず》の器に盛りつけられた鯛の昆布締《こぶじ》めに箸をつけようとしているところにストップをかけると、ため息をついたものの彼は手を止めてくれる。

椎名はローブのポケットに入れておいた携帯電話を取り出して、カメラを起動した。プロのモデルと美しい料理をベストアングルで画面に収めようと、角度や距離を調整する。

「琥藍、もっと笑って写れよ」

「仕事でも求められないことを要求されてもな」

淡々と言って、どうでもよさそうに壁の時計の方を眺めていても琥藍はやはりフォトジェニックだ。素人《しろうと》の椎名が撮っても驚くほど絵になる。

ちなみに、仕事でも笑うことを求められないという琥藍の発言は本当だ。整いすぎた顔というのは、その端整な造りを最大限味わうのに表情を必要としない。冷たい眼差しの方がノーブルな美貌を引き立たせ、近寄りがたさがまた魅力となるのだ。笑うとしても、僅《わず》かな笑みを完璧な形の唇に乗せるだけでいい。それだけで抗《あらが》いがたい引力を放つ。

「ていうか、琥藍って大笑いとかしないよなー」

「そこまで笑える事態に出会ったことがないからな。もういいか」

「いいぜ。毎回メルシーな」

「De rien《ドゥ リヤン》」

カタカナフランス語でお礼を言ったら、さらりと本格的な発音の返事がきた。前に聞いたけれど、確か「どういたしまして」とか「いいよ」って意味。

それにしても、琥藍のフランス語は妙に色気があって困る。日本語でも腰にクる低くていい声をしているけれど、フランス語だと全体的に囁き声風になるせいでベッドタイムを思い出してしまうせいかもしれない。

先に食べ始めた琥藍の前で、椎名は携帯を操作する。写真を保存して……それからこっそり、メールを起動した。素早くある人に保存したばかりの写真データを添付して送信する。本文はなしだ。時間をかけると琥藍に変に思われるから。それに、椎名からの文章なんかなくても相手は添付画像だけで喜ぶだろう。

何気ない顔で携帯をローブのポケットに戻して、椎名も食事にかかった。かつては悪いことをしているみたいでドキドキしていたものだけれど、人はどんなことにでも慣れてしまえる生き物だ。今は平気な顔ですぐに食事ができて、「これ美味《うま》いなー」とか言える。

それがいいのか悪いのかは、考えない。思考の停止は、善悪の判断の停止。楽だけどずるいことは知っている。だけど、あえてそうする。

美食を堪能して、食後のデザートに黒江女史手作りの晩白柚《ばんぺいゆ》のシャーベットなるものを食べていると、ポケットで携帯が着信を知らせた。

「鳴ってるぞ」

「メールだから大丈夫」

挙動不審にならないように気を付けて、椎名は最後のワンスプーンを口に入れてから携帯を取り出す。

送信者は予想通りの人、さっきの写真データへのお礼だ。

基本的に無駄のない、実用的な文章を作る相手だけに、『相変わらずのようでなによりです』という最後の一文に唇がほころぶ。わかりにくいけれど、「変わらずに元気そうでよかった」という意味だ。

「椎名、にやにやしてる」

「え、マジで?」

こっちを見ているとは思っていなかっただけに一瞬焦るけれど、とっさに何気ない顔を装《よそお》う。

「何かいい知らせか?」

「いや、普通に仕事のメール。ていうか、琥藍が言ってた通りにイノサンからもメール来てた。一通目は琥藍が予定より早い便に乗ったっていうのとその到着予定時刻で、二通目は自分は予定通りの便で帰ってきたって」

後ろめたいことがある時、人は言葉数が増えるか減るかするものらしいけれど、椎名は増える方だ。わかっていても、ついついしゃべりすぎてしまう。

「ほら、ついさっき帰国したみたいだぜ」

いつも通りのふりをするために、椎名は携帯の画面を琥藍の方に向けた。表示されているのは、イノサンからの帰国を報告するテンションの高いメール。

じっと、紫色の瞳で見つめられた。何か思うところでもあるかのように。

「何だよ」

手のひらが汗ばんでくるのを感じながらも、強《し》いて視線をそらさずに椎名はいつもの軽い口調を心がける。

何ごとか考え込んでいるような顔をしていたものの、最終的に琥藍は小さく吐息をついた。

「……時々、椎名が俺に隠しごとをしているような気がすることがある」

心臓が跳ね上がる。ただの勘だろうか、それとも何か根拠があって？

聞きたいけれど、これ以上この話題が続く方がまずい。まだこっちは心の準備ができていないし、たぶん琥藍もだ。

だから笑って、ごまかした。

「俺ってそんな謎《なぞ》めいてる？　もう二十年来の付き合いなのになー。ていうかさ、食事終わったんならいい加減に仕事しようぜ。そのために俺がここに来てんの忘れてないだろうな」

自分でもかなり強引な話題転換なのはわかっているけれど、基本的に淡々としている琥藍は一つの話題に固執したりしないから大丈夫なはず。そう思ったのに、珍しく琥藍が黙り込んだ。何か言いたいことがあるかのように。

内心で焦りながらも、椎名はいつもの口調を心がけて先に言葉を重ねた。

「な、この後は仕事しようぜ、琥藍センセ」

「……気が向いたらな」

吐息をついて、琥藍が答える。

よかった。無事に追究をかわすことに成功だ。


仕事部屋も兼ねることになる寝室に戻るなり、椎名はベッドに押し倒されていた。組み伏された状態で、驚き半分、呆れ半分で琥藍を見上げる。

「おい、仕事するんじゃなかったのか」

「気が向いたらって言っただろ。俺はまだ椎名を食い足りない」

気品ある美貌、俗世を離れた超然たる態度とは裏腹に、つくづく琥藍は肉食だ。基礎体力が違うのだから、少しは食われる方の身にもなってほしい。

「食いすぎ」

「食いだめしとかないと次までもたない」

「……つまみ食いとかしてないのか」

「してない。椎名がよすぎて、他のやつだと満足できない」

真顔でなんてことを言うんだ、この男は。

じわりと頬が熱くなるのを感じながらも、なんとか軽い口調を保って椎名は嘯《うそぶ》く。

「悪食《あくじき》の偏食《へんしょく》だな」

「悪食はともかく、偏食だろうな。お前みたいなのは他にいない」

「……真顔でそういうこと言うなよ」

自分でも思いがけないくらい、声が切なげになってしまった。戸惑いを表すように、琥藍の眉根が僅かに寄せられる。

「何で」

「口説かれてるみたいな気になる」

正直に明かしてみたところで、反応はいつも通りだ。怪訝そうに琥藍が眉根をいっそう寄せる。

「体を褒めたんだがな」

「わかってるよ」

苦笑して、気にするな、と椎名は厚い肩を軽くたたいてやる。

体を褒めたからといって、そこに特別な感情が生まれているわけじゃないのは恋愛感情が欠落しているという琥藍ならではだ。普通の人なら、さっきのは熱烈な愛の言葉だと思っていいはずなのに。期待しないようにしているのに、ついうっかりやってしまう。

とはいえ、思いがけない事実が発覚だ。

女々《めめ》しい真似をしたくなくてあえて聞かずにきたけれど、琥藍は椎名以外の人を抱いていないのだ。だからこそ、会えない期間が長くなるとその分を埋め合わせるように激しく求めるようになっていたのだろう。

感情は伴っていないとはいえ、好きな相手にそこまで求められて嬉しくないと言ったら嘘になる。

「……ま、偏食なら仕方ないな」

ふ、と唇をほころばせて呟くと、誘われたように琥藍の唇が重なってきた。受容したからには、今夜はこのままがっつりだ。

なかなか仕事にかかれないけれど、仕事に関して琥藍がいい加減なことをするような男じゃないのはわかっている。ついでに言えば、椎名も自分の仕事にプライドを持っている。

本格的に仕事にかかるためにも、今はお互いを補充することが優先なだけ。

四泊五日、今回もいろいろと濃厚な日々になりそうだ。

【2】

ベッドヘッドの方に積んだ枕に背を預けて座り、琥藍は頭の中にあるデザインを、立てた片膝で支えているスケッチブックに雑な鉛筆の線で描き出してゆく。

丁寧に、時間をかけて描く気なんて最初からない。ざっと描いても、椎名には正確にイメージを汲《く》み取って形にするだけの能力があるから。

スケジュールが詰まっている琥藍にとって、カットできる時間をカットするのは当然のことだ。椎名といられる時間は限られている。

集中して一気に描き上げて、一段落したところで手を止め、隣に目をやった。

帰国して四日。その間、椎名を抱いた回数は数えてもいない。今は酷使された体を休めるように、幼馴染みはぐっすりと、無防備に寝入っている。

うっすらと開いた唇は、度重なるキスのせいでいつもよりふっくらとして、赤く染まっていて色っぽい。首筋から胸元、肩や腕の内側に至るまで、シーツで隠れていないところにはできたてのものから初日のものまで琥藍のつけたキスマークが散っている。シーツで隠れているところに関しても言わずもがなだ。

椎名はまつげが長い。眠っているとそのことがよくわかる。

仕事柄、男女を問わず整った顔は見慣れている。それでも琥藍がいちばん気に入っているのは椎名の顔だ。

気付いたのは、高校時代。

「好きになれないってわかってても選ぶ相手は美人なんだな」と椎名に指摘された時、そうだっただろうかと改めて過去に付き合った相手の顔を思い浮かべてみた。

はっきりとは思い出せないのに、全員少しつり目がちでまつげの長い目許をしていたことだけはなんとなく印象にあって、共通項として「椎名に似ている」顔の相手を無意識に選んでいたことが判明したのだ。

その時、腑に落ちた。椎名と自分が友人になれたことが。

そもそも、椎名の顔を気に入ってなかったら、知り合った最初の段階で自分はもっと徹底的に冷たくあしらっていたと思う。昔も今も、子どもは好きじゃないから。

五歳で日本に来るまで、琥藍の周りには大人しかいなかった。

さすがに赤ん坊のころのことは覚えていないが、噂《うわさ》好きだった何番目かのシッターから話は聞いている。

四條織絵は知人が経営する私立病院で、極秘裏《ごくひり》に出産した。そして、多額の寄付金と引き換えにそのまま病院に赤ん坊を預けていた。一歳になる前に、赤ん坊をパリ市内の病院から郊外の静かな別荘地の屋敷に移し、数人のベビーシッターに二十四時間を交代制で割り振って育てさせたらしい。

そのころからはぼんやりと記憶にある。

四歳までの記憶は普通あまり残らないらしいから、実際にはもっと後からなのかもしれない。が、日本に来るまでの琥藍の生活スタイルは変わり映えしなかったから、そう大きくは違っていないだろう。

物心がつくころには、琥藍は自分に親がいないことを知っていた。面倒をみてくれる大人はいる。その複数の大人たちは、いつも決まった時間になると交代する。バカンスの時期にはいつもとは違う大人が派遣されて来て、一定期間が過ぎたら去ってゆく。

みんな愛想がよくて、丁寧で、親切だ。

琥藍が懐《なつ》かなくても。

織絵は琥藍の存在を秘匿《ひとく》しておくために高い給与を設定していたらしく、シッターたちは愛想のない無口な子どもの面倒をみるという仕事にも特に不満はないようだった。仕事と割り切ってしまえば多少の不快は我慢できるものだし、そもそも琥藍は手のかからない子どもだった。だいたいいつも、一人で図鑑や事典を眺めていた。

それは、琥藍なりの無意識の護身。

生まれて間もないうちに「ずっと一緒にいてくれる人などいない」ことを身をもって知った琥藍は、特定の人物に対して強い思い入れをしないという術《すべ》を身につけた。どうでもいい人なら、いなくなっても寂しくなったり悲しくなったりしないですむ。

本やテレビで見るような家族は、琥藍には最初からなかった。自分を生んだ女性がいることは事実としてあるけれど、その人は母親とは呼べなかった。

五歳までに、織絵に会った記憶は三回。

毎回予告もなく現れて、十分も顔を合わせていることなく去って行った。

最初に会った時、長い黒髪を一本の三つ編みにして左の肩に垂らした、洞穴《ほらあな》のように無感情で暗い目をしている顔色の悪い瘦《や》せた女が自分の母親だなんて実感はまったく湧かなかった。だいたい、母親というものに対する一般的な感情自体がどういうものか琥藍にはわからない。

シッターより愛想がないな、と思ったくらいだったけれど、相手も似たような感想を抱いただろう。琥藍は昔から、子どもらしい子どもじゃないと言われてきた。

元々知能が高かったうえに、特殊な環境で育ってきたのだ。同年代よりもかなり早く琥藍が『子どもらしさ』を失ったのは当然と言えば当然だろう。

五歳になるころには、自分を子どもとして扱おうとするシッターを鬱陶《うっとう》しく感じるようになっていた。シッターたちも、琥藍を扱いづらくなったらしい。

シッターが何人か入れ替わったある日、織絵が黒江を連れて現れた。それが織絵に会った三回目、そして最後だ。

黒江と日本に渡り、琥藍は四條邸で暮らすことになった。

黒江はそれまでのシッターと違っていた。琥藍のことをいわゆる『子ども』として扱わず、きちんと知性のある『一人の人間』として接したのだ。おかげで過ごしやすくなった。

未熟だった日本語を日常使いしていたフランス語と同じくらい習得したころ、「日本には義務教育というものがございます」と黒江が切り出した。聞けば、どうしても学校に行かなくてはならないという。

面倒だな、と思ったものの、義務ならば仕方がない。

織絵からはどこか私立の一貫校に行かせるようにという指示だったらしいが、どうせ同じ内容を学ぶのならどこだろうと変わりはない。「何か問題があれば転校する」という条件の元に、琥藍は通学距離が最も短くてすむ公立を選んだ。

そこで椎名に出会った。

入学式の後、クラスでの自己紹介の時に「子どもは嫌いだ」と言い放った琥藍に、先生は固まり、教室内は一気に騒がしくなった。

キーキーとうるさいな、と顔をしかめた琥藍の方に、前の席の子どもだけが大きな瞳を輝かせて、身を乗り出してきたのだ。

「自分も子どもなのに、何で？」

なんて、もっともな質問を直接ぶつけてきたのが椎名だった。

変わったやつだな、とは思ったものの、何せクラス内がうるさかった。そっちの煩《わずら》わしさが先に立って、琥藍は「うるさいから。もう話しかけるな」と不機嫌に返し、一方的に話を終わらせた。

それなのに、椎名は逆に琥藍に興味を持ったらしい。

他の子どもたちが怖がって琥藍を避けている中、椎名だけはまったく臆《おく》することなく寄ってきた。そっけなくしても、不機嫌な顔を見せても、こたえた様子も見せずに楽しげに笑ってくっついてくる。

面倒だと思いながらも、案外嫌ではなかった。でもそれも、椎名の顔が可愛かったことと無関係ではないだろうと琥藍は冷静に分析する。

少しつり目がちで好奇心旺盛そうな大きな瞳、小作りの鼻と口。椎名は端整な顔立ちの仔《こ》猫《ねこ》に似ていた。もしあれが二目《ふため》と見られないような不細工だったとしたら、「面倒だけど嫌じゃない」などという生ぬるい感覚では済まずに、「しつこくて気持ち悪い」と不快に感じていただろう。

人は見た目じゃないという言葉もあるが、結局人は見た目に左右される。

皮を一枚剝《は》いだら大差などないのだから、器に引きずられるなんて馬鹿馬鹿しい。だけど、それが現実だ。仕事柄、琥藍はそういう実感を持つ機会も多い。

でもそれは、生物学的にはある意味間違ったことじゃない。魅力的な見た目というのはその種にとって何らかのメリットがあるからこそ魅力的に見えるものだというし、より優秀な遺伝子を求めるのは種の保存を至上命題とする生き物として当然だ。

とはいえ、同性である椎名の顔と体をこんなに気に入るなんて、自分でも思ってもいなかった。生物学的にも合理的な説明はつけられない。

自然界にも同性愛活動はあるが、それは異性との本番に備えての『練習』というのが通説だ。それなのに、琥藍は椎名しか欲しくならない。異性の誰を抱いても椎名の時ほど満足したことはないし、際限なく欲しくなったこともない。

椎名の顔も体も、ものすごく気に入っている。最初はおもしろいが面倒だと思っていた中身も、親しくなるにつれて気に入った。

椎名はいいやつだ。とても。

黙っていたらアパレルメーカー勤務だけに洒落《しゃれ》た雰囲気のある美人なのに、気取ったところがなくて、さばさばしている。そのわりに情にも厚くて、昔から友達が多かった。

だから、出会ったばかりのころは琥藍からしてみたら「どうして俺に構うんだ」という気持ちだった。

（……本当に、椎名は不思議なやつだったな）

眠っている幼馴染みの髪をなんとなく撫でてやりながら、琥藍は淡く苦笑する。

入学して間もないころに、琥藍の名前は珍しさゆえに陰口の対象になったことがある。言いたいことがあるなら直接言えばいいのに、それはできないのか遠巻きにして、そのくせ本人に聞こえるように、同じクラスの数人の悪ガキたちが「クランとか聞いたことないヘンだよなー」「意味わかんない名前」と馬鹿にした調子で笑っていた。

名前なんて自分で選んだものじゃないし、単なる記号だ。何にでも意味を求める方が間違っている。

琥藍としてはどうでもいいことだから気にすることなく放っていたのだけれど、なぜか椎名が勢いよく席を立って、直接文句を言いに行った。

「クランって、すごくきれいな名前で似合ってると思うけど！　どこがヘン？」

正面切って反論されるとは思ってもいなかったらしく、悪ガキたちはとっさに何も言えずに黙り込んだ。しかも椎名は、「人の名前をヘンだって笑っている方が、ヘンじゃないの？」と、真っ直ぐな瞳で聞いてのけたのだ。自分たちのしていることの貧しさを突きつける発言を、本人にそういう意図もなく素でやってしまう子ども。

少し、驚いた。

おもしろいやつだな、と改めて思った。けれど、まだそれ以上でもそれ以下でもなかった。それ以上にならないように、無意識に心の距離を保つようにしていた。

だから椎名は、友達ですらないのにいつも近くにいる、整った顔をした不思議なクラスメイトであり続けた。おもしろい発想をして、お節介で、面倒だけど嫌じゃない相手。

それが唯一の『友達』に変わったのは、小学一年の夏休み前だった。

ほんの出来心で、琥藍はテストを全教科白紙で出すというのをやってみたことがある。どうせ理解しているのは先生だってわかっているし、こういう『問題児』っぽいことをしたらどういう反応があるか——主に、フランスにいる養育者から——を見てみたかった、という程度の気持ちで。

結果は、特に大したことは起こらなかった。少なくとも琥藍にとっては。

つまり、まだ若い女の先生は泣きながら感情的な小言を押し付けて来て、呼び出された保護者の代理人として黒江が学校に来た。織絵の方からは特に何のコメントもなく、ただ黒江宛《あ》てに私立への転校の指示が来ただけだ。

「何か問題があれば転校する」という条件は覚えていたし、なんだかいろいろと吹っ切れたので、琥藍は淡々と転校を受け入れた。

何もかも、全然意外じゃなかった。

ただ、椎名の行動だけが予想外だった。椎名は琥藍の転校に反対し、四條邸に押しかけてきたのだ。

黒江経由で織絵に電話をかけさせた椎名は、琥藍の転校を取りやめるように織絵に直談判《じかだんぱん》をした。横で聞いてても言葉足らずで感情的な訴えの末に、椎名は本当に琥藍の転校話を覆《くつがえ》してしまった。

さすがにこれには驚いた。

どうして椎名がここまで一生懸命なのか全然意味がわからなかったし、転校が白紙に戻ったからといって何の感慨も湧かなかった。ただ、『子ども』のくせにけっこうすごいやつだな、とは思った。

電話を切った後、そのままの姿勢でしばらく黙っていた椎名がいきなり泣き出して、また驚かされた。

大人ばかりに囲まれて育ってきた琥藍は、目の前で人が泣く姿に慣れていない。それに、学校で誰かが泣いていてもそれは自分に関わりのないことで、どうでもいいことだった。だけど、椎名が泣いているのにはたぶん自分が関わっている。

どうしたらいいのだろう。

家政婦の方を見たけれど、黒江は指示を待つように部屋の隅で姿勢よく控えているだけだ。この状況を「何とかしろ」と言ったら、黒江は椎名を追い出してしまうような気がした。そういうことを望んでいるわけではない。

面倒だし、意味不明だし、どう扱えばいいのかわからない。でも、放ってはおけない。ためらってから、椎名の近くに行った。

「……何で泣いている？」

声をかけると、しゃくり上げた椎名が顔を上げる。涙でぐちゃぐちゃだ。

でも、可愛い顔だなと場違いなことを考えている琥藍に、「うわあん」と声をあげた椎名が突然抱きついてきた。驚いて尻もちをついても椎名は離れなくて、一緒に床に座り込んだまま泣き続ける。

「何なんだ……」

あんなに戸惑ったのは生まれて初めてだった。困惑のため息が零れたものの、仕方がないので琥藍は自分に抱きついている子どもの頭を撫でてみる。本や映画では、泣いている子はこういう風にあやしていた気がするから。しがみついている力が強くなる。体重がかかって少し重いけれど、嫌ではない。

細くて、しなやかな髪だった。そういえば、他人の髪に触れたのは初めてかもしれないなと琥藍は撫でながら思う。悪くない感触だ。

しばらく泣いていた椎名が、ようやく声を発した。しゃくり上げているせいで、聞き取りづらい。

「く……の、おか……さん、……ちが……よ」

「椎名、何を言ってるのかわからない」

こういう言い方じゃまた泣くかもしれないなと思っても、急に他の言い方など思い付けない。ずばりと事実を告げると、椎名が頑張って泣きやもうとしているのが感じられた。

「くらんの、お母さん……、なんか、ちがうよ」

「ああ、そうだろうな」

ようやく腑に落ちる。椎名は普通に仲のいい家庭で育ってきているはずだ。母親というのは優しくて、怒ったら怖くて、それでも子どもを無条件に愛している存在だと信じているのに違いない。

しかし織絵は違う。子ども相手だからって声音《こわね》や口調が変わることはないし、黒江が言うには超大作ファンタジー映画の衣装制作中らしいから、忙しくて殺気立っていたのかもしれない。転校の件をあっさり白紙に戻したのも、きっと時間を取られたくなかったからだろう。

「あの人が怖かったんだな」

納得してなんとなく髪を撫でてやると、椎名がかぶりを振った。

「違うのか？」

今度は頷く。じゃあどういうことだろう、と思っていると、数回深呼吸をしてなんとか泣きやんだ椎名が、いっぱいの涙目で琥藍を見つめて、震える声で言った。

「くらんが、かわいそうだ」

一瞬、何を言われているのかわからなかった。

固まっている間に、椎名はまたぎゅうっと抱きついて泣き始める。

「さみしいよね、くらん……」

しゃくり上げながら、そんなことを言う。

はっきりいって、琥藍は自分が可哀想な子どもだと思ったことは一度もない。人並み外れて顔が整っていることは自覚しているし、知能も高いし、五体満足で体も丈夫、しかも相当裕福だ。普通に考えて、可哀想がられる立場じゃない。生活は万能な家政婦が濃《こま》やかに面倒をみているわけだし、母親が『普通の』母親じゃないことくらい、他の恵まれた部分に比して些細《ささい》なことだ。

それなのに椎名は、子どものくせにおかしな同情をして、琥藍のために泣く。

自分のために泣いてくれる誰かがいるなんて、考えたこともなかった。

カタン、と胸の中で何かが小さく動いた気がした。意味もなく、少しだけ目の奥が熱くなった気がする。

琥藍はゆっくり瞬《まばた》きして、瞳の熱を押し戻した。

「……おもしろいことを言うんだな、椎名は」

頬に触れる髪を掻《か》き混ぜるように、ぐしゃぐしゃと撫でてやる。

声の調子が自分でもわかるくらい変わったせいか、椎名が泣き濡れた顔を上げた。鼻水までたらして泣いているのに、やっぱりこれまで見た中で椎名の顔がいちばん可愛いと思う。

そうして、琥藍は椎名を『友達』として認めた。他の人とは心の中の別のところに存在させるようになったのだ。

大人になった今も、椎名以上に親しくしている人はいない。一緒にいる時間はマネージャーのイノサンとの方が断然多くなったけれど、あれは友達ではなくて仕事仲間だ。

「ん……」

少し眉をしかめた椎名のまつげが、小さく震えた。ゆっくりとまぶたが上がって、綺麗な瞳が現れる。寝起きでぼんやりしている様子が、かなり色っぽい。

「椎名」

呼びかけると、ぼんやりした瞳がこっちを向いた。目が合う。

「……琥藍、それ、追加のデザイン？」

「ああ」

「楽しみ」

にへ、と椎名が笑った。色っぽさはなくなったけれど、思わずこっちも唇が和らぐ。

「今何時？」

目が覚めた時のいつもの質問に、琥藍はベッドサイドの時計をチェックして答える。

「十一時四十三分」

「……うそ、昼前？」

「そうだな」

「あー、時間の感覚なくなってるー……。週明けきつそうだなあ……」

「頑張れよ」

「人ごとみたいに言うな。お前のせいだろ」

椎名がだるそうに腕を上げて、腹に軽くパンチしてくる。痛くもかゆくもない。

「へろへろだな」

「だからお前のせいだっつーの」

ふくれる椎名の言い分はもっともだ。昼となく夜となく抱いて、抱き合う合間に仕事をするという乱れた生活サイクル。それがここ数年の帰国時の二人のスタイルだし、いちばん仕事がはかどるのだけれど、普段から分割睡眠に慣れている琥藍はともかく、慣れない椎名には大変なのかもしれない。

「まだ寝とくか？」

「いや、目はばっちり覚めてる。ただ、あちこちにキテてだるいんだよ」

言いながら体を起こそうとして、どこかに響いたのか途中で顔をしかめ、ぐにゃりと枕に崩れ落ちた。

「うあー、ヤバい……。マジで起きれないかも」

「じゃあ起きなくていいぞ。俺のせいだから面倒くらいみる」

申し出に、顔だけこっちに向けて椎名が笑った。

「うむ。苦しゅうない」

椎名のこういうところは、他の誰にもない。起きるのが大変なほど体がだるいのだろうに笑って許し、あまつさえこっちが思わず口許をゆるませてしまうような返し方をする。特筆すべき長所のひとつだと思う。

椎名といるのは、ものすごく居心地がいい。

椎名にとってもそうであればいい。

琥藍はいつからかそう思うようになった。だからこそ、他の人のためにはやらないようなことも椎名のためにやる。

要するに、椎名が快適でいられるように面倒をみるのだ。

ダイニングまで移動しなくていいように黒江にブランチのトレイを用意させて、琥藍はベッドの上で椎名の上体を起こしてやり、自分の左肩にもたれさせた。だるいと言っていただけあって、椎名はされるがままだ。

口許にミネストローネのスプーンを運ぶと、素直に口を開ける。ぐったりしている椎名の世話をしているといつも思うのだけれど、こういう姿は妙にそそられる。抱きたくなるとかじゃなくて、もっと何かしてやれないかというような気持ちになるのだ。

「美味いか？」

「美味い」

満足げに目を細めての返事に、ふ、と琥藍の表情も和らぐ。

食後のデザートは苺《いちご》だ。琥藍の手から食べながら、椎名が聞いてきた。

「そういえば今日って何曜日だっけ？」

「金曜」

「マジか。火曜の夜からだからもう四日目ってこと？　琥藍がいられんの、明日まで？」

「そうなるな」

「毎回思うけど、これ、ちょっとした監禁だよなー」

「人聞きが悪いな」

「でも事実だろ？　どこにも出かけないし。ていうか、今回は服や靴までないからマジで出かけようもないよな」

「出かけたいのか？」

今までそんなことを言ったことがなかったから意外に思って聞くと、椎名が少し考えるような顔になった。それから、逆に問い返してくる。

「出かけたいって言えば連れ出す気があんの？」

「いや」

外に出る時間があるのなら、できるだけ椎名を抱いていたい。本当は会社をやめさせて常に側に置いておきたいくらいだけど、そんなことを言えば「俺は琥藍の持ち物じゃない」と怒る姿が想像できるから黙っている。椎名が仕事に誇りをもっているのは、琥藍だってわかっている。

「即答すぎるだろ。このにわかひきこもりが」

苦笑した椎名が、反論しようとした琥藍の口に食べかけの苺を放り込む。それから、どこか切なげな顔になった。

「でもまあ、そういうもんだよな。デートするような関係でもないのに、二人でどこ行くんだって話だしな」

「……椎名？」

眉根を寄せると、なんでもないというように笑った椎名が苺を今度は自分の口に放り込んだ。もぐもぐしながら琥藍が描いていたデザイン画を手に取る。

「ま、軟禁されてやるのもいいさ。何だかんだ言っても、エッチだけじゃなくてちゃんと仕事してるしな」

「しないと椎名は会社を優先するだろう」

「当たり前」

一切の迷いのない、さっぱりとした返事。椎名らしい。

だからこそ、琥藍はインディゴのデザイナーをしていると言っても過言ではない。帰国中の短い期間、椎名を会社公認で側に置いておくために。

寝ている間に描き上げられたデザイン画を一枚ずつ見ながら、椎名が感慨深げに呟く。

「にしても、琥藍がうちで匿名とはいえデザイナーデビューして俺をパタンナーとして指名するとか、人生って何が起こるかわかんないよなー……。お前が引き受けるとは思ってなかったもん」

「俺はお前のところの社長に驚いたけどな」

「春姫《はるひ》さんだろ。あの人、一見年齢不詳のマッシュルーム頭の不思議ちゃんなのに、ニコニコしながらめちゃくちゃ押しが強いんだよなー。だからこそ琥藍を口説き落とせたんだろうけど」

デザイナーになる気のなかった琥藍が『インディゴ』というメンズラインの匿名デザイナーになった経緯には、椎名の勤めるアパレルメーカー『スプリンセ』のやり手女社長が関わっている。

始まりは、些細なことだった。

五年前、椎名が当時気に入っていたシャツにかぎ裂きができてしまったのを、琥藍がほんの気まぐれでリメイクのデザインを考えてやった。黒江女史の手によって見事に生まれ変わったシャツを椎名は気に入り、職場にも着て行った。それを見かけた女社長が、「日常使いができるのにエレガントで洒脱！　これは売れるわ～！」と、琥藍のデザインにすっかり惚れ込んでしまったのだ。

さっそく椎名を通じてデザイナーになってみないかという打診があったものの、もちろん琥藍は断った。デザインの勉強をしたことはないし、する気もない。モデルの仕事だけでも十分に忙しいし、親の関係でデザイナーという仕事自体に抵抗があるからしたくない。念のために付け加えるなら名前だけ貸すなどという気もない。

しかし、断っても断っても春姫社長に聞く耳はなかった。

間に挟まれた椎名が困っているのがわかったから、琥藍は直接はねつけるつもりで春姫社長と会うことにした。

社長室で出迎えた彼女はにっこりして、見た目にそぐわぬ大人なレディ口調でさっそく琥藍が挙げていた拒絶理由への反論を開始したのだ。

「世界のトップメゾンとお仕事されていて最先端モードに常に触れていらっしゃるんですから、わざわざお勉強などなさる必要はありませんわ。もちろんお名前だけ貸してくださいなんて失礼なことは申しませんし、もしお名前を出したくないのでしたらそれはそれで全然構いませんわ、デザインの魅力だけで売れますから。あ、どうしてそう言い切れるのかとお思いかもしれませんが、こう見えてもわたくし学生時代に自らブランドを立ち上げてここまでやってきておりますし、自分で言うのも何ですけど見る目には自信がありますの。お忙しいのは存じておりますけれど、うちの椎名の話では一分もかからずにリメイクのデザイン画をお描きになったとのことじゃないですか。デザインというのは才能のない者には最初からクオリティの高いものを生み出すことなどできませんから、才能のある方ならタイミングがよければパーッとデザインしていただける可能性が高いものです。それにですね……」

ウフフフと笑いながらの説得は、まさに立て板に水。反論はもちろん、相槌《あいづち》さえ差し挟ませない。とはいえ、琥藍は春姫社長の押しの強さに負けたわけではなかった。

最初は呆気《あっけ》に取られたものの、いつまでも相手のペースでいるような琥藍じゃない。すっぱり断ってさっさと立ち去ろうとした。けれど。

ふと、ひらめいたのだ。

そのころ、休みが不定期な琥藍と会社員である椎名とでは、忙しい合間を縫って帰国してもゆっくり会える時間が少なかった。このオファーを利用すれば、問題を解決できる。

ということで、「デザインを引き受ける代わりに、俺が帰国している期間はパタンナーの椎名をアドバイザーとして寄越せ」という条件を出した。

春姫社長はこっちが拍子抜けするくらいにあっさりと条件を飲み、椎名も「お前、無茶苦茶するなー」と言いながらも話に乗った結果、現在がある。

デザイナーとして匿名なのは、せめてもの抵抗だ。

名前を出していなければ、万が一にも琥藍が同じデザイナーという仕事をしていることを織絵に知られることもない。知ったからといってどうこう思う女じゃないことはわかっているが、それでも。

やむをえず始めたデザインだったけれど、やってみると自分でも意外なくらいにおもしろかった。しかも、向いていた。

元々、前衛的なもの、モードとアートの境界をなくしたもの、これからの方向性をどこよりも先に示すもの、そういうモード界におけるパリコレクションの価値や意義はわかっていても、琥藍はより実用的なニューヨークコレクションの方を気に入っている。街中《まちなか》で着た時に周りがぎょっとしてしまうような奇抜《きばつ》な服じゃなくて、日常的に着ることができ、なおかつセンスのいい服。

春姫社長の目利きは自称通りに確かだったのか、インディゴの服はよく売れているらしい。椎名も琥藍のデザインが好きだと言って、トータルで着ている。よく似合う。

それも当然だ。

考える時には、いつも椎名が頭の中にいるから。自分で着たい服は特にないし、インディゴが狙う購買層は二十代から三十代のメンズだから、無意識でも椎名をモデルにするのは妥当なことだろう。

椎名に着せてみたい服――ひいては、乱したり、脱がせていきたい服を琥藍はいつもデザインしている。本人に言ったことはない。商品化されると椎名が着るから、べつに言う必要もないと思う。

食後、椎名はベッドに寝転がったままながらも仕事にかかった。

琥藍が新しいデザイン画を描いている横で描きあがった方のデザイン画をチェックし、デザイナー本人から必要なことを聞き取ってメモを取る。シーツの下の体は何も身に着けていないけれど、出来心なんか起こさせないほど仕事中の表情は真剣だ。

こういう表情を見られるのは、デザイナーを引き受けたことで得た思わぬ成果だった。

椎名は優秀なパタンナーだ。琥藍の頭の中にしかないはずの服をデザイン画から汲み取って、型紙を起こして現実のものにする。毎回見事なものだと感心させられる。琥藍の出した無茶な条件があっさり認められたのは、椎名のパタンナーとしての力量を春姫社長が認めていたというのもあったのだろう。

一通りのチェックを終えて、椎名が充実したため息をついた。

「すごいな、琥藍ってやっぱ天才」

「大袈裟《おおげさ》だな」

「ホントのことだし。うあー、早く商品になんないかなー」

じたばたしている椎名は、いつも気負いも照れもなく本気で琥藍のデザインを褒める。何度褒められても、反応に困る。嫌なわけじゃないけれど。

「……どれが気に入った？」

「ぜんぶ」

「それじゃ参考にならない」

苦笑すると、「んー」とうなりながらぱらぱらとめくり、途中で手を止めた。

「一番はこれかも」

ストライプ柄で指示したタイトめのシャツを示す。

「特にどこが？」

「ここの切り替え。一旦ボーダーを挟んで、下にボタン用のフラップ付けてんのとかやられたね。洒落《しゃれ》てんのにやりすぎてないとこが絶妙」

突っ込んで聞いても、椎名はいつも即答する。口先じゃないのがこういうところからもわかるし、具体的なだけに参考になる。

他のものも意見を聞いて、意見の内容によっては手直しをする。一段落すると、ごろりと寝転がった椎名がやけに嬉しそうに笑いながらこっちを見上げた。

「どうした」

「んー？　なんかさあ、琥藍って本当に仕事に対してストイックだなーと思って。そういうとこいいよな」

「……何だ急に」

「琥藍ってさ、顔とか態度に出にくいだけなんだよな。ちゃんとやる気がないように見えるくせにこんな練られたデザインってことは、普段から頭の中で準備してるってことだろ？いくら才能があったっていきなりでこんなには描けないことくらい、この業界にそれなりの期間いたらわかるし。それに、今朝もこのマンションの最上階にあるジムでトレーニングしてたんじゃないの？」

その通りだけれど、琥藍には褒められる意味がわからない。

「仕事のために準備するのは当然のことだろう」

「そういうとこが偉いって言ってんの」

言って、椎名が寝ころんだままで琥藍を手招く。どうやら頭を出せということのようだ。怪訝に思いながらも体を低くすると、ヨシヨシと頭を撫でられた。

「……子ども扱いやめろ」

「じゃあペットだ」

不機嫌に止めても、気にせずにより失礼な方向にシフトして笑って頭を撫で続ける。思わずため息が出た。

とはいえ、べつに嫌ではない。

琥藍にこんなことをするような人は他にいない。自分よりずっと大きい男の頭を撫でて何が楽しいのかまったく意味がわからないが、相変わらず椎名はおもしろいやつだな、と苦笑混じりに思うだけだ。

「ふざける気力が出てきたってことは、少しは回復してきたのか？」

「おう、琥藍のおかげでな。でも、やんのはまだな」

「わかってる」

「聞き分けいいぞ」

またもや頭を撫でられてしまった。これでは本当に子どもかペット扱いだ。回復したら、ちょっと思い知らせてやらないといけないかもしれない。

椎名の体を休めている間に、さらに仕事を進める。玄関に置いてあったバッグには仕事用のノートパソコンが入っていたから、椎名はそれを使ってパターンを作成する。

今でも紙に手書きの人もいるけれど、椎名の会社ではデータが主流だ。データならバリエーション展開をさせる時に楽だし、工場に送るのもネットでできて便利だから。難点はデータが壊れたり消えたりした時が恐ろしいことだけれど、それはこまめな保存とバックアップで対処するしかない。

前日までにあげていたデザインのひとつであるカットソーの作業を進めていた椎名が、パターンを作っているうちにより具体的なイメージができたのか、新しい提案をしてきた。

「なあ琥藍、これ、切り替え部分のテクスチャー変えてみないか？　そっちのがおもしろい気がする」

「具体的には？」

「なんか、ちょっとシャリ感がある感じの……。んー、生地については俺より適任なのがいるから、ちょっと聞いてみる。いいか？」

「ああ」

了承すると、椎名はさっそくデザイン画を携帯カメラで撮影して、メール添付で誰かに送信した。相手からメールの返事がくると、さっそく電話をかける。

「あ、柚月？　おう、元気だって。え、声が変？　あー……と、風邪ひいたかな」

元気だったはずが、一瞬にして風邪ひきに変更だ。たぶん、あえぎ過ぎて喉が嗄《か》れてしまったことにツッコミを受けて慌てた結果だろう。椎名がよく電話をかけている同僚のテキスタイルデザイナーの柚月という人物は、そのうちインディゴのデザイナーとパタンナーの関係を察するかもしれない。

思わずにやりとすると、気付いたらしく電話をしながら枕で殴ってきた。

キャッチしたらふくれっ面で睨まれた。こういう顔も、琥藍は気に入っている。

しばらくは仕事の話をしていたのに、途中から会話の雰囲気が変わった。

「そうそう、すごい夜景が見えるんだって。うん、周りにここより高い建物がないからだよな。星はそんな見えないよ、いくら空が近くっても。……え、マジで？　俺、北斗七星くらいしかわかんないし。……いや、柚月、それは絶対メジャーじゃない。御者座《ぎょしゃ》ってマニアックだって」

どう聞いても、明らかに雑談だ。

柚月とやらと話して楽しそうに笑っている姿に、なんとなく不快な気分になった。仕事の話ならともかく、雑談を待っていてやる必要はない。

うつぶせで肘《ひじ》をついて電話中の椎名の背中は、とても無防備だ。腰から下はシーツで隠していても、上半身はむき出しだから。

スケッチブックと鉛筆を脇に置いて、琥藍は隣に寝そべっている椎名の背中に覆いかぶさった。首の後ろの少し出ている骨にキスをして舌先で丸く舐めると、息を呑んだ椎名が身をすくめた。通話は続けながら、顔だけをこっちに向けて叱るように睨んでくる。

涼しげに目尻の上がった目許は、眉をひそめるとひどく色っぽい。目許を染めて、瞳を潤ませた表情を見たくなる。他の男との雑談なんかやめて、こっちに集中すればいい。

悪戯《いたずら》を制止するべく伸ばされた左手を摑んで、ベッドに戻す。上から自分の手を重ねたまま押さえておけば、右手は携帯を持っているから通話をやめない限り椎名はもう抵抗できない。

肩口に口づけて、そのままゆっくりと肩甲骨の方へと唇を滑らせてゆく。天使なら翼の生えている位置の骨の上に軽く歯を当てると、少し声が乱れた。

そういう声をただの同僚に聞かせるのはよくない。早く電話を切ればいい。数回噛んで、背骨に沿って舌で下方へとなぞる。

「おい……っ、ちょっと待て」

焦った声音に黙って顔を上げると、潤み始めている瞳と目が合った。椎名がため息をついて、口の動きだけで「待ってろよ」と伝えて、携帯に向かう。

「悪い、デザイナー様のお呼び。……ああ、ありがとな。じゃあまた」

通話を切ったのを見届けると、自分でも子どもじみているとわかっているのに言いようもない満足感が湧いた。口許がゆるんでいるのを意識しながらも、一応聞いてみる。

「星の話はよかったのか」

「邪魔しといてよく言うよなー」

口調のわりに機嫌を悪くした様子もなく笑って、下で椎名が体を反転させた。片手が伸びてきて、ぐしゃぐしゃと髪を混ぜられる。

「仕方ないから構ってやるよ」

椎名以外にはされたこともないような、上から目線。

「起きられないくせに偉そうだな」

「起きられないのは俺のせいじゃないし」

確かに。琥藍は薄くなめらかな手触りの胸や腹を撫でながら、体力がつきそうな案を挙げてみる。

「もっと鍛えればいいんじゃないか」

「抱き心地変わるかもよ?」

「椎名だったらべつにいい」

思ったままに言ったのに、何故《なぜ》か黙り込まれた。唇が微妙にへの字になっている。

「何だ？」

少し赤くなった気がする顔をのぞき込んで答えを求めると、大きくため息をつかれた。軽く睨むようにして、おかしなことを言う。

「天然タラシに仕置きをお見舞いしてやりたいが、お前の体に傷はつけられん」

「お姫様扱いだな」

「こんなガタイのいい姫がいてたまるか」

顔をしかめての発言に、思わず噴き出してしまう。

つくづく、椎名のような人間は他にいない。他の誰といても、こんな風に笑うことなんてないし、こんなに楽しい気持ちになることもない。

「椎名」

呼びかけに目を上げた椎名の瞳が、琥藍が顔を寄せるにつれてとろりと甘やかな色を帯びた。

この顔もいい。ここから溶けてゆくのは、もっといい。

唇が触れる寸前で止めて、念のために確認を取る。重ねてしまえば、途中で止められる自信などないから。

「十分に回復できてるか」

吐息にさえ感じるのか、椎名が小さく身を震わせた。焦点が合わないほど間近にある、色っぽく潤んだ瞳が笑みを湛える。

「確かめてみれば？」

囁き返して、舌を伸ばしてぺろりと琥藍の唇を舐めた。

ここからは、幼馴染みの健全な友達じゃなくて、セフレの椎名だ。大胆に、情熱的に艶《なま》めかしい姿態を見せて、琥藍と惜しみない快楽を分かち合う。

「あ、あっ、琥藍、いい、そこ……っ」

「ここ、好きだよな」

埋め込んだものの先端でぐりぐりと泣きどころを抉《えぐ》るようにしてやると、甘い悲鳴が零れて溶けた表情の椎名が何度も頷く。

「んっ、すき……っ。好きだ、琥藍、の……っ」

乱れた吐息混じりの声に直撃されたかのように、自身が大きく脈打つ。

「うぁっ、うそ、琥藍……っ、また、大きく……っ」

「椎名は、大きい方が好きなんだろ」

「ん……っ、好き、琥藍のが、好きだ……から、もっといっぱい、奥まで突いて……っ」

「いいぜ」

椎名が望むように、大きく腰を使って溶けそうに気持ちいい内壁を摩擦すると、濡れて染まった唇が艶めかしい声を溢れさせる。

抱かれている間の椎名の声は、いつも以上にいい。言う内容も気に入っている。

「ここも、好きだよな」

「うん……っ、すき、琥藍、琥藍……っ、すきだ、そこ、あっ、あッ、いい……っ」

聞くと、椎名は素直に自分の好きなところを答える。何度も、何度も。

途切れがちなせいで、時には「琥藍が好きだ」と言っているように聞き違えそうになることがある。あるわけがないとわかっていても、不思議に気持ちが高揚する。だから、弱いところを暴き立てては何度も言わせてしまう。

普段はさらりとしているなめらかな椎名の肌は、熱を帯びて汗ばんでくると手のひらに吸いつくようだ。手触りのいい体のすみずみまで手や口で触れて、自分の痕を残したくなる。

一方で、椎名は琥藍の体に絶対に痕を残さない。『仕事道具』だとわかっているからだ。

琥藍の体は本人のものであって本人だけのものではないから、椎名らしい心遣いはありがたい。けれど、情交の痕が何も残っていないのは複雑な気分で、琥藍は代わりのように椎名の体に多くの痕を残す。感じやすい部分は特に念入りに愛撫して、次に会う時まで消えないように、しっかり残す。

椎名から文句はない。それは、琥藍にとって大きな安堵《あんど》だ。

まだ、椎名が他の誰とも付き合う気がない意思の表れのようなものだから。

もし『恋人』として付き合いたい相手がいるとしたら、あれほどの痕を残させるわけがない。それどころか、椎名のことだからセフレなんていう関係自体をやめるだろう。

元々椎名は同性に抱かれるようなタイプじゃない。それなのに琥藍に抱かれているのは、好奇心旺盛な高校時代に試してみて「めちゃくちゃ気持ちよかったから」だ。

唯一の友達である椎名を『抱く対象』として琥藍が認識したきっかけは、かつて撮影の現場で、先輩モデルが「男同士でヤるとすげえイイんだぜ。お前だったら俺が受けてやってもいいから、試してみねえ？」という軽い誘いをかけてきたことだった。その時まで、琥藍は『男を抱く』という発想自体を自らとは無縁なものだと思っていた。

先輩モデルの方は即答で断ったけれど、『男を抱く』ことがアリなのならとすでに浮かんでいたのは椎名の姿だ。

椎名は自分のしたいこと、したくないことをはっきり言うタイプだし、実行力もある。小学校一年生にして琥藍の転校を阻止したくらいだ。だから、嫌なら断るだろうと思って誘ってみた。もし椎名が嫌なのなら、無理強いするつもりは最初からない。興味を試してみることより、椎名と友達でいることの方が琥藍にとって大事になっていたから。

最初は「友達に言うことじゃないだろ」と珍しく怒った様子を見せた椎名だったけれど、元々が好奇心旺盛な性格だからか、最終的には「痛くないんだったら試してみてもいい」と乗ってきた。

結果、ものすごく体の相性がいいことがわかった。

あれ以来、椎名以外を抱く気にならなくなった。おかげでスケジュールの都合で今回のように一カ月以上会えない日が続くと、椎名に触りたくて、抱きたくて仕方がなくなって困る。

琥藍に抱かれているからといって、椎名が同性愛者になったわけじゃないのは見ていればわかる。抱かれる時以外は見事に『友達』として琥藍に接しているからというだけでなく、他の男に対してまったく関心を示さないから。

琥藍の載っているファッション雑誌を見ながら、女性モデルについて「すっごい美人だよなー。実物もこんな？」と聞いてくることはあっても、男性モデルに関しては服しか見ていない。

今のところ、椎名は「仕事の方が楽しいし」と、恋愛する気自体がないようだ。――だけど、それもいつまで続くのか。

本来は同性に興味のないタイプだし、手に職もある。風変わりなところはあるけれど懐《ふところ》は深く、面倒見がよくてさっぱりしている。顔立ちが綺麗すぎることで敬遠する女もいるかもしれないが、実際に付き合ってみれば椎名はきっといい恋人になり、ひいてはいい夫、いい父親、いい家庭人になるだろう。

椎名はきっと、そのうち普通に恋愛や結婚をする。

自分は誰とも結婚する気はない。家族を持つという感覚がわからないし、人を愛せるとは思えない。

椎名が家族を持つことを考えるのは、途中でいつも意識的にやめる。

底なしの暗い大きな穴をのぞきこんでいるような気分になって、途中で考えるのをやめないと、深い闇に飲み込まれておかしくなるような気がするから。

考えるのを強制的に中止するためにも、琥藍は今腕の中にある椎名の体に没頭する。

手触りがよく、感度も抜群の椎名の体は、中も最高だ。熱くやわらかく潤んで、琥藍のものにぴたりと吸いついて締め上げるように絡んでくる。気持ちよすぎて、抜き差しするたびに腰から脳髄まで痺れがくるほどだ。気を付けていないと、欲望のままにめちゃくちゃに突き上げてしまいたくなる。

快楽を与えれば与えるほど、椎名は甘くなる。声も、表情も、反応も。

だから琥藍は椎名を抱くのに時間をかけるし、すぐに達してしまわないように抜き差しの速度や深さを調整する。

溶けて、溶けて、快楽に酔って泣き出す椎名も堪《たま》らなく気に入っている。

視覚の愉しみを満喫していると、たまに僅かな意識で見られていることを自覚するのか、椎名がとろけた泣き声で怒る。

「かお、見てんな……っ」

「何で」

「や、なの……っ」

「何で」

ものすごくエロくていいのに、と本当に不思議で問い返すのだけれど、溶けきっている椎名はいつものように頭がはたらかないのか、「琥藍の、ばか……っ」と子どもみたいなことを言って、片腕を前にして顔を隠してしまう。そういう仕草に妙にそそられることは、椎名を抱くようになって知った。

以前は抱いている相手の顔をしっかり見ていたいとは思っていなかったし、それどころか触られるのが嫌で、抱く時も相手の手が触れないような体位を取るようにしていた。椎名が相手というだけで、ずいぶん違うことを自分でも不思議に思う。

顔を隠したところで、弱いところを狙って強めに数回腰を入れると椎名の強情はあえなく陥落する。びくびくと痙攣する粘膜に、琥藍の限界も近くなる。

「琥藍……っ、手、押さえてて……っ」

正面から組み敷かれる体位で抱かれている時は、大抵椎名はそう言う。絶頂の瞬間、琥藍の体に爪を立てたりしないためだ。

椎名の望むままに、琥藍は椎名の両手をベッドに押さえこむ。自分の指を絡めて、しっかりと。

そうするとまるで椎名を無理に犯しているようで、倒錯的な興奮も味わえる。けれど、本音を言うと椎名の腕が背中に回っている方がもっといい。他の人だと不快だけれど、椎名に限っては触れられるのは気持ちいいし、なんとなく満足感がある。

だけど、椎名が達する時に琥藍の体に腕を回していることはめったにない。服を着ている時か、椎名の理性が残っている時くらいだ。

今回はいつものように、両手を押さえこんで深い抜き差しで追い上げた。

「あっ、あっ、イく、もうイく……ッ」

「ああ、俺もだ。椎名、どこに欲しい」

どう答えるかわかっていて聞くと、溶けきった顔と声で椎名がねだった。

「なか……っ、俺のなかに、出して……っ」

「中に出されるの、好きか」

「すき……っ、すきだから、琥藍……ッ」

押さえこんでいる椎名の手が、限界を訴えるようにきつく琥藍の手を握りしめてくる。椎名の中は気持ちよすぎてずっとこうしていたい、終わりたくないといつも思うけれど、これ以上焦らすのはこっちも無理だ。

「いいぜ、キス、いるか」

「いる……っ」

素直に開かれた口に、深く舌を差し込んで口づける。

強く、深く、特に椎名の好むところを狙うようにして突き込んで、お互いの体を混ぜ合わせる。溶けてしまいそうなくらい。溶けて、本当にひとつになってしまえばいい。

ぎゅうっと指を絡めた両手を握りしめた椎名が、深く塞がれた口で声にならない声を上げて、背をしならせた。触ってやっていなくても、中への刺激だけで椎名は自身の蜜《みつ》を溢れさせる。淡く染まった胸元から腹部が白濁に濡れて、いっそう艶めかしい。

達する時、椎名の内壁は最高に凶悪になる。まさに今琥藍の吐き出した熱が飲みたい、と言わんばかりに奥へと吸い上げ、淫らな収縮で絞り上げてくる。腰ごと持って行かれる、というのを実感するくらい、自制がきかなくなる。

うねる最奥に熱を放つと、大きな解放感を伴った深い愉悦を覚えた。絶頂の余韻にある椎名の表情が、奥に注ぎ込まれた熱に感じ入ったようにさらに溶けるのを見ると、いつも言葉にできないような気持ちになる。

息が整うまで、椎名の顔に琥藍は見入る。

「……椎名、手、痛くないか?」

かなりきつく握ったままだった椎名の両手は、強張《こわば》っているようだ。ゆっくりとほどきながら聞くと、まだとろりとした表情の椎名が緩慢《かんまん》にかぶりを振った。

「へいき……。ていうか、俺こそごめん。琥藍は、痛くないか……?」

「全然」

椎名はきちんと爪を切っているから、爪痕もない。多少血流が悪くなっていても、それくらい椎名のこういう姿を見るためなら何てことはない。

ずるり、とまだ入ったままだった自身を途中まで引き出すと、「ん……っ」と息を呑んだ椎名が甘く鼻にかかった声を上げた。達した直後の椎名はかなり敏感になるから、感じてしまったのだろう。ずくん、と腰にまた熱が点《とも》る。

「琥藍……？」

過敏になっている内壁で、僅かな変化を感じ取ったのだろう。潤んだ瞳の椎名が見上げてくる。

本当に、どれほど抱いても満足できない自分に苦笑する。そのせいで数時間前まで、椎名はベッドから起きられなかったというのに。

「もう無理か？」

無理ならぜんぶ抜くつもりで聞いてみると、ふ、とひどく艶めかしい笑みが返ってきた。

「なんだよ、まだ俺ん中いたいの……？」

「ああ」

頷くと、椎名が笑んだ。どこか、満たされた顔で。

「じゃあ仕方ないな。ただ、後ろからな。あと、終わったら風呂に入れること。絶対動けなくなってるし」

「わかった」

本人の同意が得られたので、琥藍は自身を抜かないままで上体を起こし、一つめの条件を満たすべくすんなりとした片脚を抱え上げる。

「ちょっ、こら……っ、体勢変えるんなら一回抜け……っ」

「何で」

「何でって……んんっ」

返事をもらう前に華奢《きゃしゃ》な体を反転させると、適度な圧力のある熱くやわらかな内壁で自身を愛撫されて一気に硬度が増した。ぐるりと中を刺激されている間息を呑んでいた椎名は、うつぶせになった後は声も出せない様子で肩で息をしている。

もしかして苦しかったのだろうか。琥藍は椎名の下腹に手を伸ばして、確認してみる。

「……勃《た》ってるな」

ほっとして言ったのに、椎名は「うるさい、触るな」と耳を赤くしている。

なんとなく撫でてやりたくなって、さっきの名残《なごり》で濡れそぼったものをさすってやると、水音と甘い声が響いた。「やだ、触るなって」と言っているのに声は快楽に濡れていて、本気で嫌がってはいないようだから気にしないことにする。

すでに腕が立たないらしく、猫のように腰だけを掲げ上げられている椎名のしなった背中は色っぽい。汗ばんでほんのり色づいているのも、琥藍のつけたたくさんのキスマークが散っているのも。

ゆっくりと、抜き差しを開始する。

少しだけ友達の顔に戻っていた椎名が、再び溶ける。

溶けたところを掻き混ぜて、乱して、もっと溶かす。

溶けきった幼馴染みを存分に堪能してから、二度目の絶頂を極めて溢れるほど注ぎ込んだ。

息をあえがせてぐったりしている椎名は、もう声も出せないらしい。「大丈夫か」と聞いたら、目を閉じたままでやっとの様子で頷いた。

その姿に、胸の中に痛みに似た感じが起こる。実際は痛くなくて、甘さを含んでいるような気もするのだけれど、この感覚を置き換えられるような単語を琥藍は持たない。

だからただ、本能が求めるままにまだ断続的に震えている体を背中から抱きしめて、琥藍はゆっくりとベッドに横になった。バスルームに連れて行く前に、休ませてやるつもりで。

椎名の零した蜜でぐちゃぐちゃに濡れている平らな腹部を手のひらで撫でながら、琥藍は不思議な感慨を覚える。

この奥に、自分の体の一部がある。

普通ならありえないくらい奥深くを、自分の放ったものが濡らしている。

「……どした、琥藍？」

ようやく少し落ち着いてきたらしい椎名が、掠《かす》れた声で聞いてきた。なめらかなお腹《なか》の上に手を置いたまま、琥藍は心から言う。

「椎名が男でよかった」

「うん……？」

「俺が椎名をどれだけ抱いても、直接中に出しても、絶対に孕《はら》まない」

「……まあ、孕めたら逆にビビるよな」

戸惑った様子ながらも椎名らしい返答に、少し口許が和らぐ。吐息をついて、話を続けた。

「もし椎名が女だったら、俺はお前をこんなには抱けなかったと思う。避妊しても百パーセントとは限らないし、椎名を抱く時は自分でも戸惑うくらい余裕のないことも多い。子どもができたとしても、俺はどう接したらいいのかわからないし、そもそも人を愛せる自信がない。……できた命を愛する気もないのに、作るのは罪だ」

「…………琥藍……それ、……」

何か言おうとして、やっぱりやめたように椎名がうつむいた。珍しい。

「椎名？」

「いや、お前の言う通りだと俺も思うよ」

言って、お腹に置かれている琥藍の手に自分の手を重ねる。気分を変えるかのように明るい声で言った。

「まあ、俺たちがこういうことしたからって何も生まれないから安心だな」

「何も、ってことはないだろう」

「ん？」

「他では得られないくらいの快楽が生まれる」

「確かにな」

笑って賛同しながらも、いつもの明るさがない。というか、椎名は時々、陰のある眼差しを見せる。

どうしたのか聞こうとしたのに、椎名は話題を変えた。

「琥藍、そろそろ風呂に行こうぜ」

「……ああ」

なんとなく、もっとちゃんと話した方がいいような気がしたけれど、うまく言葉にまとめられない。だから琥藍は、離れがたい思いで体を離してから、椎名を抱き上げてバスルームに向かった。

全身を洗って中に出したものの始末をしてやってから、ぬるめの湯をはったバスタブに細い体を背中から抱いて浸《つ》かる。リラックスした様子の椎名は琥藍に身を委ねて、今は肩に頭を預けて目を閉じている。

「そのままだと寝るぞ」

「んー……？　いいよ、琥藍がいるから」

無防備さに思わず苦笑すると、ふっと椎名の目が開いた。

「どうした？」

「いや……やっぱりちょっと、気になっててさ。黙ってようかとも思ったんだけど……」

「何だ」

言おうか言うまいかためらうような間があって、椎名が呟くように聞いてくる。

「さっき琥藍が言ってたのって、織絵さんのことだよな」

聞きたくもない名前を出されて、無意識に眉根が寄った。

「さっきのって？」

「愛する気もないのに、赤ん坊を作るのは罪ってやつ。……お前、もしかして自分がいらない子どもとして織絵さんに産み落とされたとか思ってる？」

返事をしなくても、無言が肯定を示しているのはわかっていた。

椎名が黙り込んで、それからいつになく慎重な、それでいて何か決意を込めたような口調で思いがけないことを言う。

「あのさ、俺が言うことじゃないとは思うけど……織絵さんにも、何か事情があったのかもしれないぜ」

「たとえば？」

新生児を病院に預けっぱなしにして、その後はシッター、さらにその後は家政婦に任せきりにしていたことについて、納得できる事情を言えるのなら言ってみればいい。

不機嫌に低くなった声に、珍しく椎名がひるんだようだった。そのくせ、口を閉ざすわけじゃない。

「二十六年前って、織絵さんはその何年か前に抜擢《ばってき》された映画衣装が評価されて、ちょうどすごい売れてたころじゃん。ものすごく忙しかったんじゃないの」

「そんなに忙しいのなら最初からそのタイミングで生むべきじゃない。もっと計画性を持つべきだし、それ以前に世の中に公表できないような子どもを作ることに問題がある」

「そ、そりゃそうだけど、計画通りにいかないことってあるだろうし、公表できないのも何か理由があるのかもしんないじゃん。琥藍は織絵さんから話を聞こうともしてないだろ？」

まさか、椎名が織絵の肩を持つようなことを言うとは思わなかった。

琥藍のために泣いたこともある椎名が。

「……ずいぶん庇《かば》うんだな」

びくり、と椎名の肩が小さく震えた。ものすごく不機嫌な声になっているのを自覚してはいるものの、苛立《いらだ》ちを抑えきれない。

「椎名、前から言っているが、俺はあの女については自分に関係ない存在だと思っている。だからこそ俺の母親として話題に出されるのも、ましてや憶測であの女を庇うような話を聞くのも不愉快だ」

「……ごめん」

肩を落として謝られて、少しだけ冷静さが戻ってくる。それなのに、椎名はまだ話を終わりにしなかった。

「……琥藍、もう織絵さんに会いたいとは思わないのか」

「そんな甘ったれた時期はとっくに終わった」

「……うん、まあそうだよな」

突き放す口調に視線をそらしたのに、諦めきれないかのように歯切れが悪い。

これ以上あの女の話を続けたくない。だけど、こんな椎名を放ってもおけない。ため息をついて、琥藍は促す。

「言いたいことがあるなら、はっきり言え」

「じゃあ言うけど……俺はさ、今からでも琥藍と織絵さんが仲よくなれたらいいと思ってるよ」

「椎名がいくらそう思っていたところで、あの女にとって俺はどうでもいい存在だし、俺にとってもどうでもいい」

「そう、かもしれないけど……」

「何か反論があるか」

「……いや。琥藍がどんな思いでいたかも俺は知ってるし、織絵さんが母親としての関わりを放棄してたのは事実だからなぁ」

ことん、と琥藍の肩に頭をつけて、椎名がため息をつく。

「過去形じゃないだろ」

「過去形かもしんないじゃん。織絵さんから連絡きても、今は琥藍が拒否してんだからさ」

それは事実だ。小学校中学年あたりから、織絵はいきなり電話を寄越したり、帰国したりするようになった。けれども琥藍の中でとっくに織絵は『母親』ではなかったし、顔を見るのも声を聞くのも拒みたい相手だった。その存在を実感したくなかったし、ずっと忘れていたかったから。

だから、電話は織絵に聞こえても構わないつもりで「俺はここにいない」と受話器を持つ黒江に向かって言ったし、織絵が四條邸に来ている間は帰らないようにした。そういう時、椎名ははりきって「じゃあうちに来いよ！」と琥藍を家に招いた。

あんなに琥藍の味方だった椎名が、いったいどうしてこんなことを言うようになったのか。

意味がわからないし、ものすごく不快で、抑えようにもどうしても声に苛立ちが滲《にじ》む。

「会う理由なんかないからな。連絡寄越すようになったのだって、何か打算があってのことだろう。あんな女にいまさら母親面《づら》されるのはごめんだ」

「でも、話してみなくちゃわかんないじゃん」

まさか、まだ食い下がられるとは思わなかった。苛々《いらいら》して、これ以上はもう付き合えない。

「椎名、お前の性善説はよくわかった。だが俺はもうこの話はしたくない」

一方的に会話の終了を告げると、椎名は小さく吐息をついたものの、頷いた。


マンションの最上階にあるジムでいつもより長めのトレーニングを終えて、ついでにシャワーを済ませてきた琥藍は、タオルで髪を拭《ふ》きながら寝室へと戻る。

自分でもあまり感情の起伏がない自覚はあるだけに、織絵の話が出てあんなに苛立ってしまったのは予想外だった。あの女については、いないものと考えて、まったく無関係な存在だと認識してきたはずなのに。

無意識下では、あの女の存在を——いや、正しくは不在を、乗り越えられていないのかもしれない。そんな脆弱《ぜいじゃく》さが自分の中にあることに、うんざりする。

椎名があれほどあからさまに織絵の肩を持ったのも、意外で、腹立たしいことだった。

大人になるにつれて何か思うところが出てきたのか、椎名はこれまでも織絵について何か言いたげにすることはあったけれど、琥藍が拒む姿勢を見せれば無理に踏み込んではこなかった。それなのに今回はやけにしつこかったし、椎名らしくない歯切れの悪さだった。

胸の中にわだかまった不快な感情を忘れるために、琥藍はハードめのセットで体を動かしてきた。脳は身体の一部だ。考えすぎる時は、考える余力が残らないように体を使うに限る。

おかげで、だいぶいつもの平静さが戻ってきた。

どうでもいいことに気持ちを波立たされるのも、椎名との快適な友人関係に影を落とされるのも許さない。あの女のことさえなければどちらも平穏なのだから、解決策は簡単だ。忘れること。なかったことにすること。

そもそもあの女は自分の生活に存在していないのだから、なかったことにするのは当然だ。

寝室のドアに手をかけて、琥藍はふと思い出す。ジムに行く前、椎名は眠そうにしていた。もしかしたら寝ているかもしれない。

起こさないように、静かに寝室のドアを開ける。と、思いがけずに椎名の声が聞こえてきた。電話中らしい。

起きているのなら問題ない。何気なくドアを大きく開けて入っていくと、ベッドに座っている椎名の体がはた目にもはっきりわかるくらい大きく跳ねた。

「じゃ、じゃあ、また……っ」

明らかに慌てた様子で、こっちに背を向けたまま急に携帯の通話を終える。琥藍に聞かれたくないように。

じり、と胸の中に嫌な感覚が広がった。

時折、椎名はこういう真似をする。それはメールの時もあるし、電話の時もある。いつもは何も気にしないで無防備にしているだけに、隠すような姿は不愉快だ。

「……べつに遠慮しなくていい」

ベッドに大股で向かいながら言うと、椎名が笑って振り返る。どこか、白々しいくらいに明るい顔で。

「遠慮じゃなくて、電話中にイタズラされないように切っただけだって」

「仕事中は邪魔しないだろう」

「まあ、そうなんだけどさ」

「……相手は誰だ」

自分でも、らしくないことをしている自覚はある。元々他人に興味がないから、いつもなら詮索《せんさく》するようなことは言わない。

椎名も意外だったのか、一瞬目を見開いて、それからそらした。携帯を落ち着かなく手で弄りながら、短く答える。

「デザイナーの人」

「名前は？」

さらに追及すると、小さくびくりとしたようだった。ちらり、とこっちに視線が戻ってくる。困り顔だ。

「珍しいな、琥藍が気にするとか……」

「変に隠すからだろ」

「……あー、そうだよな」

納得したのか、椎名が目を閉じた。唇を噛んで、逡巡《しゅんじゅん》してから片手の携帯を琥藍に差し出す。見てもいい、ということだ。

「べつに携帯を見せろとは言っていない」

「ちょっと、まだ俺の心の準備ができてないから……」

おかしなことを言う。携帯は見せられるのに名前を口に出せないなんて。よほど変わった名前なのかと戸惑いながらも、それなら、と受け取った。

画面に出ている最新の着信履歴の名は、『Loire』。ロアール、もしくはロワールとカタカナ表記される、フランス最長の川と同じ名前だ。

「聞いたことないデザイナーだな。誰だ？」

ディスプレイを眺めながら、ごく僅かなひっかかりを感じつつも深く考えずに問うと、椎名がごくりと唾《つば》を飲んで口を開いた。

「実は、その人さ……」

言いかけたところで、内線が鳴った。黒江だ。無視しようにも、機械のように仕事に忠実な家政婦は必要な時しか内線などしてこないし、だからこそ出るまで切らない。

琥藍はため息をついて携帯を椎名に返し、不機嫌な声で内線に出た。

「何だ」

「猪俣様がお見えです」

不機嫌さに動じることなく告げられたのは、マネージャーの名前だ。あの男は仕事での『引き』が強いせいか、反動のように何かとタイミングが悪い。今も最悪だ。

「放っておけ」

苛立ち紛れの言葉に、冷静極まりない声で家政婦が答える。

「そういうわけにはまいりません。明日からの打ち合わせをしたいとのことでございますから」

琥藍はもう一度、ため息をついた。

わかっている、家政婦は正しい。今やるべきことは椎名を詰問《きつもん》することじゃなく、マネージャーと明日以降の仕事の打ち合わせをすることだ。それが賢明で、合理的な行動。

「……そっちに行く。イノサンは待たせてろ」

「畏《かしこ》まりました」

通話を切って、ジム帰りのままのスウェット下だけという格好からマシな服に着替えるべく、琥藍はウォークインクロゼットに向かう。背中に、少し戸惑ったような声がかけられた。

「イノサンが来たんだ？」

「ああ。今から打ち合わせだ」

「そっか」

声だけなのに、明らかにほっとしたのがわかる。ちらりと目を向けると、椎名は気が楽になったように笑っていた。

「イノサン、仕事を絡めないと琥藍が放置するってわかっててやってるよな。やり手～」

「……………そうだな」

椎名が笑っているのは、いつもの琥藍が過ぎた話題を引きずらないからだ。だけど今、琥藍の心の中にはわだかまりがある。

ロアールについて、もっとちゃんと聞きたい。だけど、客観的に見て蒸し返すほど大問題じゃないのはわかっている。

アパレル企業に勤めている幼馴染みが、自分の知らない名前のデザイナーと電話をしていて、そのことを隠そうとしたように見えた。が、結局隠さないで明かそうとしたのだから、何も後ろ暗いところはないということだと判断できる。しつこく聞く方がおかしい。

そもそも、椎名の交友関係について琥藍が口を出す義理はないのだ。二人はただの友達で、幼馴染みで、セフレなだけだ。

お互いに独立した人間同士なのだから、言いたくないことや言えないことがあるのは何もおかしなことじゃない。椎名にすべて見せろと言う方が間違っている。嫉妬深い恋人でもあるまいし。

わかっているのに、何とも言えない嫌な感覚が琥藍の胸の中には残っていた。

【3】


一時はどうなるかと思った。

職場のパソコンでインディゴのジャケットのパターンを作製していた椎名《しいな》は、この服をデザインした人物のことを思い出して、改めて深い安堵《あんど》のため息をつく。

琥藍《くらん》はモデル業のためにまた海外に渡り、こちらも日常に戻ってもう一週間以上経《た》つ。それでもまだ、あの時のことを思い出すたびに心臓が冷えるような気がする。

携帯の登録名『ロアール』の正体を言わずにすんだのは、よかったのか悪かったのか。

不意打ちの危機から逃れてほっとしている一方で、ちゃんと話さなかったことを後悔してもいる。

そのくらい、椎名にとってロアールの存在は複雑だ。

あれは千載一遇《せんざいいちぐう》のチャンスだったかもしれない。あの時こそ、琥藍に本当のことを打ち明けるべきだったかもしれない。秘密の時間が長くなればなるほど、言いづらくなるのは実感しているのに。

少なくとも、嘘《うそ》はつかなかった。それだけは慰めだ。

相手はデザイナー。名前から推測される通りにフランスと関係がある。椎名の口からは言いにくい名前。……『Loire《ロアール》』は、琥藍の母親の織絵《おりえ》だ。

実は椎名は、中学に上がる少し前から織絵と連絡を取り合っている。

琥藍には言えないままで。

（あー……もう本当、どうしよう……）

いつかは言わないといけないし、ちゃんと言うつもりだ。

琥藍の方に聞く耳ができたら、と思ってはいるけれど、それは言い訳かもしれない。

織絵に対する徹底した拒絶を見てきたからこそ、椎名は本当のことを琥藍に打ち明けるのが怖いのだ。

淡々としているだけに、琥藍は誰に対してもフラットに接する。親しくもしないけれど、拒みもしない。その代わり、一度拒んだら存在そのものをないものとして扱われてしまう。

好きな相手に、そんな拒絶をされるのは耐えられない。なまじ今が心地いい関係だから、恋人ではなくても、たまに虚《むな》しくなっても、この状態を守りたいと思ってしまう。

（もうちょっと、タイミングはかるしかないよなー……）

そう思いながら十年以上も経っているのだから、情けない話だ。

橋渡ししてやれないお詫《わ》びも兼ねて、椎名は琥藍の情報を織絵に送っている。一緒に食事をする時、「黒江《くろえ》の見事な手料理を記録する」というのを口実に、琥藍を携帯のカメラで撮影しているのもそのためだ。

織絵のためにそんなことをしているなんて、昔の自分が聞いたらびっくりするだろう。

初めて織絵と話したのは、小学校一年生の時、電話越しだった。

今でも覚えているくらい、印象は最悪。

織絵の言葉遣いが悪かったとかじゃない。むしろ、静かで綺麗《きれい》だった。ただ、琥藍の『お母さん』と話すつもりだった椎名は、まったく母親らしくない、いわゆるビジネスライクな話し方、子どもに対する無関心さに衝撃を受けたのだ。

琥藍の転校を知って慌てて四條《しじょう》邸に押しかけるまで、椎名は入学式で遠巻きに見ただけの黒江のことを琥藍の『おばあちゃん』だと思っていた。超然とした雰囲気が似ているし、一緒に暮らしているようだったから。

でも、黒江女史は琥藍の家族じゃなかった。『家政婦さん』だった。大人の話し方をして、全然笑わなくて、無駄なことは話さない。

父親は「いない」と前もって聞いていただけに、母親である織絵が母親らしくないというのは、椎名にとって当たり前の『家族』が琥藍の周りには一人もいないということだと気付いた。

ものすごくびっくりして、なんだか悲しくて、それからなによりも琥藍が可哀想《かわいそう》で、椎名は泣いた。

もし自分だったら、どんなに綺麗でもあんなに広い家に一人きりなんて絶対に嫌だし、学校であったこととかを普通に話せる人が一人もいないなんて寂しくてたまらない。琥藍をそんな目に遭わせている『お母さん』はものすごくひどい人だし、大嫌いだと思った。

ずっと、そう思っていた。だから椎名は、琥藍が「あの女が帰国しているから」と四條邸に帰らない時は、喜んで自分の家に誘った。四條邸みたいな豪邸じゃないけれど、椎名の家は温かいし、楽しい。

両親は最初は琥藍の美貌《びぼう》に驚いていたけれど、「しっかりした子ねえ」「びっくりするくらい頭がいいな」と好評価で、八つ年上の姉も「これは将来が楽しみだわ。あー、こんなに年下じゃなければねー」と冗談か本気かわからないことを言って歓迎した。

琥藍は毎回、黒江に高級な手土産《てみやげ》を用意させ、謝礼も包んでいた。

「こんなことしなくてもいいのよ」とどれほど椎名の母が言っても、真顔で「させていただいた方が遠慮せずにすみますので」とやめなかった。

姉はドライに「それで気が済むんならさせてやればいいじゃない」と言っていたけれど、両親はどこか悲しそうな顔で「そういうことじゃないの」「こんなことしなくても、うちに来ていいんだってわかってくれればなあ」と、ため息混じりにこぼしていた。

当時はよくわからなかったけれど、今にして思うと両親は、琥藍の人間関係の作り方の下へ手《た》さを嘆いていたのだろう。金銭で雇った人に身の回りの世話をされることには慣れていても、琥藍は無償で何かをしてもらうということに慣れていない。だからこそ、対価を用意しないと落ち着けないのだ。

それはたぶん、今も変わっていない。琥藍は、人間関係というのは「相互が得るメリットとデメリットのバランスで続くか終わるかが決まる」と言っているから。

ある意味、正しい説だとは思う。どちらか一方だけが損をしていたら、損をしている方は嫌になって離れてゆくものだ。

だからきっと、琥藍は自分が相手に与えるメリットとして金銭を選んでいる。

わかりやすいから。目に見えるから。そして、感情に左右されないから。

黒江女史は琥藍に雇われている。

マネージャーの……正確には、琥藍のエージェントのイノサンもそうだ。

その他の人たちとは、琥藍は完全に仕事上でしか繋《つな》がっていない。そして仕事にはすべて、金銭が絡む。

唯一の例外は、椎名だけだ。

『友達』として、琥藍は椎名だけは特別な形で懐《ふところ》に入れている。

わかっているから、椎名はますます織絵のことを話せなくなる。琥藍のことを裏切っているわけじゃないのだけれど、わかってもらえなかったらと思うと不安で。

「あーもう……、どうしてこんなことに……」

なんて呟いてみても、誰のせいでもない。強《し》いて言うなら、織絵の頼みを引き受けた自分のせいだ。

中学に上がる目前の冬、椎名は織絵に直接会ったのだ。


「じゃーなー、また明日、琥藍」

四條家のエントランスホールでダウンジャケットを着ながら軽い別れの挨拶《あいさつ》をすると、琥藍がいつもの問いを発した。

「送って行ってやろうか」

「いいよ、女の子じゃあるまいし」

「椎名なら間違われる」

「真顔でそういうこと言うな、本気に聞こえるっつーの」

「本気だが」

「なお悪いわ」

軽く蹴《け》りを入れるふりをして、ダウンを着終えた椎名は大きな両開きのドアに向かう。

「じゃ、宿題教えてくれてさんきゅーな」

「ああ。気を付けて帰れよ」

「はーい、琥藍センセ」

笑いながら、琥藍が開けてくれたドアから外に出る。ちょっと振り返って手を振って、琥藍がドアを閉めたのを見てからキンと冷えた夕方の空気の中を歩き出した。四條邸は庭が広くて木が多いおかげで、他の場所に比べて空気が綺麗な気がする。

「椎名様」

「うわっ」

木々の間から突然現れた人物にぎょっとしたものの、よく見ると黒江女史だ。いつもの白いエプロンを外していることで、黒いワンピースが夕闇に紛れていて気付けなかったらしい。それにしても珍しい。こういう風に帰りがけに前庭で会うのも、黒江女史の方から椎名を呼び止めるのも。

ぴんと伸びた背筋の黒江女史の目線は、六年生の椎名と同じくらいだ。もう琥藍より黒江さんは小さいんだなと思っていると、思いがけないことを言われた。

「椎名様に、会っていただきたい方がございます」

「俺に……？」

きょとんとしながらも、椎名は言われるがままに四條家の黒塗りの車に乗った。黒江女史のことは昔から知っているし、琥藍が信用している人だ。警戒する必要なんかない。

女史自らの運転によって連れて行かれた先は、椎名が入ったこともない高級ホテルだった。

四季折々の美しさを堪能できる広々とした庭園が有名で、利用者は見るからにエレガントな大人たち。ラフな服装の小学生なんてめちゃくちゃ馴染《なじ》まない。

気まずい思いをしている椎名に構うことなく黒江は先に立ってどんどん進み、ある客室のドアを硬質な音を立ててノックした。

「黒江でございます。椎名様をお連れしました」

戸惑っている間に、ドアが開いた。

現れたのは、背の高い、華奢《きゃしゃ》な女の人だった。長い黒髪を一本の三つ編みにして左の肩にたらし、喪服のように真っ黒で飾り気のない、でも綺麗なシルエットの丈の長いワンピースを着ている。

痩《や》せすぎなくらいに細くて、青白い顔はほとんどノーメイク、きちんと塗られた口紅だけが鮮やかだ。冷たい顔をしているけれど、子どもから見ても美人ではあった。

「ご苦労さま。入りなさい」

静かな声。無感情な。

ハッとした。ずいぶん前のことだけれど、あまりにも衝撃を受けたから雰囲気は覚えている。

「俺、帰ります」

とっさにきびすを返したけれど、帰れなかった。椎名の反応を見越していたように、黒江が退路を断つ形でいつの間にか背後に立っていたから。

客室の方からも、静かな声が椎名を引き留めた。

「帰らないで。あなたに、頼みがあるの……琥藍のことで」

付け足された名前に、椎名は警戒の眼差《まなざ》しを女性の方に向ける。

美しい大人の女性は、相変わらず無表情だ。けれど、よく見ると伏せられた長いまつげが悲しげに見える。

迷った。この女性は間違いなく、琥藍が拒んでいる人で、椎名もずっと嫌いだと思っていた相手――琥藍の母親の、四條織絵だ。このまま相手の話を素直に聞くのは、大事な幼馴染みを裏切ることのような気がする。

そう思う一方で、目の前にいる女性はどこか寂しそうで、今にも透《す》けてしまいそうなくらいに儚《はかな》い感じがした。ガラス細工を思わせる大人の女性に、すげない態度をとるのはためらわれる。

結局椎名はスイートルームのリビングに通され、黒江の淹《い》れてくれた紅茶を手にソファに落ち着いてしまった。

女性はやはり、織絵だった。

繊細なティーカップを片手に、頼みというのを明かす。

「あなたから見た琥藍の話を、何でもいいから聞かせてほしいの」

「へ……？」

もっと大変な頼みかと思っていた椎名は拍子抜けするけれど、織絵の表情は真剣だ。ていうか、やることが大げさすぎないか。フランスにいるはずの人が、こっそり帰国してホテルを取って、息子の友達を半ば誘拐して話を聞きたいとか。

そういう気持ちがぜんぶ顔に出ていたのか、織絵が薄く、自嘲《じちょう》的な笑みを見せた。

「琥藍はもう、わたしと会ってくれないから……。わたしが帰国している間、あなたのおうちにお邪魔していたんでしょう」

「あ、はい。最近は来てないですけど」

六年の初めくらいまでは数カ月に一回は来ていた気がするけれど、そういえば最近は来ていない。そう思って訂正すると、織絵は寂しげに頷《うなず》く。

「そうでしょうね。わたしがあの家に帰らないことにしたから、あなたのおうちへお邪魔する必要がなくなったのよね」

なるほど、避けたい相手である織絵が四條家にいなければ、椎名家に琥藍が理由もなく遊びに来ることはない。椎名としては残念だけれど、琥藍は家政婦が相手じゃないことで何かと慣れない気を遣っているようだったから、よかったのかもしれない。

それにしても、なんだか思っていたのとだいぶ違う印象だ。

かつて、織絵は椎名が琥藍の転校をやめさせてくれるように直談判《じかだんぱん》した時、「琥藍が転校したくないと言うのなら、勝手にすればいいわ」と冷たく言い放った。あの時はお母さんのくせに琥藍のことをちゃんと考えてくれない人なんだ、と腹が立って、怖くて、悲しかった。琥藍から聞いた話でも、織絵は子どもにまったく興味がないみたいで、実際、椎名が知る限り四年生になるまで本当に音沙汰《おとさた》なしだった。

けれどもこうして会って話していると、なんだか違う。

今の織絵の口ぶりからすると、彼女はべつに琥藍を見捨てているわけじゃないみたいだ。それどころかむしろ、会いたいけれど琥藍が会ってくれないから身を引いている、という風に見えるし、友達である椎名から見た琥藍の話だけでも聞きたいなんて言う。

抑揚《よくよう》の少ない、静かで無感情な口調は変わらないし、見るからに『お母さん』という印象は全然ないけれど、少なくとも子どものことを気にしている。

(んんん……？　どうなってんだ、これ？)

思いっきり困惑している椎名に、織絵が重ねて頼んできた。

「どんな些細《ささい》なことでもいいの。黒江から報告を受けている以外の琥藍の姿を、あなたなら知っているのでしょう……？　わたしは、もっと琥藍のことを知りたいの」

織絵のソファの脇に控えている黒江に、ぱっと椎名は目を向ける。家政婦は黙って、無表情に控えているだけだ。いつも、琥藍の脇でしているのと同じように。

琥藍の様子を勝手に報告してるなんて裏切りだ、と思ったものの、よく考えてみたら織絵は黒江の雇い主だ。黒江が織絵の命に従うのは当然といえば当然。

でも、なんか割り切れない。ていうか、何がどうなっているのかよくわからない。

椎名はティーカップをテーブルの上のソーサーに戻して、大きく息を吸った。織絵に向かって、はっきりとした声で告げる。

「俺、琥藍のことをあなたに話していいのかどうかわかりません。俺が知る限り、あなたは琥藍の『お母さん』じゃなかったから」

長いまつげを瞬《しばた》いた織絵が、ふ……と淡い笑みを見せた。

「おもしろい子ね、報告通りに」

報告、という言葉でちらりと黒江を見ても、家政婦型スパイはノーリアクション。わかっていたけど。

織絵は少し考え込む様子で紅茶を一口飲んで、カップを左手のソーサーに戻した。ゆっくりと口を開く。

「確かに、わたしは琥藍のお母さんと呼べるようなことはしてこなかったわね。……いえ、過去形にしてはいけないわね、今もそうだから。あなたがわたしを信じられなくても、当然のことだわ」

息子の唯一の友達である椎名に信用してもらって、椎名から見た琥藍の話を聞かせてもらうためにも、どうして自分と琥藍がこういう関係にあるのかを話したいと思う、と織絵は言った。

そうして椎名は、本人以上に琥藍について知ることになった。

琥藍の父親は、フランスを拠点に活躍している著名な映画監督だった。彼の撮る新作映画の衣装担当に若くして大抜擢《だいばってき》された織絵は、顔合わせの日、ほとんど一目でお互いに恋に落ちたという。

監督が琥藍の父親であることを明かせなかったのは、妻のある人だったから。そして、琥藍が生まれる前に亡くなってしまったから。

父親ほども年の違う監督を、織絵は深く、深く愛していた。亡くなって十年以上経つ今でも、名前を口にするだけで声が湿るくらい。

「……アルベールは、本当に思いやりの深い、立派な人だったの」

故人を想う切ない声でそう表現されたけれど、椎名からしてみたらちょっと納得できない。立派な人は、奥さんがいるのに若い女の子に手を出したりしないと思う。

無言の主張に気付いたらしく、織絵が淡く苦笑した。

「立派な人だったのよ……。アルベールの奥さまは女優で、みんなに祝福されて結ばれた後……交通事故で、いわゆる脳死状態になってしまったの。わたしと会った時点で、奥さまはその状態ですでに二十年は経っていたわ。そんなにも長い間、彼はずっと実質的な恋人を作ることもなく、ちょっとした気晴らしさえせずに、大切に奥さまの面倒をみていたの。有名な話よ。わたしも会う前からそういう話を聞いて尊敬していたし、アルベールの映画の中で描かれている理想化された愛情も、彼だからこそ許される美しさだと思っていたわ。わたしは、そんな彼の評判を落とすような真似はしたくなかった」

自由恋愛のお国柄とはいえ、ロマンティストも多いから生涯唯一の愛はやはり尊《とうと》ばれる。アルベールの唯一は、奥さまのはずだった。それなのに東洋からやってきた若い娘に熱を上げているなんて噂《うわさ》が広まったら、二十年以上かけて積み上げられた彼への尊敬や、公私に渡る評価に影を落とすことになる。

だからこそ織絵は、アルベールと恋仲になる際、二人の関係を黙っていることを約束させた。アルベールは反対したけれど、織絵は断固として譲らなかった。

「一緒にいられたら、それだけでよかったの……。誰に認めてもらえなくても、彼がわたしを愛してくれているのさえわかっていたら何も怖くなかったし、つらくもなかった」

誰にも明かすことなく、二人は慎重に、ひっそりと愛を育《はぐく》んだ。

アルベールは織絵を秘密裡《ひみつり》に呼ぶのに、『Loire』という川の名前を採用した。「川は女性名詞だし、音もきみにふさわしく美しい。なにより、ここにはちゃんときみがいる」と、にっこりしていたという。

そして、アルベールの映画が公開され、織絵の衣装も高い評価を得た。立ち上げたブランドは軌道に乗り、二人は公私ともに充実した日々を送っていた。極秘の関係ではあっても、織絵は満足だった。むしろアルベールの方が、「きみを正式にぼくの伴侶にしたいんだ」と、たびたび駄々をこねては織絵を困らせていたという。

三年目に、転機が来た。

織絵が身籠《みご》もったのだ。

「アルベールはものすごく喜んだわ。彼は子ども好きなのに奥さまとの間には恵まれなかったから、本当に、泣いて喜んだのよ。わたしは元々子どもが好きなわけではないし、自分が親になる実感なんて全然湧《わ》かなかったけれど……彼をあんなに喜ばせてくれるのだから、授《さず》かった命はわたしにとっても大切な宝物になったの」

当時を思い出すように、今はほっそりしているお腹《なか》に手を当てて、織絵はやわらかな表情で語る。きっと、アルベールは織絵のまだ大きくなってもいないお腹に手を当てて、瞳を潤ませていたのだろう。

「子どもにはぼくの名前を名乗らせるんだ、ってアルベールが言ったの。奥さまの面倒はこれからもみるけれど、戸籍上できちんとしたいって。わたしは反対したわ。日本では『フランス婚』なんて言葉ができるくらい、フランスはフリーユニオンの先進国ですもの。社会保障がちゃんとしているから女一人でも子どもは育てていける。ときどき、アルベールが子どもに会いに来てくれればそれでいいって言ったの。でも、その時ばかりは彼も折れなかった。ぼくの名声や他人の評価なんかどうでもいい、大事な人たちを大事にして何が悪いんだ、って。……嬉《うれ》しかったわ。その言葉だけで十分なくらい、嬉しかったの。だから、もっとゆっくり考えましょうって、赤ちゃんが生まれるまで時間があるから、その間に子どもの名前を考えながらそういうことも決めましょうって、二人で約束したの」

ぽたぽたっと織絵のスカートに水滴が落ちた。真っ黒なワンピースのお腹を包むように置かれた白い手に見入っていた椎名は、驚いて目を上げる。

織絵は泣いていた。泣いていることに気付いていないかのように無表情に、それなのに、伏せられた瞳からは次々に涙が溢《あふ》れて頬《ほお》を伝い、雫《しずく》となってゆく。ひっそりと流れ落ちる、滂沱《ぼうだ》の涙。

こんな風に泣くひとを、椎名は初めて見た。綺麗なのに……綺麗なだけに、見ていて胸が痛い。

黒江が無言で差し出した糊《のり》のきいたハンカチに目を瞬いてから、織絵は受け取って静かに涙を拭《ぬぐ》った。気持ちを整えるようにしばらく間を置いてから、再び話し出す。

「赤ちゃんの名前は決められたのに、臨月が近くなっても籍をどうするかは結局決められなかったわ。彼もわたしも頑固だから。でも、決まらないことを話し合ってケンカするのも楽しかった。ケンカした後はいつもアルベールが花を買ってきてくれて、仲直りするの。折れてはくれないくせに、優しいのよ」

小さく笑う。笑っているのに、泣き顔に見える。

「あの日も、花を買いに行ってくれてた。もうずっと話し合っていたから、部屋にはいっぱい花があって……花屋が開けるくらいだった。うちの中を天国みたいに満たしている花を見ているうちにね、わたし、彼がアネモネを買ってきてくれたら彼の望み通りにしよう、って思ったの。たぶん、心が決まったのね。彼は二回に一回はアネモネを買ってきていたのだもの。でも、待っているのに、夜になってもアルベールは帰って来なくて……」

唇を震わせた織絵が、両手で顔を覆ってうつむいた。呼吸を整えるようにしばらくそうしてから、ようやく顔を上げて、低く、絞り出すように呟く。

「……翌朝の、ニュースで知ったの。アルベールは車の運転中に心臓発作を起こして、運ばれた先の病院で、息を引き取ったんですって」

思わず息を呑む。

「……信じられなかったわ。何が起きているのかわからなかった。わたし、きっとまたアルベールがうちのドアを開けて入ってくるはずだから、絶対に入れ違いになったりしないように外に出ないようにしようと思ったの。何日間だったかしら……たぶん、そんなに経ってはいないわね。待っていたら、ドアが開いたの。アルベールの古い友人で、わたしの主治医になってくれた産婦人科医のマリーだったわ。彼女だけは、アルベールとわたしの関係を知っていて、心配して来てくれたの。マリーは泣きながらわたしを抱きしめて、わたしが理解できるようになるまで、何度も、何度も、アルベールが死んだことを繰り返し教えたわ」

織絵が目を閉じる。また、頬に雫が伝う。

「理解なんてしたくなかった。何もなかったことにしてしまいたかった。でも、マリーが言ったの。アルベールが乗っていた車には、買ったばかりのアネモネの花束があったって。……それでわたし、彼が死んだのはわたしのせいなんだって気付いてしまったの。マリーはそうじゃないって言ってくれたけれど、わたしがもっと早く同意していたら彼は仲直りのための花を買いに行くこともなくて、車を運転している途中で心臓発作なんか起こすこともなくて、きっと死なずにすんだはずなの。そう思ったら居ても立ってもいられなくて……気が付いたら、マリーの病院だったわ。そのあたりのことは、錯乱状態だったらしくて何も覚えていないの。とにかくわたしは病院にいて、点滴を受けていたわ。……必要もないのに。生きるための栄養なんて、わたしにはもう必要なかったのに」

織絵が目を開ける。絶望を塗り込めたような真っ暗な瞳に、思わずソファの上で椎名は身を引いてしまった。けれども織絵はこっちの様子など見えていないかのように、とても十年以上前のことを話しているとは思えない、痛みに満ちた口調で感情を吐露する。

「死んでしまいたかった。すぐにでもアルベールのところに行きたかった。アルベールがいないのなら、生きていることに何の意味もないわ。でも、わたしが死ぬことは許されなかったの……お腹の中に、彼の子どもがいたから。アルベールがあんなに喜んでいたのに、彼の残してくれた命を繋がなくてどうするのって、マリーに説得されたの。……わたしね、その時、母親としてあるまじき感情を抱いたの。憎くなったのよ、お腹の中の子どもが。この子さえいなければ、わたしはアルベールのところに行けるのに、って」

まだ小学六年生で、大人よりも子どもに寄っている椎名にとって、生まれる前に母親から憎まれることがあるなんてショック以外のなにものでもない。

絶句していると、織絵が自嘲的に薄い唇をゆがめた。

「ひどいでしょう……？　母親とは思えないわよね。でも、それが正直な気持ちだったの。幸いもう臨月だったから、わたし、子どもをお腹から出したらすぐにでもアルベールの後を追おうと思ったわ」

産んだら、ではなく、お腹から出したら。ぞっとした。そういう表現になるほど、織絵には子どもよりもアルベールだけが大事だったのだ。

「でも、そうはいかなかった。わたしの考えていることに気付いたマリーが、実家を調べて連絡を入れたの」

「実家って……織絵さんの？」

「ええ、そうよ。四條の家は古くて、一人娘のわたしは婿《むこ》を取って家を継ぐことを望まれていたから、デザイナーになりたくて家を飛び出した時点で勘当《かんどう》されたようなものだった。それでも両親は、フランス語が堪能《たんのう》で、長年うちに仕《つか》えていて信頼のおける黒江をわたしの面倒をみさせるために寄越してきたの」

意外な名前が出てきて、椎名は目を丸くする。黒江とは、相変わらず無言で脇に佇《たたず》んでいる家政婦のことに違いないだろう。まさか元々は織絵の実家で仕えていたとは。

「両親の本当の思惑《おもわく》など知りもしないで、わたしはほっとしていたわ。黒江さえいれば、子どものことはぜんぶ任せられる。出産後はすぐにアルベールの後を追えると思って。あのころは、とにかく出産しさえすればアルベールのところに行けると思って、それだけを支えに生きていたわ」

死ぬことを目標に日々を生きるなんて、もはや椎名の感覚ではついていけない。

途中までは理解できそうな気がしていたけれど、アルベールが亡くなったあたりから織絵は普通じゃなくなっている。愛情が濃いなんてレベルじゃなくて、濃すぎるうえに偏《かたよ》っている。子どもにまで——琥藍にまで回らないほどの偏愛。

小さく織絵が吐息をついた。真っ暗だった瞳に冷静さが戻ってきたようで、少しだけ、彼女の周りに淀《よど》んでいた空気が軽くなる。

「産んでしまえば、終わりだと思っていたの。……でも、そうじゃなかったわ。わたし、憎んでいる相手を同時に愛せるってことを初めて知ったの。生まれたばかりの琥藍の瞳を見た時、息が止まるかと思ったわ。今は紫がかっているらしいけれど、あのころの琥藍の瞳はアルベールと同じ、目の覚めるようなコバルトブルーをしていたの。忘れな草の色ね」

はっとする。そういえば、琥藍は入学式直後はもっと鮮やかな青い目をしていた。いつごろからか、紫っぽくなってきたのだった。ずっと側《そば》にいたからあまり気にしていなかったし、いつも綺麗だと思って見てきたけれど。

「あのコバルトブルーの瞳を見た時、わたし、ようやくあの子がアルベールとわたしの命の結晶なんだってことが実感できて……愛《いと》おしい、って思えたわ。それなのに、あの子を見ているのはつらかったの。あの瞳はアルベールの瞳で、でももうわたしを見つめてくれる彼はいなくて……琥藍を見るたびに思い知らされて、息ができなくなるの。とてもじゃないけれど、毎日アルベールの喪失を思い知らされながらこの子を育てるなんてできない、と思ったわ。だからわたし、予定通りに黒江に琥藍を任せて、アルベールの後を追うつもりだったの。……でも、できなかった。させてもらえなかった、と言った方が正しいわね」

苦笑して、織絵がちらりと黒江を見る。家政婦は見事なポーカーフェイスだ。

この常に冷静で無感情に見えるスーパー家政婦が、どうやって静かなる激情家の織絵の自殺願望を止めることができたのかと思っていたら、「させてもらえなかった」は違う形によるものだった。

「借金を背負わされたの、両親に」

「……借金？」

予想外すぎて、思わずぽかんとした顔でオウム返しをしてしまう。小さく笑って、織絵が頷いた。

「黒江をフランスに派遣した費用、わたしの世話代、その他もろもろ。わたしが琥藍を育てられないって言ったから、マリーの病院に多額の寄付をして……それから、後になったら別荘地に琥藍のための屋敷とシッターを用意した額も含まれたわね。なんとか返済しようとするたびに追加されて、毎回びっくりするような額の請求書を送りつけてきたわ。しかも、保険金などではなくて、わたしがちゃんと働いて返さないと琥藍がアルベールの実子だってバラす、なんて脅してきたのよ。信じられないわよね」

確かに信じられない。まさに死者に鞭《むち》打つような仕打ちだと、椎名は素直にこくこくと頷く。ふふ、と織絵が笑った。さっきより、だいぶ明るい顔で。

「今になってみたらわかるのだけど、両親の本当の思惑はわたしの自殺を止めることだったのよね。時間は最良の薬だから、どんなにつらいことでも月日を重ねてゆけばいつかは痛みは薄らぐわ。でも、あのころのわたしは痛みに飲み込まれていて、そんなこと信じられなかった。だからこその、一種の荒療治《あらりょうじ》だったのよね」

「はあ……」

そういうものか、と椎名は感心と困惑の中間の声を出してしまう。椎名家と違って、なんだか複雑な人たちだ。

「今でこそそう思えるけれど、あのころはものすごく腹が立ったわ。わたしをアルベールのところにやってくれない誰も彼もが憎くて……琥藍のことも、愛しさよりも憎しみが勝ってしまったの。自分に対するのと同じくらい、琥藍が憎かった。わたしが妊娠さえしなければアルベールと戸籍のことでケンカをすることもなかったのに、なんてことまで考えていたし、琥藍がいるからこそ借金を背負わされて死ぬこともできない、って思っていたから。……何の罪もない子どもに、ひどい八つ当たりよね」

　椎名は頷く。ひどいと思ったから。

　織絵は静かに、痛々しく微笑した。

「まだ子どものあなたにもわかるようなことが、あのころのわたしにはわからなくなっていたの。とにかく一日でも早く借金を返済したくて、必死で働いたわ。働きすぎて死ねたらよかったのに、わたしには黒江がついていたから……」

　織絵が苦笑する。よくわからずに椎名が戸惑った瞳を黒江の方に向けると、家政婦は眉《まゆ》ひとつ動かさずに「織絵様に人間らしい生活をさせるよう、旦那様方に言いつかっておりましたから」と補足する。たぶん、強制的に眠らせたり食べさせたりしたのだろう。想像がつきすぎて怖い。

「じゃあ、忙しくて琥藍に会いに行ってあげられなかったんですか」

　思い切って聞いてみると、織絵は困ったように瞳を伏せた。

「頷きたいけれど、時間って、本気で作ればできるものなのよね。何を優先するかってことになるのだけど……わたしは、琥藍に会いに行くことを後回しにしたの。あの子の瞳を見たら、アルベールを思い出して取り乱してしまうのがわかっていたから。実際に、数回だけ会いに行ったことがあるのだけれど……十分も顔を合わせていられなかったわ。あの子の瞳を見ているうちに頭の中がぐちゃぐちゃになって、歯を食いしばっていないと泣きわめいてしまいそうになったの。そんな姿、琥藍は見たくないでしょうし、わたしもアルベールそっくりの瞳に映してほしくない」

一息ついて、落ち着こうとするかのように織絵が紅茶を飲んだ。カップを戻してから、遠くを見るような目で続きを話す。

「……そうこうしているうちに、何年か経っていたわ。アルベールのことを思い出すたびに涙が出るのは変わらなくても、わたしは黒江に強制されなくてもなんとか人並みの生活くらいは送れるようになっていた。そんな矢先に、アルベールに隠し子がいるっていう噂が一部で流れ始めたの」

「え……？」

極秘で付き合っていたのに、と思ったのがわかったらしく、織絵が苦笑めいた笑みを見せて頷く。

「わたしの意固地《いこじ》さでアルベールを死なせてしまった以上、わたしにできるのは彼と奥さまの美談を守り、名誉を傷つけないことだけだった。だから琥藍の父親がアルベールだなんて誰にも言ってなかったのだけれど、忘れな草の色をした瞳は印象的だし、子どもだけで生活させているなんて不自然だから、興味を掻《か》き立てたらしくて……。琥藍のシッターとして雇った、若い子が発端《ほったん》だったわ。悪い子じゃなかったのだけれど、噂好きで口が軽かったのよね。ボーイフレンドに、もしかしたら……という憶測だけで話していたらしいの。憶測に過ぎなかったのに、それが真実なら特ダネになるせいで屋敷の周りにパパラッチらしき記者がうろつくようになったわ。だから、黒江に琥藍を任せて日本へやったの。あのままだと琥藍も大変な目に遭う可能性が高かったし、アルベールの奥さまの身内の方々にもご迷惑をかけただろうから」

そうして、琥藍は家政婦とともに日本で暮らすようになった。

「黒江がいてくれてよかったわ。両親はその少し前に相次いで亡くなって、四條の家は叔父夫婦が継いでいたのだけれど、黒江はあちらに戻らずに、わたしのために働いてくれるって言ってくれたの。本当にありがたかったわ」

脇に立つ黒江に、織絵が穏やかな感謝の瞳を向ける。と、家政婦は控えめに頷いた。

「……旦那様方には、わたくしもかつて助けていただきましたから」

「黒江は律儀《りちぎ》ね」

「恐れ入ります」

生真面目《きまじめ》で硬い返答は、詳細を話す気がないことも同時に示している。過去に何があったにしろ、それが大変なことだったらしいことは椎名にもなんとなく察せられた。人に歴史ありとはこういうことかと、聞きかじった一節を呆然《ぼうぜん》とした気持ちで思い出す。

織絵も黒江の無言の意思を汲《く》んだらしく、それ以上聞かずに椎名の方に視線と話を戻した。

「とにかく、その後のことはあなたも知っていると思うけど……」

「はい。俺、一年の時に織絵さんに一回電話かけたことあります」

「覚えているわ。わたし、あなたを泣かせたらしいわね」

六年にもなった今は、ちょっと恥ずかしい思い出だ。思わずじろりと黒江を睨《にら》んだのに、当然のごとくスルー。わかっていたけど。

織絵が目を伏せる。

「あのころはまだ、琥藍と向き合えるだけの心の余裕がわたしにはなくて……。それに、言い訳になってしまうけれど、そのころ手がけていた映画衣装の方が佳境に入っていて、そっちに全精力を注《そそ》ぎこんでいたせいで他のことまで気が回らない状態だったの。一応、黒江に忠告を受けたから片がついた半年後に帰国してはみたのだけれど……もう琥藍は会ってくれなかったわ。たぶん、あの時に琥藍はわたしを見切ったのね。あの日以降、あの子はわたしのことを最初からなかったものとするようになったって聞いているわ」

「……そうですね」

きっかけがあったとしたら、たぶんあの時だったのだろうとは椎名も思う。織絵はタイミングを誤《あやま》った。後回しにしたことで、琥藍との関係を決定的に壊してしまった。

椎名にだってわかる。人間関係というのは、友達にしろ恋人にしろ片方が望んだからってできるものじゃない。お互いに繋がり合おうという気持ちがあってこそだ。『親子』は血が繋がっているせいか、もしくは身近すぎるせいで椎名の中では特殊だったけれど、実のところ特殊じゃないのだ。

織絵がどんなに望んでも、琥藍が拒んでいる限りもう二人は親子としての関係を作れない。ようやく、織絵の方から連絡してくるようになったのに。

そこまで考えて、ふと椎名は気付いた。

「……あの、琥藍が小さい時はアルベールさんのことを思い出すのがつらいから会いに行かなかったって言ってたのに、もう平気になったんですか？　俺たちが四年になったくらいから連絡してくるようになったみたいですけど」

ズバリと聞いてみると織絵が苦笑して、微妙な首肯をした。頷いているような、首を傾《かし》げているような。

「平気かどうかは、まだわからないわ。琥藍とは直接会っていないから……。でも、このまま じゃ駄目だって思ったの」

「何か理由があって……？」

「ええ。目の色よ。ずっとね、アルベールのことを思い出すのがつらいからって、わたしは琥藍に会わずにいた。でも、黒江からの月報《げっぽう》にたびたび琥藍の瞳の色が変わってきているって書かれるようになったの」

「……月報」

まるで学校か会社だ。

「彩度が高い瞳の場合、成長していくにつれて色が変わるのは珍しくないのだけれど、正直、信じてなかったわ。あんなに鮮やかなアルベールの青が、他の色に変わるなんて想像もできなかったの。でも、ある時黒江が送ってくれた琥藍の写真を見て……ショックだったわ。紫になっているんだもの」

「紫、すごい綺麗じゃないですか」

とっさに言うと、織絵が笑って頷いた。

「ええ、綺麗よね。わたしもそう思う。素直で強いコバルトブルーよりも、複雑で愁《うれ》いを帯びた色合いが琥藍にはよく似合っているわ。……それでわたし、目が覚めたような気がしたの。琥藍は琥藍で、アルベールじゃない。それなのに瞳の色が一緒だからって、あの子を避け続けてしまった。琥藍の瞳の色が変わってしまったのは、アルベールがわたしを怒っているのかもしれない、って感じたの。ぼくたちの大事な子どもなのにきみは何をしているんだ、ってアルベールがため息をついて、わたしがちゃんと琥藍を見るようにあの子の瞳の色を変えてしまったような気がしたわ」

実際はただの成長過程における生理的な変化だったり、生活環境の影響だったりするのかもしれないけれど、織絵にとってそんなことはどうでもよかった。

アルベールからの叱責《しっせき》を受けたと感じたことで、ようやく琥藍をたった一人の我が子として冷静に受け止められるようになり、今までの疎遠を取り戻そうという気になったのだ。

しかし。

「……もう、手遅れだったわ。わたしの都合でこれ以上振り回されたくないって琥藍ははっきり示しているもの。会ってさえくれないわ。……子どもに流れる年月と、大人に流れる年月は、速さが違うことをわたしは全然わかっていなかったのね」

しんみりとした呟きは、椎名にはよくわからない。でも、なんとなく「織絵がアルベールの喪失から立ち直るのに必要とした時間」が、琥藍にとっては長すぎたと言いたいのではないかと感じた。

織絵の話を聞いたことで、椎名は彼女への嫌悪の気持ちを持ち続けることができなくなってしまった。

正直、子どもの立場としては完全には理解できないところもあるし、やっぱり織絵の方が悪いんじゃないかと思うところもある。だけど、彼女は彼女なりに必死で、苦しかったのだ。母親は母親である前に、一人の女性なんだということを理解できるくらいには、椎名は大人になりかけていた。

だからこそ、織絵の頼みを断れなかった。自分が知っている琥藍について織絵に話したり、場合によっては写真を送ったりすることを約束してしまったのだ。黒江のことを家政婦型スパイだなんて思って腹を立てたのはほんの一時間前のことなのに、結局自分も同じ穴のムジナだ。

琥藍を裏切っているみたいで、落ち着かない。

でも、これは琥藍のためにもなるんじゃないだろうか。

織絵から伸ばされている手を、琥藍は徹底的に無視している。このままだといつか織絵は諦《あきら》めてしまって、琥藍は母親がどういう想いでいたのか知らずじまいになってしまうんじゃないだろうか。

だけど、ちゃんと知っていた方がいいと椎名は思ったのだ。それは、織絵にとっても、琥藍にとっても。

織絵に琥藍の情報を渡すと約束したのが小学校六年の冬。

そして今、二十六歳の冬……というか暦《こよみ》上ではもう春だ。立春も過ぎた。

その間、エアメールと写真だったのが携帯メールと写真データになったけれど、椎名はずっと約束通りに琥藍の近況を織絵に伝えている。確認はしていないけれど、黒江の月報も続いているだろう。ちなみに、さしもの黒江も椎名と琥藍がセフレという関係になったことまでは報告していないらしい。黒江女史のことだから、プライベートな部分の報告は椎名の裁量に任せて、自らは公的な――琥藍の学業や仕事のスケジュールや成果、日々の献立など――を一切の感情を交えずにレポートしているのだろう。

いつか、琥藍に彼の母親のことをちゃんと話そう。ちゃんと話したら、琥藍は織絵のことを理解して、許して、受け入れられるようになるかもしれない。

ずっとそう思っているのだけれど、なかなか『いつか』は来ない。織絵の名前が出ただけで自分の殻《から》にこもってしまうような琥藍を前にすると、話せなくなってしまう。

（この前は、もっと頑張るつもりだったんだけどな……）

ピークにぶつからないようにずらしてとったランチタイムの社員食堂で、はあ、と携帯を片手に椎名はため息をついてしまう。

『愛する気もないのに、作るのは罪だ』という発言を琥藍がした時、椎名は彼が生まれた時から母親に愛されていないと信じ込んでいることに気付いた。でも、それは誤解だ。誤解のせいで琥藍が傷ついているのがわかったから、何とかしてやりたかった。

だから椎名は、今までにないくらいに頑張って本当のことを伝えようとした。

だけど、結局引き下がってしまった。

（臆病《おくびょう》、なんだよなあ……）

椎名はあまり苦手なものなどないし、怖いものもそうそうない。だけど、好きな人が関わると話が別になってしまう。

黙っている方がよくないのはわかっている。織絵のためにも、琥藍のためにも、ちゃんと二人の間を繫いでやりたいと思っている。でも、それ以上に自分が琥藍と繫がっていたいのだ。

琥藍の側にいたい。友達でいいから、これからもずっと彼のいちばん近くにいたい。だからこそ失望されたくないし、嫌われたくない。

琥藍にとって、自分が特別な存在だというのは自覚している。そこに恋愛感情がないにしろ、特別は特別だ。

最も近くにいることができて、体の関係があって、誰よりも気安い関係。ロマンティックさがないだけで、立ち位置としては限りなく恋人に近いと言える。

「こういうのを、居心地いいって思ってちゃいけないんだろうけどさ……」

でも、居心地がいいのだ。失いたくないくらい。

だから臆病になる。黙ってさえいたら、この関係は続けられるはずだから。

「……ごめんな、琥藍」

携帯のディスプレイに呼び出した、黒江女史の豪華な手料理にも無関心な様子で遠くに視線をやっている美貌の幼馴染みの画像に椎名は謝る。

「あと、織絵さんにもごめんなさい」

いつか、ちゃんと琥藍に話すから……なんて、いつまでたってもこない『いつか』に先送りして、椎名は重ねて携帯に謝る。と、答えるかのようなタイミングでマナーモードにしていた携帯が震えて、取り落としそうになってしまった。

電話だ。しかも、琥藍から。珍しい。

慌てて出ようとして、テンションが上がりすぎていることに気付いて大きく深呼吸をする。はしゃがないで、いつも通りに。

「よ、琥藍。珍しいじゃん。どした？」

深呼吸の成果で、ちゃんといつも通りの声が出せた。ほっとしている椎名に、相変わらず落ち着き払った、電話越しでも腰に響くような低音が返ってくる。

「今夜、会えないか。近くにいるから、椎名がＯＫならそっちに行く」

「い、いいけど」

予想外の嬉しい情報に、思わずつっかえてしまった。そろそろミラノを皮切りに次の秋冬のファッションウィークが始まるから、琥藍はしばらく帰国しないのだと思っていた。

ちなみに、ファッションウィークはパリコレとかミラコレとかに含まれるコレクションと同意だ。というか、コレクションという呼び方をするのは日本だけだという事実を琥藍から聞いて、椎名はかつてものすごくびっくりしたのだった。パリコレとか、もはや日本ではブランド化した響きさえ持っているのに、まさかの世界的方言。

それはさておき、琥藍が帰国しているなんて嬉しい驚きだ。今回はマネージャーのイノサンからも連絡がなかったし。

軽く咳《せき》ばらいをして、椎名は詳細を確認する。

「何時ごろ？」

「そうだな……予定通りいけば、二十時ごろになると思う」

「ふうん、明日には発《た》つの？」

「ああ。朝イチだってイノサンがわめいてる」

耳を澄ませると、「んもう、クランのわがまま！　朝イチのフライトが取れなかったら日本に寄るなんて無理ですからね！」というおネエ言葉が響いている。大変そうだけど、それでもキッチリとスケジュール管理をしているイノサンが譲っているだけに心配はないということだ。ていうか。

「日本に寄るって、今どこにいんの？」

「香港《ホンコン》」

「って、イミグレーション通るんじゃん。近くじゃないし」

「近いだろう。何時間も移動にかかるわけじゃない」

椎名の部屋から琥藍のマンションまでの十分の距離を遠いとか言っていたくせに、数時間で移動が可能なら国外でも近くになっているとか、感覚が変だ。

でも、嬉しい。イノサンから連絡が入らなかったのは、本来日本に立ち寄る予定じゃなかったということだ。それなのに琥藍はわざわざ帰国して、椎名に会ってから次の仕事に向かうのだ。

琥藍が椎名の体を気に入っていることが主な理由だとしても、まさに寸暇《すんか》を惜しんで会いに来てくれるというだけで椎名としては満足だ。顔を見て、触れ合って、一緒に過ごす時間は単純に嬉しい。

「じゃ、八時までにお前んちに着いてるようにしとく」

壁にかかった時計を確認しながら言うと、思いがけない返事がきた。

「いや、うちには来なくていい」

「は？」

「外でメシにしよう」

「……珍しいな。急だから黒江さんが無理って言ったとか？」

あのスーパー家政婦に限ってそれはなさそうだよな、と思いながらも言ってみると、当然のように否定された。

「いや。今回は最初から外食と外泊の予定だったから、黒江には知らせてない」

「そうなんだ……？」

自宅の方が気を遣わないですむせいか、琥藍は外食も外泊も好まない。ものすごく珍しい。何かあったのかと思っていたら、さらりとした口調で告げられる。

「この前、椎名がうちばかりじゃなくて、外に出たいようなことを言っていただろう」

「……っ」

電話でよかった。一瞬にしてものすごく顔が熱くなったから、目の前に琥藍がいたらいつものように「どうした？」と怪訝《けげん》そうにのぞきこまれていただろう。

（くぅ〜、この罪作りめ……！）

熱くなった頬に水のグラスを当てて冷やしながら、椎名は心の中だけでジタバタする。

琥藍にその気はなくても、要するに、これはデートだ。しかも椎名が家の中に軟禁されている状態の時に軽い気持ちで文句をつけたことで、彼なりに椎名の希望を考えてくれて実現した。

まいる、本当に。

この気遣いが友達だからこそだとわかっていても、期待したくなってしまう。ていうか、期待していいんじゃないのか。

「……琥藍って、けっこう俺のこと大事にしてるよな」

「当たり前だろう。俺は椎名を気に入っている」

気に入っている、というのは琥藍がよく使う言葉だ。ただし、好きだとか愛しているとかは彼は元々使わない。それが人であれ、物であれ、琥藍は何かを「好きだ」と表現することはなくて、たぶん、最大限の感情として「気に入っている」と言っている……はず。

「それってさ……」

ドキドキしながら言いかけて、やっぱりやめた。

仕事の合間の電話でするような話じゃないし、本人がそう思ってないらしいのに「俺のこと本当は好きなんじゃないの？」とか問い詰めるなんて格好悪すぎる。

「何だ？」

「いや、何でもない」

笑ってごまかして、待ち合わせ場所を聞いた。


横からイノサンが熱心に勧めてきて、待ち合わせは個室仕様の焼肉店となった。

海外での活動がメインとはいえ、琥藍はいくつかのハイメゾンの顔になっている。知っている人はやはり知っているし、それ以前にあのスタイル抜群の長身とノーブルな美貌は目立つから、個室のある店になるのも当然だ。

（つっても、慣れないから落ち着かないな——……）

さすがにファッション業界に身を置いているやり手だけあって、イノサンは洒落《しゃれ》た場所を知っている。

モノトーンで統一された店内はすっきりと和風に洗練されていて、案内してくれるスタッフの態度も妙に恭《うやうや》しい。焼肉を食べに来たのに緊張するとか初めてだ。……この緊張は、店の雰囲気に気圧《けお》されているからというのもあるけれど、琥藍と外で二人きりで食事をするというのもある気がする。なんだか、妙にそわそわする。

個室と廊下を隔《へだ》てるシックな黒い格子の引き戸をスタッフが開けてくれるなり、耳に馴染んだ落ち着き払った低音ではなく、テンションの高い太い声に出迎えられた。

「いらっしゃ〜い、椎名ちゃんお久しぶりねぇ〜！」

満面の笑顔、金髪メッシュの入った髪をポニーテールにしているごつい大男は、敏腕マネージャー氏のイノサンだ。

「……お久しぶりです」

予想外の登場に微妙な苦笑が混じってしまったけれど、椎名はイノサンに挨拶を返し、中に入る。ロースターのはめ込まれた黒いテーブルの向こうで、腕を組んで椅子にもたれている琥藍はいつもながら見事に絵になっているけれど、ものすごく不機嫌だ。

「よ、琥藍。今日はイノサンも一緒なんだな」

「……勝手に付いてきた」

表情そのままの不機嫌な口調。思わず笑ってしまう。

マネージャーとして四六時中側にいるイノサンは、琥藍の不機嫌な顔にも慣れたものだ。明るく跳ね返す。

「いいじゃない、一人でご飯なんて嫌なんだものー。ていうかアタシ、すっごくお役立ちよお？　あ、椎名ちゃんビールでいい？　お肉はもういっぱい頼んであるから遠慮なく食べてねえ。ほら座って座って」

勧められるままに二人と向かい合った席に着くと、さっそくよく冷えた洒落たグラスに芸術的な泡の割合で注がれたビールを手渡される。「再会にカンパ～イ」と軽やかにイノサンが音頭《おんど》をとって、駆けつけ一杯を飲まされた。確かに、こういう有無《うむ》を言わせないほどの甲斐《か》甲斐《いがい》しさおよびテンションの高さは琥藍にはない。ていうか、仏頂面《ぶっちょうづら》で巻き込まれている琥藍も含めておもしろい。にやにやしてしまう。

イノサンは本人が保証した通りのお役立ちぶりで、手際《てぎわ》のいい焼肉奉行として食事を取り仕切った。有能マネージャー、食卓までマネジメント。

「はいはい、食べて食べて。これ、もういい感じに焼けてるわよ。次は壺漬《つぼづ》けカルビいっちゃう？　ご飯に合うわよ～。あらやだ、クランったらそれは食べる前に刻みネギとゴマ油を絡めなきゃ駄目よ！　はい椎名ちゃん、このハラミはわさび醬油《じょうゆ》でいってみて～」

「……イノサン、うるさい。ゆっくり食わせろ」

うんざり顔の琥藍に、イノサンは大袈裟に太い眉を上げる。

「まあ！　アタシが最高に美味《おい》しいものを食べさせてあげようとしているのに、濃《こま》やかなフォローアップの有り難《がた》さを全然わかってないんだから！　ていうかクランは、超頑張って明日までのスケジュール空けて、椎名ちゃんも喜びそうな素敵ホテルも取ってあげたアタシのこともっとねぎらってもいいと思う～！」

「……わかった。もう黙っとく」

ため息をついて口を閉ざす琥藍。おもしろい。けど、ちょっと聞き捨てならないことがイノサンのセリフには含まれていた。

「……琥藍、イノサンにホテルまで取らせたのか？」

それも、さっきの口ぶりからして椎名が一緒に泊まることまで前提として。

「ああ」

それがどうした、という顔をしないでほしい。こめかみを指先で押さえる椎名に、イノサンはあっけらかんと言ってのける。

「大丈夫よぉ、アタシ、そういうのぜーんぜん偏見ないから」

「ですよねー……」

このおネエ口調でアウトだったら、逆にびっくりする。ていうか、以前イノサンはフランス人のモン・シェリがいると言っていた。琥藍に聞いたところによると、マ・シェリは女性形、モン・シェリは男性形で「私の愛しい人」とか「私の可愛い人」って意味だそうだ。何気にオープン。

ひょいひょいと琥藍と椎名の皿に勝手に食べごろになったお肉を足しつつ、こまめにお箸《はし》を変えて自分の口にも放り込んだイノサンがウインクを寄越した。

「ていうかアタシ、ずーっと二人のこと怪しいって思ってたの。ただの友達にしちゃ、クランったら椎名ちゃんに会える日は機嫌がいいんだもの」

ハラミを口に運びかけていた椎名は、目を瞬く。

「琥藍って、いつもフラットじゃないですか？」

「フラットだけど、ちょっと違うのよ～！　アタシにビミョーに優しかったり、なんだかそわそわしてたりするんだもの！」

「イノサン、うるさい」

顔をしかめた琥藍がさっきの無言宣言を破るけれど、イノサンはまったく意に介さない。野菜用と決めたらしいお箸で有機栽培のカボチャやキャベツ、タマネギの輪切りをひっくり返しながら、椎名の方に身を乗り出して続ける。

「会う前もだけど、椎名ちゃんに会った後も雰囲気が違うのよぉ」

「へ……？」

戸惑う椎名に、んふふふふ、とイノサンが含み笑いで言った。

「いっつもエレガントでクールな顔してるくせに、椎名ちゃんと会った直後だけはほんのり全体的な雰囲気がやわらかくなって、色気が出てるのよー！　あれで二人の間に何もないなんて言われたって、絶対信じないんだから！　ていうか椎名ちゃんとクランって付き合ってるんでしょ？　ねえねえ、いつから？」

「つ、付き合ってはないですよ」

相手の迫力に押されながらも訂正するのに、イノサンは信じていない様子で片手を振る。

「ごまかさなくってもいいのよー。アタシ、偏見ないって言ったじゃない」

「ごまかしてるわけじゃない。ただの事実だ」

あっさりと琥藍が言うのに、イノサンはごつい指輪をした大きな手を頬に当てて首を傾げた。

「あらやだ、どうして？　付き合っちゃえばいいのにー。クラン、椎名ちゃんのこと好きなんでしょう」

心臓が跳ねた。まさか、こんなところに琥藍にストレートに斬《き》り込む人がいるとは思ってもみなかった。

動揺する椎名とは裏腹に、いつものように落ち着き払った低音で琥藍は淡々と答える。

「椎名のことは気に入っているが、どうして付き合う必要がある？　今のままで何の問題もない」

「えー、問題ないって……ホント？　椎名ちゃん」

がっちりした巨躯《きょく》に似合わないつぶらな瞳が、こっちを向いた。琥藍にあんな風に言われた以上、椎名は笑って頷くしかない。

「まあ、問題はないです」

「やぁだ、アタシの知らない間に、二人ともオトナになっちゃったのねえ」

体だけの関係だと気付いたらしく、イノサンが感慨深げに、それでいてどこか納得しきれない様子でそんなことを呟く。

「アタシとしては、椎名ちゃんほどクランを理解してくれる人はいないと思うから二人には付き合ってほしいけどー……、無理強いできるものじゃないものねえ。二人の間に気持ちがなかったら、口先だけの恋人になっちゃうし」

「そうですよ」

イノサンの言うことはよくわかっている。無理やり琥藍に「好きだ」と言わせてみても、それが口先だけなら意味はない。そもそも、琥藍本人にすっぱりと「気に入っている」で済まされたばかりだ。「気に入っている」イコール「好き」じゃないの、と聞いてみるだけ無駄な気がするほどの淡泊さで。

落ち込みそうな気持ちを美食で紛らわすべく、椎名はレモンを振ったタン塩を口に入れた。目利きの店主がその日に仕入れてきたばかりの最高級の肉を揃《そろ》えているだけあってどれも美味しいけれど、さっぱりしている方が椎名の口には合う。

美味《うま》い、と頬をゆるめたのに気付いたのか、琥藍がイノサンによって放り込まれたばかりの自分のタン塩用の取り皿を手に取った。

「椎名、これも食うか」

「食う」

何の気なしに口を開けると、当然のようにレモンを振ってから食べさせてくれる。琥藍の横で、イノサンが自らを両腕で抱きしめた。

「やだもう、付き合ってないって言いながら腹が立つほどイチャイチャしてるー」

「友達ならこれくらいするだろう」

「うっそ、だったらアタシにもしてごらんなさいよ」

「イノサンは俺のエージェントであって、友達じゃない。ていうか、その図体《ずうたい》で身をくねらせるな、気持ちが悪い」

琥藍の容赦のない言葉に、「ひどーい、おネエ心が傷ついたー」と言いながらもイノサンは懲《こ》りずにクネクネしている。

相手が年上だろうと基本的に物言いに遠慮のない琥藍と、いつでもテンションが高くて怒らないイノサンは昔からこんな感じだ。けれど、長く一緒にいるせいか昔以上に気心が知れた雰囲気になっている。琥藍が友達じゃないと言ってみたところで、椎名から見たらこの距離感はもう友達だ。

自分だけが琥藍の友達だったのにと思うと、優越感とか独占欲とか、そういうもののせいでちょっと複雑な感情が芽生えないとは言い切れない。だけど、幼馴染みの人付き合いの下手さを知っているだけに、嬉しい気持ちの方が大きい。

笑って眺めていたら、琥藍に見とがめられた。

「何だ」

「ん？　いや、べつにー」

適当にかわした椎名は、再びタン塩を口に運びながらふと気付く。今日は写真を撮っていなかった。

黒江女史の見事な手料理ではないけれど、めったにない琥藍との外食だ。マネージャーのイノサンとのツーショットも貴重だし、送ってやれば織絵はきっと喜ぶはず。

バッグから携帯を取り出すと、椎名が食事の写真を撮ろうとしていることに気付いたらしい琥藍が呆れ顔になった。

「もう半分以上食ってるぞ」

「いいんだよ、俺たちが外食してること自体が珍しいんだから。イノサンもいるし」

無表情な琥藍を相手に、ノリノリで「あーん」している風のポーズをとるイノサンに笑いながら写真を撮って、いつものように保存するふりで素早く『Loire』宛てのメールに画像を添付して送った。イノサンについて説明するメールを入れておきたいところだけど、今は時間がない。

この前ロアールのことを琥藍が気にしていたから、もし織絵からイノサンについて問い合わせの電話なりメールなりが入ってきても出づらい。万が一に備えて、椎名は何気ない顔で

携帯の電源を落とした。

ちゃんと話そう、と思っているくせに、こういうところで慎重になる自分が嫌になる。

だけど、琥藍との時間の方が大事だ。


「ん……」

遠く聞こえるかすかな水音に、椎名は目を覚ました。寝起きのぼんやりとした瞳で、見慣れない室内を眺める。

天井は高く、優しいアイボリー色。床には品のいいブルーグレーの絨毯《じゅうたん》が敷かれていて、アンティークらしいデスクが窓際に見える。窓は大きい。床から天井まであって、今は透かし模様の入ったゴールドがかったベージュの重厚なカーテンが光を遮っている。

どこを見てもエレガントで上質。でも、琥藍のマンションじゃない。

(……あ、ここ、ホテルだ)

きめの細かい真っ白なシーツに、椎名は自分のいる場所を思い出す。

思い出したことで、昨夜の記憶も甦《よみがえ》ってきた。

(いやー……、昨夜もがっつり食われたなー)

濃厚に抱かれた影響で、皮膚の薄いところがかなり過敏になっている。あちこちギシギシするし、お腹の奥には馴染みのある違和感が残っている。

最後に抱かれた時の記憶が曖昧《あいまい》だけれど、体はさらりとしていた。いつものように、琥藍は意識の飛んだ椎名をバスルームへ運び、後始末までしてくれたということだ。

ふと目をやったサイドテーブルには、表面を結露させているミネラルウォーターのボトル。

「……ああ見えて、けっこう面倒見いいんだよなー」

ふふっと笑って腕を伸ばし、だるさの残る上体を枕にもたれさせて水分を補給した。それから気付く。

腕の内側、前回の痕が薄れていた上に散っているのは鮮やかなキスマークだ。シーツをめくって確認してみると、予想通りに内腿《うちもも》や胸元の辺りを中心に同様の状態になっている。無意識に唇がほころんだ。

キスマークに喜ぶなんて自分でもちょっと変だと思うけれど、椎名は琥藍に痕《あと》を残されるのが好きだったりする。所有の印《しるし》、という印象を受けるせいかもしれない。相手にはそういう意識も執着もないのだろうけど、こっちが勝手に思う分には自由だ。

ミネラルウォーターが結露している様子や、琥藍が寝ていたであろう隣に温度が残っていないところからして、だいぶ前に彼は起き出していったのがわかる。

目が覚めた時に聞こえていたかすかな水音は、たぶんいつものトレーニングを済ませた琥藍がシャワーを浴びていた音だろう。外は雨が降っているようでもないし、ここのガラスは三重になっているから防音バッチリだとイノサンが言っていた。

「もうすぐ上がってくんのかな」

ベッドサイドの時計が七時前を示しているのを確認したところに、内線がかかってきた。反射的に取ると、同じホテルに泊まっているイノサンから挨拶もそこそこにテンションの高い苦情を言われる。

「ちょっとー、椎名ちゃんったら携帯の電源落としてるでしょー！」

戸惑いながらも昨夜電源を落としたことを思い出して、携帯が入っているはずのバッグを椎名は目で探した。そういえば琥藍のキスに酔わされたのはリビングだったから、あっちに置いてきたかも。

「あー、はい、すんません。ていうか、何か俺に用でした？　わざわざ携帯に電話とか」

「クランがもう起きてるか確認しようと思って」

「……いや、琥藍のことなのに何で俺に？」

当然の疑問を呈すると、イノサンは琥藍をよく知るマネージャーならではの論理を展開した。

「だってクランったら携帯持ち歩かないし、コートのポケットとかに入れっぱなしにしててなかなか出ないいんだもの！　一緒にいる人に連絡した方が早いのよ。内線を使えばいいってことは今思い出したの」

「そうですか……」

「てことで椎名ちゃんの携帯、念のために電源入れといてね～」

「はあ……」

こっちは琥藍のマネージャーじゃないんだけどなあ、と思ってみたところで、聞いてもらえないのは予想がつくからあえて反論はしない。内線を切ったら電源を入れるしかないだろう。

「で、クランはもう起きてる？」

「たぶん。今、シャワーみたいです」

「なら大丈夫ね。あ、そうそう、朝ごはんどうする？　ルームサービスもいいけど、ここ、人気のビュッフェがあるのよ～！　アタシとしてはみんなでビュッフェもいいと思ってるんだけど、椎名ちゃんたちのお邪魔になっちゃうかしら。でも二人きりにしておいてフライトに遅れるようなことになったら困るのよね～。ねえねえ、どうしましょ」

「あー……と、じゃあ、琥藍が出てきたらまた連絡させます」

「オッケ、じゃあまた後でね～！」

嵐のような内線が切れて、椎名は苦笑して受話器を戻す。近くの椅子にかかっていた琥藍のシャツを羽織ってリビングに行き、ソファの上に置かれていた自分のバッグを見つけて携帯の電源を入れた。

チェックしてみると、イノサンからの着信の他に留守電にメッセージが入っていた。ロアールからだ。

琥藍がまだバスルームから出てくる気配がないことを確認して、聞いてみる。

『……織絵です。椎名くん、今回も琥藍の写真をありがとう。……あの、つかぬことを聞くのだけれど、琥藍の隣の方はどなた？　琥藍が初めて他の人とのツーショットで……そういう系統と思われる相手なのになんだかとても仲がよさそうなのだけれど……そう思うべきなのかしら？　あの、一応わたしもこういう業界にいるし、ヴェルレーヌとランボーの国に住んでそれなりに長いから慣れてはいるつもりなのだけれど……その、琥藍がこういうタイプを選ぶのだとしたら意外で……あ、いいえ、べつにこの方を否定しているわけじゃないの。ええ、お箸を持っているときに小指が立っているからって、どうってことないわよね……。ただ、どうせ二人めの息子を持つのなら椎名くんみたいな子の方が……ああ、ごめんなさい。なんだか動揺しているみたいだわ。あの子が選んだ人ならわたしが注文をつける筋合いはないのよね……ええ、わかっているの……。ただわたし、この方を琥藍の大事な人としては……ああ、違うの……』

本人が言うように動揺しているらしい声は支離滅裂《しりめつれつ》で言葉の間が多く、長くなったせいか録音が途中で切れた。

携帯をまじまじと見て、しばらく考えて、ようやく椎名は気付く。

（織絵さん、イノサンのことを琥藍の恋人と誤解したんだ……！）

うわあ、と思わず声が漏れそうになって慌てて口許を手で押さえる。

イノサンにはモン・シェリがいるという話だし、琥藍はそもそも恋愛感情が欠落している。だからこそあの二人がカップルになりうるという発想自体が椎名にはなかったけれど、確かに織絵に送った写真としては琥藍の初めてのツーショットだったし、しかも「あーん」というポーズをイノサンはとっていた。黒江の『月報』が事務的に出来事のみを記載していて琥藍以外の写真を送っていない場合、織絵は「マネージャーの猪俣《いのまた》氏」の名前は知っていてもビジュアルやキャラクターまでは知らないのだ。

あの二人をカップルと考えた場合の絵面《えづら》の破壊力は、なかなかのものがある。ギリシア彫刻のように完璧かつノーブルな美貌を持つ琥藍と、どこからどう見てもガチでおネエのマッチョなイノサン。違う世界のキャラクターをコラージュしたみたいだ。イノサンはいい人だし、世の中に絶対ありえないことはそうそうないと知っているけれど、見るからに繊細で、デザインする服からしても古典的に優美なものを好んでいるらしいデザイナーの織絵からしてみたら、確認の電話をせずにはいられないくらいの衝撃だったのだろう。

声の調子からして相当動揺しているようだったから、フォローのメールもせずに電源を落としてしまっていたのは申し訳なかった。

さっきチェックした時計では七時前、フランスとの時差はおよそ八時間。ということは、向こうは夜の十一時ごろということだ。

織絵が悶々《もんもん》として眠れなくなったりしないように、椎名は急いで「写真の人物は琥藍のマネージャーの猪俣さんで、イノサンと呼ばれています。恋人とかでは全然ないです」というメールを作り、送信した。何時ごろに彼女が床《とこ》につくかはわからないけれど、とりあえず。

「椎名？」

ほっとした矢先の琥藍の声に、びくーっと体が跳ねた。

あからさまに驚きすぎたから、この前みたいに問い詰められることを覚悟しておそるおそる振り返ったのだけれど、開けっ放しにしていたベッドルームとリビングを繋ぐドアのところに琥藍の姿はない。バスルームから出た琥藍が、ベッドにいない椎名に気付いて疑問の呼びかけを発しただけみたいだ。

心の底からの大きな安堵のため息をついて、椎名は居場所を知らせるために大きく声をあげた。

「おはよ、琥藍。こっち。携帯取りに来てた」

「何かあったのか？」

「いや、イノサンに電源入れとけって言われてさ」

最初の目的だけを明かして、携帯を片手に、待ち合わせの焼肉店に向かう前に一旦帰宅して詰めてきた着替えの入ったバッグも持って寝室に向かう。

「どうしてイノサンが椎名の携帯に関与するんだ？」

半《なか》ば身支度を終えている琥藍が、手首に時計を巻きながら怪訝そうに聞いてくる。何気ない姿なのにいちいち絵になるのだから本当にすごいなと思いつつ、椎名は呆《あき》れ声で返してやった。

「お前のせいだろ。琥藍が出ないから、近くにいる俺に連絡した方が早いって言ってたぞ。ていうかお前の携帯、どこにあんの？」

「クロゼットの中かもな。コートに入ってるんじゃないか」

「なんだよ、そのぼんやりした感じ。ていうか携帯は携帯しろよ」

「ある程度はしてる。それ以前に、普通こんな時間に重要な案件の連絡は来ないし、仕事の電話ならイノサンを通すのが筋だから俺に直接は来ない」

要するに、琥藍の携帯電話は本人からかける時くらいしか必要ないということだ。なかなか一方的なツールだけれど、彼らしいといえば彼らしい。

「とりあえず俺もシャワーに行ってくる」

バッグの中から着替えを出して、バスルームに向かう。

「俺が洗ってやろうか」

背中にかけられた声にちらりと目を向けると、琥藍は真顔だ。セクシャルな戯《たわむ》れというわけではなく、昨夜がっつり椎名を抱いたから彼なりに体調を気遣ってくれているのだろう。たぶん、そんな本心は椎名ぐらいにしかわからない。

椎名は笑ってバスルームのドアを開けた。

「丁重にお断りだ。洗うだけですまなかったらフライトに遅れるだろ。あ、イノサンが朝メシどうするって言ってたから、ルームサービスにするかビュッフェに行くか考えとけよ」

「わかった」

後ろ手にドアを閉めて、昨夜はほとんど見ることができなかった大理石をふんだんに使った贅沢《ぜいたく》なバスルームに改めて感心する。広い。しかもシャワーブースは独立している。

「独立してんのはいいけど、何故《なぜ》ガラス張り……」

苦笑しながら琥藍のシャツを脱いで、シャワーブースに入った。

温かな湯で体全体が目覚めてくるのを感じていたら、不意にバスルームのドアが開いた。

「ちょ……っ、琥藍！」

「イノサンから電話だ」

シャワーブースの外で、琥藍が椎名の携帯を掲げて見せる。バッグの上に載せていたから持ってきてくれたのだろう。

「イノサンだったらどうせお前に用事だろ。出ていいぞ」

「わかった」

頷いた琥藍がその場で携帯に出ようとするのを、慌てて止める。

「おい、あっちで出ろよ！」

「何で」

何故その問いを真顔でする。ため息をついて、肩越しに答えてやる。

「見られてると落ち着かないんだよ」

「いまさらだろう」

「いまさらでも」

こっちをじっと見る紫色の瞳にドキドキしてしまうなんて、琥藍には絶対にわからないに違いない。モデルなんかしているだけに人に見られるのに慣れているだろうし。

「ほら、切れる前にさっさと出ろ」

「仕方ないな」

どの口でそれを言うか。俺の携帯にイノサンから電話がくるのはお前のせいなのに、とツッコミを入れてやろうとしたのに、それより先に琥藍はバスルームから出て行った。無念。

シャワーを終えて、朝食がビュッフェだったとしてもすぐ出られるように椎名は身支度まで済ませてバスルームを出た。

「琥藍、朝メシって結局……」

窓際に立つ長身に話しかけている途中で、室内に漂う、シンと冷え切ったような微妙な空気に気付いて言葉が喉《のど》で止まった。

何かが変だ。

はっきりとはわからない。だけど、琥藍と一緒にいて今まで感じたことがないような居心地の悪い空気。この居心地の悪さは……見知らぬ人と、エレベーターで二人きりになったような感じに近いかもしれない。

窓の外に目をやっていた琥藍が、ゆっくりと振り返った。

無表情。今まで見たことがないほど、完璧な。

「琥藍……？」

その場から動かないままで、彼がベッドの上にある椎名の携帯電話を目線で示す。

「悪い。出るつもりはなかったんだが、イノサンとの通話を終えてすぐで、相手も見てなかった」

淡々とした声。冷静で、無感情な、ほとんど抑揚のない低音。

一瞬の戸惑いの後、嫌な予感にざあっと血の気が引いた。

急に力の入らなくなった脚でベッドに向かい、椎名は震える手で携帯を取り上げる。怯《おび》えて上手《うま》く動かない指で着信履歴を呼び出すと、そこにあってほしくなかった名前が——だけど、予測していた通りの名前が、最新で表示された。……『Loire』。

声も出せずに目を向けると、おそろしく静かな、一切の感情の見えない深い紫色の瞳に見返された。見たこともないような、遠い表情。

呆然と固まった椎名は、す、とそらされた視線に金縛《かなしば》りを解かれた。急激に湧き上がってきた恐怖に突き動かされるように、すがるような思いで琥藍の元へ駆け寄る。

「琥藍……、俺……っ」

「それ」

腕を摑《つか》もうとする手を避《よ》けて、琥藍が冷ややかな瞳を椎名の手にある携帯に向ける。

「デザイナーって、四條織絵のことだったんだな。『Loire』なんてずいぶんわかりやすく織絵のアナグラムを含んでいたのに、椎名があの女と連絡を取るはずがないという先入観に支配されてて、全然気付けなかった自分にうんざりする」

「違……っ」

「何が違う？　椎名はあの女と連絡を取り合っていた。そして、俺に携帯を見られることがあってもすぐにはわからないように偽名で登録していた。どこか間違えているか？」

冷静かつ正確な指摘に、何も言えずにかぶりを振る。

間違ってない。

織絵のことをアルベールに呼ばれていたロアールという名前で登録したのは、琥藍の言う通りの狙《ねら》いがあったからだ。知られたくなかったから。自分にとって言いやすいタイミングがくるまで、琥藍に嫌われる危険を冒したくなかったから。

タイミングをはかるといいながら先延ばしにし続けていたせいで、最悪の知られ方をしてしまった。せめて、せめて今からでもちゃんと説明をしないと。

口を開いたのに、先に声を出したのは琥藍だった。

「偽名で登録までして、いつから俺を騙《だま》してた？」

冷たい顔。よく見慣れているはずの美貌なのに、まるで初対面のように馴染みがない表情。

喉が塞《ふさ》がるのを感じながらも、椎名はなんとか説明しようと必死で声を絞り出す。

「中学……に、上がる前に……、織絵さんに、呼ばれて……」

途切れがちな説明に眉ひとつ動かさずに、琥藍は重ねて聞いてきた。

「あの女から、いくらもらってた？」

「は……？」

「体まで与えるなんて、よほどの額だろうな」

呆然と見上げた表情は冷淡で、冗談を言っている気配はない。というか、いつだって琥藍の言葉には裏も表もなかった。――彼は、織絵が椎名にずっと賄賂《わいろ》を渡してきたと……椎名が琥藍に抱かれてきたのも、金銭的メリットの大きさに惹《ひ》かれてのことだと思っているのだ。

理解するなり、かあっと頭に血が上った。

「見損《みそこ》なうな！」

本能的に右手を振り上げていた。自分を侮辱した目の前の男を力いっぱい殴るつもりで。

でも、できなかった。

避けようともしない完璧に整った美貌は冷め切っていて、椎名が何を言おうが、何をしようがもはや興味すらないみたいだ。

殴っても、何も変わらない。何も伝わらない。

琥藍は椎名を見限ったのだ。母親の織絵の時と、同じように。

(嘘、だろう……)

力なく、腕が下がる。琥藍の表情は変わらない。

二十年も友達でいた。そのうち半分は体の関係まであった。自分だけは、琥藍の特別だと思っていた。

だけど彼は、こんなにも簡単に椎名を切り捨ててしまえる。

言い訳さえ聞かずに、どうしてこんなことをしたかなんて斟酌《しんしゃく》してくれることもなく、彼の中で納得のいく理由をつけて突き放してしまえる。

それだけ、琥藍にとって織絵は痛い部分なのだ。

わかっていた。……いや、わかっているつもりだった。

わかっているつもりで、だからこそなんとかしてやりたくて、そして結局、琥藍から拒絶されている。

ちゃんとわかってなかったから。やり方をきっと間違えたから。

琥藍は、もう椎名を友達だとは思ってくれない。どうでもいい存在として扱うようになるのだ。

目の奥が一気に熱くなった。喉の奥が熱で塞がる。

泣きたい。でも、泣くわけにはいかない。ここで泣くのは卑怯《ひきょう》だし、琥藍には何も響かない。

言葉を。ちゃんとした説明を。どんなに見苦しくても言い訳を。

言葉を尽くしてもわかってもらえないことがあるにしろ、尽くす前に諦めたら琥藍とは本当にここで終わってしまう。

懸命に喉の塊《かたまり》を飲み下して、椎名はままならない呼吸を数回繰り返してから、震える唇を開いた。

「……本当に、違うんだ、琥藍。織絵さんから何かもらうために、俺はお前の側にいたんじゃない」

必死に声にしようとしているのに、琥藍はどうでもよさそうに冷たく遮る。

「いや、俺はようやく納得がいった。椎名や椎名の家族が俺にしてくれたことには裏があったと思えば、親切すぎたことへの疑問も解ける」

「違うって言ってる！」

「もういい。椎名、お前はもう俺に何も施《ほどこ》さなくていい。俺は椎名に何も求めない」

「そんなんじゃないって言ってるだろ！」

端《はな》から聞く耳を持ってくれない琥藍に、椎名は地団駄を踏みたいような気持ちで叫ぶ。琥藍が纏《まと》っている相手を踏み込ませない冷たい空気さえ気にしていられなくて、怒りにまかせて距離を詰め、腕を摑んだ。

「ちゃんと聞けよ琥藍、何で俺がお前に抱かれてたと思ってる！　いくら気持ちいいからって、どうでもいい男に俺が平気で抱かれるわけがないだろ！　俺はそこまで軽くないし、金なんかのために男に体までやれない！　いいか、俺はお前のことが好きなんだよ！」

昂《たかぶ》った感情のまま出てきた大声での告白に、虚《きょ》を突かれたように紫色の瞳が瞬《またた》いた。

ようやく、ようやくの反応だ。椎名は必死で言葉を継ぐ。

「好きなんだ、琥藍。ずっと、気が付いたらずっと好きだった。だからお前が他のやつを抱くくらいなら抱かれてもいいと思ったし、お前に求められるのも嬉しかった。男でも女でも他の人なんかいらないくらい、俺は琥藍しか好きじゃないんだよ。俺はお前に幸せになってほしい。織絵さんが本当はお前をちゃんと愛してたってわかってほしい。だから……っ」

「だから俺を騙してたっていうのか？」

さっき一瞬見えた反応が嘘みたいに、冷たく閉ざされた表情に戻った琥藍が静かな低音で引き取る。

「悪いが椎名、言ってることがよくわからない。俺はあの女にどう思われていようと、もうどうでもいいんだ。そんなことより、椎名が友達だって言いながら、俺にずっと嘘をついてたってことの方が痛い」

「……っ、でもそれは……」

「俺のためだって言いたいんだろう。だけど椎名、いつ俺が母親が恋しいなんて言った？ 俺はあの女に母親であってほしいと願っていたか？」

「……でも」

「椎名、俺のことを好きだって言うんなら……どうして平気で裏切れたんだよ」

冷たく、静かな口調。だけど、紫色の瞳を間近で見上げていた椎名は、口調ほどには琥藍が冷めていないことを知る。

そこに浮かんでいるのは、深い悲しみと、胸が痛くなるほどの苦痛。

——傷つけた。取り返しがつかないほどに、自分は琥藍を傷つけてしまった。

織絵の方にどんな言い分があるにしろ、椎名にどんな思いがあるにしろ、彼から見たら椎名は裏切り者だ。

琥藍にとっては、金銭を介することなく心を許せる唯一の存在が自分だってことはわかっていたのに。彼が人を心から信じることがめったにないことだなんて、知っていたのに。

その貴重な想いを、善意からとはいえ椎名は裏切った。

善意がすべてを正当化できるのなら、誰も傷つかない。

「……琥藍」

声が震えた。視界が滲《にじ》む。

「もう、俺を許せないか……？」

聞くのも怖かったけれど、聞かずに離れる方がもっと怖くて、椎名はなんとか声にした。

僅かに、琥藍が瞳に苦悩をよぎらせる。

「……わからない」

ひとつ息をついて、ゆっくりと、彼が腕を摑んでいる椎名の手をほどいてゆく。

離したくない。だけど、逆らえない。そんな権利は、椎名にはもうないから。

椎名の指をすべてほどいて、視線をそらしたままで、琥藍が低く呟いた。

「許すとか、許さないとかじゃないんだ。ただ、今は何も考えられない」

僅かに触れ合っていた指先が、離される。

冷える。体温を失った指先だけじゃなく、心まで。

「琥藍……、お前が俺を許せなくても、憎んだとしても……、俺は、お前を愛してる」

ゆらめく視界にいる幼馴染みに向かって、椎名は心から、精一杯の告白を伝えた。

琥藍が、寂しげに笑う。

「……愛するって、どういうことなんだろうな。俺にはわからない」

どういうことかなんて、椎名にもはっきりとは言葉にできない。それでもなんとか答えたくて懸命に言葉を探していたら、最悪のタイミングで無遠慮《ぶえんりょ》に内線が鳴り響いた。絶対にイノサンだ。

すぐに受話器を取った琥藍が、仮面のように完璧に整った無表情で淡々と答えた。

「もう出られる。……ああ、それじゃ」

受話器を置いて、椎名の方は見ずに「エレベーターホールに五分後」と呟いた。

そうして、振り返ることもなく、大股《おおまた》で部屋を出て行ってしまう。いつだってひどく絵になる長身の後ろ姿が遠ざかってゆくのを見ながら、胸が潰《つぶ》れるような気がした。

琥藍はもう、椎名をあの綺麗な紫色の瞳で見つめてくれることはない。

心を開いてくれることもない。

真顔でこっちがツッコミを入れたくなるようなことを言うことも、たまに見せてくれていた楽しげな微笑も、彼独特の変わった理屈も、きっと見せてくれることはないのだ。

もう、ただの友達にさえ戻れない。

琥藍、琥藍、琥藍。

叫び出したいような思いで、椎名はゆらゆらと滲む後ろ姿に内心で呼びかける。

お前の幸せを願ったせいで……お前を愛しているせいで、俺はお前を失わなきゃいけないのか？

【4】


幼馴染みから想像もしていなかった裏切りを受けた後も、琥藍はきっちりと予定通りの仕事をこなしていた。

「今日もお疲れさま〜！　ねえクラン、お腹すかない？　アタシ、ギョームからすっごく美味しいビストロ教えてもらったの。ちょっと食べに行きましょうよ〜」

「すかない。行かない」

テンションの高いマネージャーに後部座席から端的に答えると、パリの街に馴染んだ運転をしながらバックミラーのイノサンが表情を渋くする。

「……ねえクラン、お願いだからちゃんと食べてちょうだい。このままじゃ本当に体を壊しちゃうわ」

日本を発《た》ってから約一カ月。その間、何度言われたかわからないセリフだ。

ため息をついて、琥藍は言い飽きた返事をする。

「食えるものなら食ってる。体が受け付けないんだから仕方がない」

「仕方がないってねぇ……っ」

イノサンの声がとがりかけたところで、目の前に強引な割り込みがあった。ハンドルを切ったマネージャーが、いつになく男らしい口調と声音《こわね》で悪態をつく。

めったに口調を荒らげないイノサンだけに、自分のせいでストレスを抱えているのだろうなとは思う。マネジメントしているモデルがまともに食事をとらなくなれば、仕事にも影響が出るから気になって当然だ。琥藍としても、任された仕事に悪影響が出るのはプロとして許せない。

とはいえ、食事をしても戻してしまうのだ。まさしく受け付けない、という感じで。まともな固形物を口にしていないのにもかかわらず、不思議なことに空腹を感じない。それどころか、眠気も感じないのだ。『仕事道具』に傷をつけるわけにはいかないから試してはみないけれど、ナイフで体を切ってもたぶん痛みを感じないだろう。現実世界と隔絶《かくぜつ》されてしまったかのように、すべての感覚が鈍《にぶ》くて、遠い。

生きることと死ぬことの境界線は、案外曖昧なのかもしれない。

今の琥藍は、肉体としては活動しているけれどおよそ生きているとは言い難《がた》い。生命活動の根幹をなす食事を受け付けないのは、体が生きることを拒んでいるということだろうと人ごとのように思っている。

椎名の裏切りを知った時に、琥藍の心身は生きることを放棄したらしかった。唯一といってもいい信頼を置いていた相手から、十年以上に渡って嘘をつかれていた。それも、最も許しがたい相手のことで。

十年以上だ。正確には、十四年。

共に過ごした半分以上の時間、椎名は琥藍に重大な秘密を持ち続けていた。そんな真似をされたことがいまだに信じられないし、無条件で信じていただけにその裏切りをどう処理したらいいのかさえわからない。許せるかどうかもわからないし、むしろ、もう何も考えたくない。思い返してみれば嘘の下手な椎名は何かと怪しい行動を見せていたのに、ほんの少しも疑おうとしなかった自分の愚かさにうんざりする。

椎名はいいやつだ。人のために泣けるくらいに優しくて、感受性が豊か。

だからこそ、同情をひくような話のひとつでもされればあっさりと相手に気を許すだろうし、相手の話を鵜呑《うの》みにして、本人が言うように『琥藍のために』善意であういう真似をしたのだろうと冷静な部分ではわかっている。

だが。

そんなことはしてほしくなかった。自分にとって、椎名はただ信頼に足る人物であってくれさえすればよかった。

椎名しかいなかったのに。

椎名しか、いらなかったのに。

窓の外を流れてゆく夜の街の明かりを眺めながら、琥藍は奥歯を噛《か》みしめる。頭の中から、大事だった幼馴染みの姿を消し去ろうとする。

考えてはいけない。

失《な》くしたもの、手に入らないものを求めても、生まれるのは満たされない苦痛だけだ。

心の平穏を保つためにも、滞《とどこお》りなく仕事をこなしてゆくためにも、これ以上椎名のことを考えてはいけない。

なんとか自分をコントロールしようとしているところに、最悪のタイミングでイノサンが口を開いた。

「ねえ、ご飯が食べられないなんてゼッタイ異常事態だと思うの。やっぱり椎名ちゃんに連絡を……」

「入れるな。知らせたらクビだ」

最後まで言わせずに、厳しく通告する。数秒、無言が落ちた。

「……本気で言っているの？」

「俺がこういう冗談を言ったことがあったか」

反語的な問いを投げると、ミラー越しにイノサンが分厚い唇を噛むのが見えた。最終的に、怒鳴るようにして引き下がる。

「わかったわよ！」

イノサンがマネージャーとして非常に有能で、コミュニケーション能力に難のある自分にとって右腕のようなものだということは理解している。出会いがしらに「アナタなら世界に羽ばたけるわ！　アタシがテッペンに連れてってあげる！」なんて、若干気味の悪い熱弁をふるわれた日から始まり、ビジネスパートナーとしてきっかり十一年。その間、イノサンは予告通りに渡仏のきっかけとなるハイメゾンからの指名を勝ち取り、さらには当時所属していたモデル事務所から独立してただのマネージャーからエージェントとなって、見事に琥藍を世界的トップモデルにした。いわば、仕事上の大恩人。

そのことをわかっていながらクビを切るなんて言える自分は、人として何かが欠けているのだろう。おそらくは感情とか感受性とか、そういう人間的な優しさや愛情に繋がるようなものが。

愛されることで、人は愛し方を知るという。母親にさえ愛されなかった自分が周りを愛する能力に欠けているのだとしても、しごく当然の帰結なのかもしれない。

（そんな俺のことを、本当に椎名が……）

またもや切り捨てたはずの幼馴染みの名前が頭をよぎって、琥藍は苛立《いらだ》ってきつく眉根《まゆね》を寄せる。

忘れろ。思い出すな。

「クラン、大丈夫？」

「……ああ」

バックミラー越しに、心配そうなイノサンの顔。思わずため息が出る。

「ちゃんと前を見ろ」

「大丈夫よ、クランと心中する気なんかないもの。ギョームが泣いちゃう」

嘯《うそぶ》くイノサンは、ついさっきの不和はなかったことにしたらしい。この切り替えの早さがあってこそ、愛想のない自分と平気で付き合ってこられたのだろう。

「ところでクラン、本当に何か食べられない？　あれだけ肉食だったくせに、点滴とエネルギー飲料だけじゃ倒れちゃうわよ。だいたい眠るのも睡眠薬使ってるんでしょう？　そんな生活、続けていけるわけないじゃない」

「そうだな」

「そうだなって……なんとかする気ないの!?」

「ないこともない」

「わかりにくい返事って嫌いよ！」

イノサンが苦情を述べたところで、パリでの定宿《じょうやど》にしている歴史ある優雅なホテルが見えてきた。そのうち日本に帰るつもりだったから、琥藍はフランス婚の相手と同棲しているイノサンのように家を借りてはいない。ずっとホテル住まいだ。

ミラノから始まったファッションウィークは、パリ、ロンドン、ニューヨークとぶっ続けで約一カ月に及び、ようやく先日一段落した。現在三月末、早いところは初夏には次の春夏コレクションを出すけれど、今はスチール撮影がメインで、大きなショーの合間の時期。タイミングとしては、ちょうどいいだろう。ホテル住まいなら引き払うのも簡単だ。

ホテルの駐車場に車が止まったところで、琥藍は口を開いた。

「イノサン、仕事を整理してくれ」

「……整理って？」

用心深い問いに、必要事項を淡々と告げる。

「先の予定はもう入れないこと、すでに入っているものはできるだけ前倒しにすること、それができないオファーは知り合いのモデルに割り振る相談をすること」

「要するに、モデルをやめるってこと？」

「ああ」

頷いてから、イノサンが自分のためにフリーのエージェントになったことを思い出す。琥藍がモデルを廃業すれば、マネージャーも失業だ。

「イノ……」

「そう言うと思ってたわ」

呼びかけにわざとかぶせるようにため息混じりの声で言って、イノサンが肩をすくめた。

「あーやだやだ、アタシって有能すぎるのよね。実を言うと、もう調整始めてるの」

「……そうなのか？」

「したくないけどね！　でも、食事も睡眠もまともにとれないクランを間近で見てるのよ？　アナタのことを昔から知ってるから、このままモデルとして仕事を続ける気がなくなることくらいわかってたわ」

運転席のイノサンが振り返って、こっちを見る。怒っているのかと思いきや、意外なくらいに穏やかな苦笑だ。

「クランって、涼しい顔してるくせに自分が任された仕事は必ず全力を尽くすのよね。一緒に仕事をするようになった最初から思っていたんだけど、何て言えばいいのかしら……自分のためっていうより、『自分を選んでくれた人』のために仕事してる感じがしていたの。アタシがけっこう無茶なスケジュール組んでも、クランのことをアタシが高く評価しているからこそ文句も言わずにこなしてきてくれたのよね。そんなアナタだから、ベストを尽くせないなら辞めるくらいのことはしそうだと思ってたの」

「……そうか」

自分ではそういうつもりはなかったけれど、言われてみればそうかもしれない。このまま食べなければいくらトレーニングを続けていてもサイズダウンは避けられないし、仕事に支障が出るのはプロ失格だと思っている。

数多《あまた》いるモデルの中から自分を選んだ人を失望させるくらいなら、その前にきっちり引退した方がいい、という考えがなかったとは言えない。

(これも、あの女による一種の呪縛《じゅばく》か)

淡く、苦い笑みが唇の端に滲む。

親に存在を認められていない、という感覚が子どものころから刷り込まれているから、仕事とはいえ自分を認めてくれる人のために全力を尽くさないと気が済まないのだろう。気付きたくもないのに、なまじ知識を増やしてきたせいでそういうことが客観的に判断できてしまう。そんな自分が、面倒くさい。

(椎名だったら、そういう俺でさえおもしろがったり、仕事にストイックだとか褒めたりするんだろうが……)

考えている途中で、顔をしかめる。

またやった。忘れよう、思い出さないようにしよう、と思っているのに、勝手にその姿が出てくる。

ため息をついて、目の前のマネージャーと会話をすることで面影《おもかげ》を心から追い出そうと試みる。

「もう調整を始めてたんなら、今月中で終われそうか？」

確認するなり、イノサンが大仰《おおぎょう》に太い眉を上げる。

「クランったら、自分が超売れっ子だってこと忘れてるんじゃないでしょうね！　この時期は広告や雑誌のスチール撮影がめちゃくちゃ入ってるし、パーティに箔《はく》付けするためのお招《よ》ばれも山のようにあるし、アナタをイメージしてデザインしたいとかコラボしたいってブランドからのオファーも十や二十じゃないんですからね！　ただでさえ取捨選択が難しかったのにそこからさらに絞り込んでるんだから、あと二、三日でどうにかなるようなものじゃないわよ！」

「大変だな」

オファーの選択は丸投げしてきたから、そんなにいろいろあるとは全然知らなかった。

「そうよ！　っていうか人ごとみたいに言わないの！」

呆れた口調で注意されたものの、とりあえず有能マネージャーによって着々とスケジュールの整理が進んでいることはわかった。

「どれくらいかかりそうだ？」

「調整であと三日。仕事の方は、四月の半ばまでにオールクリアできるようにしてあげるわ」

きっぱり言い切ったということは、どれほどオファーがあろうとその通りになると思っていい。約半月なら、なんとか乗り切れるだろう。

「その代わり、しばらく分刻みで働いてもらいますからね」

「助かる」

「やだもう、ここは『えーっ』って嫌な顔するべきとこでしょ！」

不満げにイノサンに言われたけれど、実際に忙しい方が助かる。下手に時間があると、失った友達兼幼馴染みのことを考えたくないのに考えてしまうから。

後部座席のドアを開けながら、琥藍はマネージャーに念のための忠告を伝えた。

「あと半月、よろしく頼む。椎名に連絡するとか余計なことさえしなければ、俺が引退した後も遊んで暮らせるくらいの慰労金は払う。イノサンが失業者になるのは俺のせいだからな」

「そりゃどうも！」

何が悪かったのか、イーッと歯をむき出された。よかれと思って言ったのに、人間というのはよくわからない。

『お前も人間なのに、何言ってんの』

そんな声が、どこからか聞こえた気がした。

笑って。少しつり目がちな瞳を、おもしろそうにきらめかせて。

一瞬だけ、息が止まった。けれど、幻影を振り切るようにドアを閉め、琥藍は大股でホテル内の自分の部屋へと向かった。


終わりが見えていれば、案外持ちこたえられるものだ。

四月半ばには終わる。そう思えばこそ、イノサンの予告通りに本当に分刻みのタイトスケジュールも琥藍は淡々とこなしていった。

何もかも、機械的にはできる。

体に染みついた長年の習慣で、撮影時の次々変わるポージングも、ランウェイを音楽につられることなく一定のテンポで堂々と歩くのも、そういう本番に備えてトレーニングで体を作ることも、できる。

できないのはしっかり食べることと眠ること、それから人並みの感覚を持つことくらいだ。

かつて大御所デザイナーが、ランウェイを歩く琥藍に感激して『mannequin parfait（完璧なマヌカン）』と評したことがあったけれど、今の琥藍はある意味では当時以上だ。

最高のモデルというのは、服に着られないだけの存在感とスタイル、衆目を集める『個性』を持ちながらも決して『我《が》』を出さない。主役はあくまでも服だからだ。

そして今の琥藍には、いわゆる『我』と呼べるような感情などは一切ない。それでいて、超然とした雰囲気が醸し出す独特の迫力と際立った美貌で人目を引く。元々人間らしくない雰囲気が持ち味だっただけに、多少顔色がよくなくても仕事上でマイナスにはならない。

ただ、イノサンだけはこだわって文句を言う。

「顔色悪すぎるわよ！　少しでいいから食べなさい！」

どん、と高級ホテルのスイートルームのリビングには似つかわしくない、ポップな柄の大きい保温ポットが目の前に置かれた。

「……何だ、これは」

「モン・シェリのギョームが作ってくれたカルダモン入りのミルクスープよ。彼、ハーブ薬局勤めなの」

うふ、と似合わないはにかんだ笑みと共に、ポットの中身を持参の陶器の器に盛り付けて出された。独特の清涼感のあるハーブの力なのか、具材がほぼ溶けるまで煮込まれていたからか、これは一応食べられた。

食べてしまったのが悪かったのか、ギョームは翌日、睡眠薬も使わなくていいようにとリラックス効果抜群になるように配合したというミックスハーブティーや、眠りやすくなるという手作りのセントジョンズ・ワートのお酒までイノサン経由で渡してきた。

ホテルの部屋なのに、やけにアットホームなコーナーができる。見慣れない。ていうか、イノサンから無理やり見せられた写真でしか面識がない相手にここまでされる意味がわからない。

「……ずいぶん世話焼きなやつなんだな」

「そうなのー。素敵でしょ」

褒めたつもりはないのに、イノサンは自慢げだ。訂正するのも面倒なので、放っておく。要するに、似たもの夫夫《ふうふ》なのだろう。

（いや、少し違うか……）

フリーのエージェントであるイノサンにとって、琥藍は唯一の手持ちの『商品』だ。慰労金は十分に払うつもりだけれど、生活費に困らないからといってこの有能マネージャーが仕事もせずに遊び暮らすとは考えにくい。次の仕事のためにも、最後まで琥藍に質の高い仕事をさせようとフォローアップしているのだろう。ギョームは、そんなイノサンに協力しているだけと思われる。

純粋に心配してくれている、と考えることは、琥藍にはできない。理由がないと納得できないのだ。

ともあれ、着々と仕事を消化しながら日々は過ぎていった。マネージャーとそのフランス婚の相手の協力もあって、感覚は鈍いままながらも琥藍はそれなりに人らしい生活を送っていた。

(食べられないのはともかく、眠れないのは面倒だな……)

ベッドヘッドに背をもたれさせて、スケッチブックにデザイン画のアイデアを描き出しながら琥藍は思う。

睡眠導入剤やセントジョンズ・ワートのお酒を利用しても、眠りにつくまでそれなりに時間がかかる。となると、時間が余る。

時間が余ると、無駄なことを考えてしまう。考えない方がいいことが……忘れようとしている人物の姿が、頭から離れなくなる。

気を紛らわせるために、琥藍はデザイン画を描くようになった。頭や感覚は鈍っているはずなのに、ふとした拍子にデザインの案は浮かぶのだから脳というのは不思議なものだ。

元々は、忘れようとしている人物のために始めたデザインだった。

琥藍のデザインを気に入って、ずいぶん褒めて喜んでくれるから、モデルの仕事をしながら現在のモードや他のデザイナーによって作られた服のデザインを注意して観察するようになり、いいアイデアが浮かんだら内心でメモをとり、寝る前にスケッチしておく癖がついていた。

習慣になっていたせいで、今後は椎名に会うつもりもないのにベッドサイドに置いてあるスケッチブックに何気なく手を伸ばすことが何度かあった。そのたびに、自分に呆れた。もう必要もないのに、描いてどうする。

そう思ったものの、集中していれば時間が経つのが早い。だから琥藍は、現実から意識を切り離すためにデザイン画を描いている。何も考えなくていいように、時間があれば何かを描く。

我ながら気に入ったデザインができると、嬉しそうに瞳を輝かせて褒めていたパタンナーの顔が脳裏をよぎった。忘れたくて描いているのに、ふとした拍子に現れるのだから最悪だ。でも、どうしようもない。

早く、何もかも終わればいい。

何もかも。

「とりあえず三カ月、オフの時間を作ったわ」

予告通りの四月半ば、スケジュールは前日までで綺麗さっぱりクリアになったはずなのに、イノサンが不可解なことを言った。

スイートルームのリビングのソファで、琥藍は向かいに座って手帳を開いているマネージャーに怪訝な瞳を向ける。

「オフって、俺はもう引退するつもりで整理しろって言ったんだが」

「仕方ないでしょう、クライアントが待つって言うんだもの」

「待たれても困る」

「そう言われてもアタシだって困ってんのよ」

ため息をついて、イノサンが手帳を閉じる。

「ま、三カ月休んでみて、どうしても駄目だったらアタシの方からちゃんと断るわ。とりあえず保留ね」

「……いいのか?」

三カ月も保留にしておいて、土壇場になって断ったらエージェントとしてのイノサンの評判はガタ落ちだ。琥藍から聞いても無茶なことを言うマネージャーに確認してみれば、ごつい肩を軽やかにすくめて笑った。

「仕方ないじゃない。クランには引退せずにモデルを続けてほしいって思ってるせいで、熱心なクライアントに押し負けたのはアタシだし。でも、できればちゃんと心身ともに健康になって戻ってきてよね」

「……約束はできない」

「そう言わずに頑張るのよ！」

バチコーン、と音のしそうなウインクがきた。なんとなく、ウインクの進路から身を避ける。

「で、これからどうするの？」

避けたついでにソファから立ち上がった琥藍に、イノサンが聞いてくる。窓辺に歩いて行きながら、少し考えた。

「そうだな……このままホテルにいても仕方ないし、とりあえず旅にでも出てみるか」

「旅ですって⁉　いったいどこに？」

「適当に」

口にしてみたら、いい考えのような気がした。

旅というのは非日常だ。現実感を失っている自分には、ちょうどいい行動かもしれない。

それに……行きたい場所など、行かないと決めた相手の場所以外に思い付かない。だったら流浪《るろう》して気を紛らわせるのが最善だろう。

ホテル直近のシャルル・ド・ゴール空港まで、イノサンはわざわざ見送りに来た。

人としてまともな生活を送れない琥藍が一人旅なんて心配でたまらない、と過保護なことを言うから、気が向いたら連絡を入れる、と一応答えておいた。気が向く可能性は限りなく低いのは承知のうえで。

どこ行きでもいいからタイミングのいい飛行機があれば乗るつもりで時刻表をやる気なく眺めていると、横でイノサンが熱心に持論を主張した。

「今は北に行っちゃ駄目よ、寒いと内省的になるから。メキシコとかハワイとかでパーッと遊んで元気になってらっしゃい！」

せっかくの提案だけれども、メキシコやハワイで元気に遊んでいる自分の姿は琥藍にも想像がつかない。

結局、すぐに乗れてなおかつ行く気になれたのは、日本だった。春の日本は気候がいいし、どこに行っても桜が綺麗だ。ふらりと巡ってみるのもいいだろう。

根っからのマネージャー気質を発揮してチケットを手配してくれたイノサンが、そわそわと携帯を取り出した。

「日本に帰るんなら、椎名ちゃんに連絡……」

ぜんぶは言わせずに、低く忠告する。

「したらどうなるか、わかってるな」

「わかってるわよう！」

唇をとがらせる。図体がでかすぎて、ものすごく似合わない。

テンションの高いこのマネージャーと顔を合わせるのも、これが最後になるかもしれないな、とふと琥藍は思う。

だから、けじめのつもりで言った。

「イノサン、今まで世話になったな」

「な……何よう、なんか、そういう死亡フラグみたいなのやめてくれるぅ⁉」

「死亡フラグ……？」

何だそれは、と怪訝な顔をしても、イノサンは「そういうつもりじゃないんだったらべつにいいんだけど！」と詳細を説明する気はないようだ。常にアンテナを張り巡らせているイノサンは、あちこちで生まれる新しい言葉をよく知っているなと少し感心する。

約半日かけたフライトで、琥藍は久しぶりに帰国した。

二カ月前にパリへと飛び立った時はまだ冬用のコートを着ていたのに、四月中旬の日本は琥藍の冷めきった心とは裏腹にうららかな日差しが溢れ、空港ですれ違う人々も軽装だ。

大股で歩いていると、どこからか自分を呼ぶ声が聞こえたような気がした。聞き慣れた声の、遠い空耳。

感覚が鈍くなった代わりのように、時々起こるようになった困った現象だ。前触れもなく現れる、幼馴染みのフラッシュバック。

ため息をついて、足を速める。自分が壊れかけているのを思い知るのは、楽しいものじゃない。

空港近くの、いつものパーキングに預けていた黒のマセラティに乗り込んだ。ここのパーキングはセキュリティの堅固さと、鍵を預かってしっかりメンテナンスをすることが売りになっているだけに、しばらく放置していたにもかかわらず艶《つや》やかな車体はなめらかにエンジンの唸《うな》りをあげる。

どこに行くという当てもなく、とりあえず車を出した。

帰国したからといって、椎名のところに行く気はない。かといって、自宅としているマンションに行く気にもならない。会いたいのは一人しかいないけれど、会う理由がないし、会いに行くには心の中に大きなわだかまりがある。

夕焼けに染まりゆく川沿いの桜並木を遠目に見ながら、イノサンのアドバイスを思い出した。北が駄目なら、南か西に向かおう、と思う。

太陽の位置からだいたいの方向を定めて、適当に車を走らせた。ガソリンを補給した以外はどこにも寄らずに、人の多くなりそうな道は避けて、ひたすら南か西と思われる方へ走る。

そのうち、夜になった。辺りの民家が減り、闇がどんどん深くなる。

途中で見かけた標識によると、白川郷《しらかわごう》の近くに来たようだった。山あいの夜道は、時間と空間の感覚を失わせるほどに原始からの闇夜の様相を呈する。

パリを発ってから二十時間近く経つけれど、相変わらず空腹は感じないし、眠気も感じない。生きるための欲望とか感覚が麻痺している自覚はある。

(……このままだと、たぶん死ぬだろうな)

人ごとのように、琥藍は思う。

それもありだ。体が生きることを拒否しているのなら、無理に生きることもない。

幸い、仕事は片づいた。三カ月後まで待つと言ってくれたクライアントやイノサンには悪いが、たぶん自分はもう戻れない。仕事への熱意がもうないから。

(仕事、か……)

闇に馴染む黒い車を走らせながら、無意識のため息をつく。

何のために働く?

誰のために仕事をする?

イノサンから指摘されたように、自分を選んだ人の期待に応《こた》えるためというのがモチベーションのひとつだったのは間違いない。だけどそれと同じくらい、いや、もしかしたらそれ以上に、幼馴染みの喜ぶ顔を見るためだったのではないかと改めて思う。

琥藍が活躍していると、椎名は本人よりずっと喜んで、惜しげもなく褒めた。

タイトなスケジュールが続いても、仕事を前倒しにすることで帰国して椎名に会う時間が近くなると思えばこそ乗り切れた。

デザイナーとしての仕事だって、椎名を側に置いておくために始めた。

要するに、最大の原動力は椎名だったのだ。

気付いたところで、どうしようもない。よりシビアに言えば、椎名という一個人に無意識とはいえ完全に寄り掛かっていた自分の不用意さに、心底呆れている。

二人とも独立した完全に別個の人間なのにもかかわらず、長く一緒にいるうちに、気付かずに椎名を自分の半身のように感じていたことが間違いだった。どうしてそんな間違いを犯してしまったのか、自分でもよくわからない。

椎名といるのが心地よかったせいか。

どんな琥藍でもそのまま受け入れてくれたせいか。

椎名が本心ではどう思っているかとか、裏で誰と繋がっているかとか、考えてみたこともなかった。自分が何もかも椎名に見せているように、椎名も包み隠さず琥藍に自分を見せているのだとばかり勝手に思っていた。

二人はそれぞれに別な存在《エートル》だというのに、プラトンが語ったアンドロギュノスの逸話のように二人が元々一つであったと無意識下で考えていたのなら、愚かとしか言いようがない。

いくら同性間の結合まで認めているアイデアだからといって、あんなものは二千五百年近く前の夢想にすぎないのに。

なんとなく、アクセルを踏み込む。

ヘッドライト以外の明かりのない山道をこんなスピードで走っていれば、そのうち何かあってもおかしくないだろう。起こるとしたらカーブを曲がりきれずに自損事故、崖《がけ》からの転落、森に突っ込んで大破、そんなところだろうか。

べつに自暴自棄になっているとか、苛立っているわけではない。心は平静だ。ただ、何の感覚もないだけ。

真夜中の深い森を無茶なスピードで疾駆《しっく》しているのに、怖いという感覚が起こらない。これもまた、空腹や眠気を感じられないのと同様に、生きるための本能が麻痺しているせいだろうなと思う。人が何かを怖いと感じられるのは、死に繋がるものを避けて、生きたいという気持ちがあるからだ。

不思議なくらいに、他の車は通らなかった。両側を森に囲まれた、人工的な明かりもない深い闇の中をひたすら飛ばしていると、不意に、空が開けた。

満天の星。

こぼれんばかりに。

「……すごいな」

思わず、車を停《と》めた。あまりの見事さにつられて、外に出る。

不思議な気持ちだった。

すべての感覚がぼんやりしているのに、美しい、と思えた。周りと自分を遮断する皮膜をするりと通り抜けて、圧倒的な美しさだけが心に染み入る。

そういえば、人の感覚の中で最も最後まで残っているのは美しさに対する反応だ、という説を聞いたことがある。それが本当なら人というエゴの塊のような存在にも救いがあるな、と思っていたけれど、本当だったのかもしれない。

四月半ばとはいえ、夜の山の空気は意外と冷たかった。その代わり、肺から洗われてゆくような清浄さに満ちている。

黙って、上を見上げていた。

深い、深い藍《あい》色の夜空に、きらめく一面の星。明るく、暗く、大きく、小さく。それぞれがそれぞれの場所で、ひそやかに、それでいて楽しげにさざめくように瞬《また》いている。

繊細で、壮大。

これだけのものを見せられると、人間がいかに些細な存在かがわかる。宇宙にある星のひとつ、どこか遠くの星から見たら針の先ほどの点の中で、人はいつだって道に迷い、右往左往している。大きな時の流れから見たら、大したことでもないのに大騒ぎをして。

自分だってそうだ。

椎名が織絵と連絡を取り合っていたからって、どうだというのか。琥藍のためになると信じていたからこそ、椎名はそうしていただけのことなのに。

椎名と自分は別の人格なのだから、相手にこっちの気持ちが完全にわかるはずはないし、こっちも相手の気持ちが完全にわかるはずがない。そんなことで傷つくのも、寂しいなんて思うのも、ずいぶん勝手な感情だ。

こんなことだから、自分は人として駄目なんだと思う。

ぼんやりと時も忘れて見入っているうちに、ふと、わかりやすい星座が目についた。気付いたのとほぼ同時に、耳の奥で幼馴染みの声が甦る。

『俺、北斗七星くらいしかわかんないし』

そんなことないだろう、と綺麗に澄んだ空に並ぶ星座を見上げながら思う。これだけクリアに見えていたら、きっと北極星やWの形のカシオペア座、その他にもいろいろとわかるはずだ。

『気が遠くなるくらい長い時間を旅してせっかく届いたものなのに見られないなんて、もったいないよなあ』

なんて、星の光が見えないことを惜しんでいた椎名のことだ。気が遠くなるくらいの時間をかけてやってきた光が一堂に会するこの星空を見たら、きっとものすごく喜ぶだろう。

は……と、上を向いたままで琥藍は吐息をついた。寒さで、少し白くなる。

本当は、気付いていた。

何をしていても、何を見ていても、椎名のことを思い出す。だから椎名を失ったら、自分は人としての感覚をもって生きることができないのだ。許すとか許さないとかの問題ですらなくて、ただ、琥藍には椎名の存在が必要という、それだけのことだ。

でも、これは愛というものじゃないと思う。

椎名に告白された日以来、琥藍は自分なりに愛について頭の片隅でずっと考えていた。椎名に愛されているのだとしたら嬉しい。それは自分の気持ちどうこうじゃなくて、純粋に嬉しいと思う。

だけど。

（……どうして、俺なんかを愛してくれているのかがわからない。母親にさえ愛されなかった、この俺を）

資質としては、いくつもの点で恵まれたとは思っている。外見的にも、能力的にも。だがそれだけで愛されるのなら、生まれてすぐに病院内捨て子のような扱いを受けたり、裕福なみなしごのように育てられることはなかったはずだ。

情緒的に欠陥があるのはわかっていたから、琥藍はそれを埋めるように知識を得るようにしてきた。けれど、知識で補える部分には限界がある。いくら外見に恵まれていても、琥藍は自分が人として万全でないと感じてきた。いわば、人の姿をしたレプリカント。

普通の人は、本気で偽物を愛したりはしない。

それなのに、椎名だけは琥藍のいびつさも含めておもしろがって、側にいてくれた。それは椎名が琥藍を好きだったからだ、と本人から言われたけれど、どうしても理解ができない。どういう条件があれば愛されるのか、琥藍にはわからない。

わからないから、実感もない。

（愛なんて、往々にして錯覚だからな）

どんなに愛を口にしてみたところで、それが本物じゃないことは多い。離婚率を見ればわかる。椎名も錯覚しているんじゃないだろうか。

それに、たとえ椎名が本当に愛してくれているのだとしても、同じものを返せる自信が琥藍にはない。どうやって愛を受け止めて、返したらいいのかわからない。

星空を見ながら、琥藍は切なく、強く想う。

椎名が欲しい。誰よりも。

他の人に取られたくない。

椎名がいないと生きていけない。

だけどこれは、執着や依存と何が違う？

問いかけに、答えてくれるものはない。見上げている先で、満天の星はただ静かに瞬いているだけだ。

琥藍が得た知識によれば、本当の愛とは、無償でただ与えるものらしかった。相手のために自分を投げ出せるくらいの、深い想い。

（もし、椎名が本当に俺を愛してくれているのなら……）

その仮定を想像して、胸が締め付けられるような気がした。切望と、苦悩で。

上向けていた顔を戻して、琥藍は大きく息をつく。

（……椎名が本当に俺を愛してくれているのなら、側にいてほしいと言えばいいてくれるんだろう。だったら……絶対に、俺は椎名に側にいてほしいなんて言うべきじゃない）

瞳を閉じて、すっかり冷え切った体を車にもたれさせる。

わかっていることは。

見合うものを返せない自分が椎名を求めるのは、間違っている。

【5】

「何で出ないんだよ、琥藍……！」

もう何十回かけたかわからない、相手の出ない携帯電話を耳に当てて椎名は心配と不安の入り混じった声で呟《つぶや》く。

すっかり聞き飽きた機械による固定メッセージが流れ始めたところで、目を閉じて携帯を切った。

琥藍が行方不明だ。

いや、行方不明と言うにはまだ早い。イノサンから電話が来たのは二日前のことで、その時「帰国する」と知らされたのに連絡が取れないというだけのことなのだから。

たったの二日。しかも、フライトの時間を差し引いたら実質二日もない。

琥藍はちゃんと大人だ。自分の意思で、好きなところに行ける。だから心配してやきもきする方がおかしい。

そう自分に言い聞かせようとしても、内心ではそんなのはまやかしだとわかっている。

イノサンの話によれば、今の琥藍はとても普通の状態とは言えない。まともに食べることも眠ることもできなくて、感情が欠落したようになっているなんて……アルベールを失った時の、織絵みたいだ。

無論、自分たちは体の関係はあったけれどただの友人なわけだから、愛しい人を喪失した織絵とは状況が違う。とはいえ、琥藍にとって唯一の存在を椎名は彼から奪ったのだ。琥藍がただ一人心を許していたのは自分だったのに、その信頼を裏切ってしまった。

ずっと悔《く》いている。

取り返しがつかないとわかっていながら、取り返したくて必死で、堪《たま》らなく苦しい。

せめて、どうして織絵と連絡を取り合っていたのかは説明したかった。上手く話せれば、もしかしたら琥藍は許してくれるかもしれないとさえ思っていた。

でも、甘かった。

何度電話をかけても、メールを送っても、琥藍からは一切反応がなかった。椎名と話す気がないから電話に出ないのだろうし、留守電を聞いてくれているとも思えない。メールも読んではいないだろう。

こうなるのではないかとずっと不安を抱いていたけれど、悲しいことに的中した。琥藍は椎名の存在そのものをなかったことにしたのだ。母親の織絵の時と同じように。

好きな相手からの、徹底的な拒絶。

きつい。つらい。苦しい。

琥藍のことを思い出すたび、胸が潰れそうになる。考えるのは苦しいのに、考えないではいられない。

（何で、こんなことに……）

幾度そう思ったかわからない。でも、自業自得だ。それから、いろいろなタイミングが最悪だった。

織絵とずっと連絡を取り合っていたことを琥藍に知られ、拒絶された後。椎名は呆然としながらも義務的に職場に向かい、ほとんど感覚のない一日を過ごした。そんな中で、織絵から電話があった。

ツーショットの写真を見て以来、自分が口を出すことではないと思いながらも息子の恋人についてずっともやもやと考えていたという織絵は、椎名の送った「イノサンはマネージャー」という説明のメールを見て心底ほっとして、メールを打つのももどかしくお礼の電話をかけたという。いつもなら琥藍の帰国スケジュールについては家政婦の黒江から連絡が入るから、日本に滞在していると思われる期間は織絵からは電話をかけてこない。だけど、この日は黒江からの連絡がなかったから短時間の会合だったのだと思って。

椎名の携帯にかけたはずなのに、聞いたことのない低音が響いて……はっとして、信じられない思いで呼びかけた。

「琥藍なの……？」

直後に、受話器の向こうの空気が凍りついたのがわかったという。無言で電話を切られて、織絵は相手が琥藍だったことを確信した。

かけ直したかったけれど、もう一度出てくれるとは思えずに受話器を持って逡巡《しゅんじゅん》しているうちに、織絵は自分のしたことの重大さに気付いた。

織絵から電話がかかってきたことで、琥藍は椎名を責めるのではないか。

椎名は悪くない、という電話をかけようかと思ったけれど、火に油を注ぐような事態になる可能性もあった。琥藍が自分を否定していることは、黒江からの冷徹なまでに客観的な月報を読んで知っていたから。

「わたしのためにしてくれていたことなのに、ケンカになってしまったなんてごめんなさい……」

沈痛な声で謝る織絵に、椎名は懸命に気にしていない態度を装った。ここで織絵を責めるのは人として情けないからこその、精一杯のプライド。

「ケンカなんかしてないですよ」

これは本当。ケンカというのは、お互いが争う姿勢をもつことで成り立つものだ。琥藍は最初から、椎名を切り捨てて背を向けていた。ケンカにすらならなかった。

「心配しなくて大丈夫ですから、織絵さん。俺、何度でも……ちゃんとわかってもらえるまで、何度でも琥藍に話します」

許してはもらえないかもしれないけれど。

でもせめて、本当のことだけは伝えたい。

琥藍は母親に望まれずに生まれてきたと信じ込んでいる。確かに、かつての織絵の振る舞いだけ見ていたらそう判断するのも無理はない。

だけど、本当はそうじゃない。

彼は決して望まれなかったわけじゃないし、愛されていないわけでもない。織絵はただの冷たい女性ではなく、ちゃんと琥藍を大事に思っている。

かつての織絵は悲しみを乗り越えるので精一杯だったという理由があるからといって、彼女のしたことは許されるようなことじゃない。だけど、それでも母親に望まれていなかったわけじゃないと知れば、琥藍は救われるんじゃないだろうか。

母親なんかいなくて平気だというのが本当だとしても、愛されているとわかればやはり嬉しいんじゃないだろうか。

ずっと琥藍に嘘をついていたことへの、償《つぐな》いに少しでもならないだろうか。

イノサンを通じて連絡を取ってみようかとも思った。とにかくちゃんと説明がしたかったから。

でも、結局そうはしなかった。

椎名からの電話もメールも無視しているくらいなのだから、琥藍はきっとイノサン経由で連絡したとしても同じようにするだろう。しかも、椎名からの連絡を取り持つことでイノサンの立場が悪くなることだってありうる。

とはいえ、黙って待っているだけでは何も解決しない。椎名の存在を琥藍が「なかったこと」にしたのなら、一生待っても連絡はこないだろう。

だったら。

(俺の方から、フランスに行ってやる……！)

直接会って、説明するのだ。避けられているからには簡単に会ってもらえるとは思ってないけど、何日間かあればチャンスは巡ってくるはずだ。

ということで、仕事の都合をつけられるギリギリの一週間、椎名は有休を申請した。土日を含めて九日間の渡仏予定だ。

懸命に仕事を片付けて、ようやくパリに渡る準備ができた。荷造りまで終えた矢先に久しぶりのイノサンから連絡が入って、琥藍が帰国したことを知らされたのだ。

「ホントはね、椎名ちゃんには言うなって言われてるのー」

空港らしいざわめきをBGMに、イノサンがすねたような口調で明かす。

「でもあんな状態で一人なんて心配だし、クランが椎名ちゃんと会いたがらないとかゼッタイ本気じゃないもの。知らせてやったわ！」

ふふん、と得意げに言われて、笑いたいような、泣きたいような気分になる。

琥藍が「会いたくない」と言ったのなら、それは本気だ。実のところは「知らせるな」としか言っていないのだけれど、椎名が知る由《よし》はない。

(俺のこと、許せないからなんだろうけど……)

携帯を強く握りしめる。

今まで帰国したらその足で会いに来てくれていた大好きな相手に避けられるのは、ショックだし、つらい。本当に琥藍を失ってしまったのだと思い知らされる。

泣きたい。けど、泣くわけにはいかない。自業自得だから。

「椎名ちゃん……? 大丈夫?」

無言の椎名に戸惑ったように、イノサンが心配そうな声で聞いてくる。喉の奥の塊を飲み下して、ひとつ息をついてから、椎名は明るく聞こえるように答えた。

「ていうかイノサンの方こそ、大丈夫なんですか? 琥藍、心にもないことは言わないやつでしょう。帰国のこと俺に言っちゃって、何かまずいことになったりしないですか」

「大丈夫よ〜。まあね、慰労金がどうのこうのは言われたけど、あんなの気にしないもの。お金は大事だけど、お金のためにあんな状態のクランを見捨てたりなんかしたらアタシという人間がすたるわ! 一生遊んで暮らせるお金なんかあってもクランを見る限りつまんなそうだし、アタシのマネジメントの才能は活《い》かしてナンボですからね。必要な分は働いて稼ぐからいいの」

「……イノサン、カッコいいです」

本気で言うと、けらけらと笑われた。

「やぁだ椎名ちゃんったら！　アタシには運命のモン・シェリがいるんだから、惚《ほ》れても無駄よ～」

「残念です」

「やんもう、椎名ちゃんの小悪魔！」

相手の朗らかさに、ここ最近ずっと沈みがちだった気分が久しぶりに和らいだ。

琥藍のマネージャーがイノサンで、本当によかったと思う。きっと琥藍も、イノサンの明るさに救われたことが何度もあるはずだ。

琥藍の到着予定時刻を教えてもらった椎名は、時間に十分な余裕をもって空港に向かった。こっちがフランスまで追いかける前に相手が帰ってきたのだから、しっかり捕まえて、話をするつもりだった。

椎名はめったに空港を利用しない。そのせいで国際線で帰ってくる琥藍をどこで待っているのがベストなのかよくわからず、そわそわと落ち着かない気分で到着ロビー周辺を歩き回っていた。パリからの便が到着したというアナウンスがあって少ししてから、様々な年齢および性別、国籍の人々の間を縫うようにしてひときわ目立つ長身の美形が現れて、椎名に気付くことなく広い背中を向けて足早に遠ざかっていった。

絶対に琥藍だ、と確信して慌てて大声で呼んだのに、彼の足は止まらず、逆に早まったように見えた。出てきた人たちで混雑する中を懸命に追いかけたけれど、琥藍は脚が長い分、歩くのが速い。

しかも。

端整な横顔がちらりと見えた時、聞きたくない声を聞いたというように、彼はきつく眉根を寄せていた。

椎名の知る限り、琥藍はあんなにあからさまに険しい顔を見せたことはなかった。いつだってフラットで、苛立っているときも少し眉根を寄せるくらいだ。

足が早まったように見えたのは、気のせいじゃなかった。椎名の声が聞こえたからこそ、会いたくなくて彼は歩く速度を速めたのだ。

気付いた瞬間、椎名は琥藍を追えなくなった。その場に立ち尽くしたまま、ずっと会いたくて、話をしたくてたまらなかった幼馴染みが去ってゆくのを呆然と見送った。そうすることしか、できなかった。

すっかり落ち込んで帰途についた椎名は、電車に揺られているうちに少し冷静になった。

(話しに行ったのに、こっちの心が折れてたら駄目だろ……！)

あれくらいは予想しておくべきだったのだ。完全無視されているのに、いまだに心のどこかでかっての彼の姿を期待していたなんて、我ながら甘すぎる。

気持ちを引き締めて、椎名は改めて琥藍に会いに行くことにした。

帰国について知らせることをイノサンに禁じていたのなら、うちに来ることはまずない。直接自宅マンションに帰るはず。

そう思った椎名は、黒江女史に連絡を取った。

「琥藍様ですか？　帰国されるというご連絡は受けておりませんが」

僅《わず》かに戸惑ったような声での返事に、胸の奥に何とも言えない嫌な予感が広がった。

でも、根拠はない。黒江女史なら急に帰国しても問題なく対処できるからこそ連絡をしていない可能性もあるだろうし、家政婦に逐一行動予定を報告する義務だってないのだ。

マンションに行ってみます、と言う黒江に、椎名は「じゃあ、琥藍が戻ったら連絡ください」と頼んで電話を切った。

そして、連絡を待って眠れないまま一晩。

花曇りだった空模様は徐々に崩れ、日付が変わるころには雨が降り出して、夜が深まるにつれて四月とは思えないくらいに冷え込んだ。暖房を入れた部屋で眠れないままにベッドの上に座り込んで、椎名は琥藍を想って過ごした。

朝が来ても、外は薄暗いままだ。勢いは弱まったものの、雨は降り続いている。

やわらかで、愁いを帯びた春の雨。音もほとんどないのに、うすぼんやりとした空気の重さと冷たさが憂鬱《ゆううつ》な気分にさせる。

予定では椎名こそがパリ行きの飛行機に乗っていたはずの時刻になっても、家政婦からの連絡はなかった。

寒いのに。雨も降っているのに。まさか、まだ帰ってないなんてことがあるか？

刻一刻と増してゆく不安に耐えられなくなって、昼過ぎ、結局椎名は自分から黒江に電話をかけた。

マンションにいてくれたらいい。四條邸でもいい。パーフェクトな家政婦が椎名への電話をうっかり忘れていたとか、琥藍の指示に従って帰国したことを報告してくれなかったとかでもいい。

とにかく、琥藍が無事でどこかにいることを知って、安心したかった。昨日から気温が下がっているから、ちゃんと暖かいところにいてほしかった。

しかし、その願いは叶《かな》わなかった。

椎名からの電話を受けた黒江は、緊張の滲む声で聞き返したのだ。

「……椎名様のところには、いらっしゃらないのですか？」

マンションに帰って来ない家主について、黒江は帰国について知らせることを頼まれてはいたものの、結局は直接椎名のところに行き、泊まったのだろうと判断していた。椎名から「こっちに来たよ」という報告がなくても、過去を鑑《かんが》みればやむをえない状況にある可能性が高いだけにあえて確認はせずに。

ざあっと血の気が引いていくような気がした。

今の琥藍は、普通じゃない。かつての織絵と同じような状態なのだとしたら……想像するのも怖くて、口に出すこともできなかった。

明らかに動揺している椎名に、黒江女史は異変を察知したらしかった。問われるがまま、椎名は琥藍との間にあったことを語る。

一人で抱え込むには重すぎて、ずっと誰かに相談したいことだった。黒江は琥藍と椎名の間に体の関係があることも、織絵との複雑な絡みも仔細《しさい》に知っている。相談するのに最適な相手に、椎名はすべてを打ち明けた。

この動じないスーパー家政婦なら冷静かつ的確なアドバイスをくれそうな気がしていたのに、聞き終えた黒江女史の反応は予想外だった。

「け、警察に、連絡しましょう……っ」

いつだってぴしりと糊のきいたような話し方をする家政婦と同一人物とは思えないような不安定な声に、椎名の方がびっくりした。

「って、黒江さん、まだ琥藍に何かあったとか決まったわけじゃないし……」

「いいえっ、何かあってからでは遅いのです！　琥藍様はあの織絵様の子どもなのですよ！　琥藍様に何かあったらわたくしはどうしたら……そうです、とにかく警察に……！」

黒江女史らしからぬ取り乱し方に啞然《あぜん》としながらもよくよく聞いてみると、彼女は琥藍に対して孫に対するような感情を持っているようだった。考えてみれば、それも不思議ではない。家政婦としての分《ぶ》をわきまえているプロだからこそ表だって感情を見せることはなかったものの、幼いころから琥藍の側にずっとついて、育て上げてきたのは黒江なのだ。

しかも黒江は、かつてアルベールを失った織絵を間近で見ている。だからこそ琥藍の今の状態がリアルに想像できるらしく、普段からは想像もできないほどの動揺ぶりだった。

自分以上にパニックになっている人がいると、逆に冷静になれるものだということを椎名は初めて知った。

おろおろしている黒江に「琥藍は大人だし、まだ行方不明と決まったわけじゃないし、世界的モデルなんだから下手に騒ぎを大きくしない方がいい」などと客観的状況を述べて、待っているようになんとか説得した。

電話を切って、じっとりと汗の滲んだ手のひらを握りしめて椎名は考える。

どうしたらいいんだろう。今できることは、待つ以外に何があるだろう。すぐにでも探しに行きたいけれど、その間に琥藍が帰ってきたらと思うと部屋を空けられない。

考えた結果、イノサンにメールを送った。あのテンションの高さは救いだけれど、今はついて行けそうにないからこそのメールだ。

椎名からの連絡は無視していても、イノサンからの電話なら琥藍は出てくれるかもしれないから、状況をできるだけ正直に綴《つづ》った。イノサンからはすぐに「電話もメールもするわ！」という返事があって、椎名の方からも電話をかけるように、と言われた。

出てくれるとは思えないと反論してみたけれど、イノサンが言うには「魔が差しそうな時に引き留めてくれるのは、大事な人の声なのよ！」と。

……それにふさわしいのが、自分だなんて思えない。けれど琥藍にとって他に誰がいるのかは、椎名にもわからなかった。織絵は論外だし、家政婦に対する彼はきっちり雇い主のスタンスだ。

その時からまさに数分おきに連絡を入れているのだけれど、「電波の届かないところにいるか、電源が入っていない……」というアナウンスばかり聞かされていて、まったく反応がない。

（どこにいるんだよ、琥藍……！）

昨夜からまんじりともせずに、琥藍のことばかり考えている。あてもない持久戦というのは体力も気力も消耗する。自律神経が不安定になっているのか、勝手に涙が出てきた。

ずっ、と洟《はな》をすすって、泣くのを我慢しようとする。泣いても無意味だ。

そう思っていたけれど、不安と緊張が続いているせいか涙は出てくる。

男だし、いい大人だし、普段そうそう泣きたくなるようなことなんかない。だけど、琥藍の背中をホテルの部屋で見送って以来、ずっと我慢してきた涙はいつ堰《せき》が切れてもおかしくない状態だった。

そういえば、泣くことでストレスが軽減されるという話を聞いたことがある。涙を流すことで溜《た》まっていた澱《よど》みがクリアになるのなら、それは浄化作用と言える。

泣きたい時は、泣いてしまった方がいいのかもしれない。

涙への抵抗をやめると、ぐちゃぐちゃに絡み合って胸の奥に重苦しく溜まる一方だったいろんな感情が溢れるように、次々に生温かい雫が頬を伝った。

「……琥藍」

ほとんど無意識に零れた涙声の苦しげな呟きと共に、一気に感情の波が押し寄せた。

ずっと好きで、好きで、側にいたかった幼馴染みの姿が胸に溢れる。

握りしめている携帯のアルバムには、家政婦による四季折々の美しい食卓を前にした、好きな人の写真がたくさん残っている。織絵に送るために撮ってきたものだけれど、愛しい姿を消すことができなくてずっと積み重なってきた。かなりの枚数だ。でも、それ以上に椎名の中には琥藍と過ごした日々がある。写真なんかでは切り取れない、たくさんの、たくさんの時間。

春夏秋冬、毎日ではないにしろお互いにできるだけ時間を作って、あらゆる時を一緒に過ごしてきた。友達としての時間、ロマンティックではない友達以上の時間。どんな時も、琥藍と自分の間には誰よりも親しい『友達』というベースがあった。

それを嘘にしてしまったのは、椎名の罪だ。

苦しげな、痛みを湛《たた》えたアメジスト色の瞳を思い出す。ずっと側にいたからこそ、彼に信頼されていた自分だからこそ、あれほどに琥藍を傷つけ、悲しませた。

ごめん。琥藍、本当に、ごめん。

許してほしいなんて言えないけれど、それでもわかってほしい。

お前は、愛されてるよ。

織絵さんにも、黒江さんにも、イノサンにも、……俺にも。

だから帰ってこいよ。誰にも言わずに、いなくなったりするなよ。

お前はもっと、愛されないといけないんだから。

自分でも驚くくらいに、泣いた。

時間の感覚がなくなって、涙が出尽くすくらいまで泣いたら、だいぶ落ち着いてきた。泣いていることを照れくさく感じるくらいには冷静になってきて、椎名はようやく自分を取り戻す。

はあ、と大きくため息をついて、濡《ぬ》れてほてっている顔を手で拭った。

「顔、洗ってこよ……」

呟いた声はひび割れていて、思わず苦笑する。洟をかんで、立ち上がった。泣きすぎたせいでちょっとふらついていて、子どもじゃないのにそこまで本気で号泣していた自分に気恥ずかしさを覚える。

洗面台の鏡を見ると、ひどいものだった。

「……すごい、不細工」

昨夜ほとんど寝てないうえに、大泣きしたのだ。これは仕方がない。

一気に感情を放出したせいか、疲れてはいても少し気持ちが軽くなっていた。琥藍のことが心配なのに変わりはないけれど、鬱々《うつうつ》と内側にこもるようなネガティブな気分は涙で洗われたらしい。

顔を洗うと、よりさっぱりとした気分になった。

食欲はまったくなかったけれど、何かお腹に入れた方がいいだろうと椎名はダイニングキッチンの冷蔵庫に向かった。庫内を眺めて、食べる気になれるものが何もないことを認め、結局食事は諦める。水分補給だけはしておこうと、冷蔵庫に常備しているレモン風味のペリエのボトルを手に部屋へ戻った。

もう一度、いや、何度でも、繋がるまで琥藍に電話をかけるつもりだ。

ベッドに腰掛けて水を飲もうとした矢先、手が止まった。

レモン風味の、微炭酸のミネラルウォーター。琥藍のところで出されるうちに、好きになったものの一つ。彼と過ごした時間の影響。

じん、と目の奥が熱くなるのを感じて、歯を食いしばる。

「……泣くのは、もうやった」

自分を叱るように声に出す。

思い出になんかしない。琥藍は絶対に見つけ出すし、織絵のこともちゃんと説明する。たとえ友達に戻るのが無理でも、ただの知り合いとしてでもいいから、近くにいる。迷惑をかけない限り、自分が心の中で琥藍を好きでいることだけは自由だ。これまでだって、黙って好きでいたのだ。

飲食物を受け付ける気がないらしい胃を驚かせないようにゆっくりと何口か飲んで、ベッドサイドにボトルを置く。代わりに、決意を込めて携帯を手に取った。

何度もリダイヤルしている琥藍の番号宛てにかけようとして、ふと、椎名は不思議な胸騒《むなさわ》ぎを覚えた。嫌な感じではない。声は聞こえないのに呼ばれているような、体がそっちへ行きたがっているような、説明のしようのない引力。

引き寄せられるように、ゆっくりと、窓辺に近付いた。カーテンを開ける。

ベランダを濡らしているのは、降り続く雨。

その中に出て行くようにベランダを開けた椎名は、予想以上の寒さに身をすくめてから、大きく目を見開いた。

「…………琥藍」

呟いた声が、淡くやわらかな白い息になって花冷えの空気に溶ける。けれど、眼下の人物は吐息のように消えたりしない。

ベランダの下の通り、真っ黒な車の横に立って、ずぶ濡れの長身の美形がアメジスト色の瞳でじっとこちらを見上げている。よくできた美しい彫刻のように、生きている人ではないかのように、静かな雨の降る中、身動きひとつせずに、じっと。

幻のような彼が、ゆっくりと瞬《まばた》きをした。それで不意に我に返って、椎名は大きな声で命じる。

「そこから動くなよ！」

きびすを返して、玄関へとダッシュする。靴を履くのもそこそこに部屋を飛び出した。目を離しているこの一瞬で消えてしまうんじゃないか、という恐怖にも似た不安でもつれそうになる足で、階段を駆け下りた。

琥藍はちゃんと、さっきと同じ場所にいた。

肩で息をしながら近付いてくる椎名を、さっきと同じ姿勢で顔だけをこちらに向けて、静かな紫色の瞳で見つめている。

無事だった。顔色は紙のように白いけれど、どこにも怪我《けが》はないようだ。

殴ってやりたい。どれだけ心配かけたと思っているのか。

でも、それ以上に抱きしめたい。無事でいてくれて、本当によかった。

相反する行動のどちらにするか決めかねている間に、目の前まで来てしまった。

見上げるほどの長身、真っ黒な髪、愁いを帯びたアメジスト色をした美しい瞳。

琥藍だ。

本物の、琥藍だ。

胸の奥に、言葉にできないような強い感情が溢れた。

何があったにしろ、もうどうでもいい。椎名のことを見限ったはずの彼が今、目の前にいる。それだけでいい。無事な姿で会いに来てくれたというだけでいい。

いつの間にか潤んでいた瞳で、椎名は大好きな幼馴染みを見上げる。

何て声をかけるか迷って、見たままを声にした。

「……ひどい顔」

「椎名も」

珍しく目の下にクマを作った、疲れ切った様子の琥藍が真顔で言う。ふ、と思わず苦笑が漏れた。顔を洗う時、自分の状態は鏡で確認済みだ。

「不細工だろ？」

「いや。ひどいけど、ひどくない」

「なんだよそれ」

二人の上に、霧のように細かな雨が降り続く。琥藍の真っ黒な髪の先から、銀色の雫が落ちた。

綺麗だけど、冷たそうだ。

「風邪、ひくぞ」

「ああ」

聞き慣れた、短い返事。

取っつきにくいようで、取っつきにくくないのが琥藍だ。話しかけたらちゃんと答えて、真顔で、本気で、椎名が思わず笑うようなことを言う。

じっと、紫色の瞳を見つめた。琥藍も黙って見返してくる。

……何かが、違う。

彼はもう、椎名を否定していない。見限っている感じじゃない。

かといって、かつての琥藍とも微妙に違う。

何が違うのか、はっきりとはわからないけど。

答えを求めるようにじっと深く美しい色合いの瞳を見つめていると、風が通った。上着も羽織らずに飛び出してきた、雨に濡れていた薄着の体を冷やされて、ぶるっと椎名は震える。

無意識のように琥藍が手を伸ばしてきて、途中で、ずぶ濡れなことに気付いたように止まった。触れることなく戻ろうとする大きな手を、椎名はとっさに摑まえる。

氷のようだ。

「……琥藍、いつからここにいたんだよ」

「わからない」

こんな春とは思えないくらいに寒い日に、雨に打たれていたら絶対に風邪をひく。

「うちに帰るぞ」

宣言して、椎名は琥藍の腕を引いた。足取りの重い幼馴染みを引っぱるようにして、半ば無理やり部屋へと連れてくる。

玄関に入ると、雨と風から遮断されたことでかなり暖かく感じた。

「ちょっと待ってろ」

立っているだけで足許に水滴の落ちる琥藍に声をかけて、椎名は大急ぎでバスルームに向かう。バスタブにお湯をはるスイッチを押して、バスタオルと何枚かのタオルを手にして戻った。

「風呂沸かしてるから、とりあえず拭《ふ》け」

琥藍にバスタオルを投げて、自分も頭を拭く。短い時間だったのに思ったより濡れていた。自分以外に動いている気配がなくて目を上げると、琥藍はバスタオルを片手に突っ立っている。何か考え込んでいるのか、黙り込んで目を伏せているだけだ。

ため息をついて、椎名は琥藍の元へ行った。

「座れ」

バスタオルを取り上げて玄関前のフローリングに敷き、服を引っぱる。と、大人しく言うことを聞いた。座った琥藍の頭に新しいタオルをかぶせて、拭いてやる。

拭いてやっている途中で、琥藍が低く切り出した。

「……椎名、頼みがあるんだ」

「何？」

「俺を、殺してくれ」

「は……？」

あまりにも唐突、そして突拍子もない頼みだ。

手を止めて唖然としている椎名を紫色の瞳で真《ま》っ直《す》ぐに見つめて、琥藍は真剣な低い声で言った。

「いろんなことについて、ずっと、考えていた。それで、一つだけわかったんだ。……俺は、どうしようもない男なんだ。椎名に同じ気持ちを返せる自信がないし、どうやって返したらいいのかもわからないのに、椎名に愛されていたい。俺じゃない人間を選んだ方が幸せになれるとわかっているのに、椎名を他の人に譲るなんて絶対にできない。自分のことばかりで、聞き分けのないガキ同然だ。でも、どうしても椎名のいない世界で生きていたくないんだ。だから椎名……お前が、俺を殺してくれ」

「……無茶言うなよ」

苦笑するのに、琥藍は至って真剣だ。真顔で頷く。

「ああ、無茶を頼んでるのはわかっている。俺のために犯罪者になれって言ってるんだからな。一人で死ぬことについても考えたんだが、困ったことに俺は最後に見るのは椎名の顔がいいと思ってしまったんだ。それで帰ってきたんだが……椎名？」

声を出すこともできずに、椎名は琥藍を抱きしめる。

（どんだけ危《あや》ういんだよ、琥藍……！）

黒江の心配は大袈裟じゃなかったのだ。戻って来てくれて、本当によかった。

安堵するのと同時に、椎名は理解した。

（……そういうことを言うんだよな、琥藍。そういうことになるんだな。そういう風にしか、お前は表現できないってことだったんだ）

感情のままにぎゅうっと抱きしめていた腕を少しゆるめてから、ため息をついた。

「馬鹿野郎。琥藍、お前は大馬鹿だ」

「……悪い。無茶だったよな」

落ち込んだ声で呟いて、諦めたように立ち上がろうとする琥藍に苦笑が漏れる。椎名は腕の中の幼馴染みを、さっきより強く抱きしめて止めた。

「馬鹿、そういう意味じゃない。琥藍、本当にわかってないのか？」

「何を……？」

「さっきからお前、俺のこと死ぬほど好きだって言ってるようなもんだぞ」

椎名の指摘に、琥藍は心底怪訝そうな顔をする。

やっぱりわかってない。けど、もう大丈夫だ。こっちはわかってるから。

「俺がいない世界で生きていたくないとか、死ぬ間際《まぎわ》に見る顔は俺がいいとか、これがディープな愛の告白じゃなくて何だって言うんだ」

「……執着とか依存、だろう？」

真顔での返事に噴き出してしまう。

「ああもう、お前、頭がよすぎて思考回路がねじれてしまったんだろ。ただの執着とか依存だけなら、俺を自由にするために自分の死を選んだりはしないんだよ。お前、俺をすごく愛してるってことじゃないのか？」

「……わからない。俺は人を愛したことがないから」

本当にわからないらしく、琥藍は秀麗な顔を曇らせる。

「でも俺が側にいなきゃ生きていたくないんだろ？　俺もそうだよ。で、俺は琥藍を愛してる」

「……何で椎名が俺を愛してくれるのか、わからない」

「人を愛するのに理由なんて……って言いたいところだけど、理由がないと不安か？」

琥藍が頷く。これが本気なのが琥藍だ。

椎名は笑って、真っ黒な髪をぐしゃぐしゃとタオルごしに掻き混ぜてやった。

「わかった。じゃあひとつずつ数えてみるから、とりあえずあったかい風呂に行こうぜ」

一緒にお風呂に入りながら、椎名は琥藍の好きなところをひとつずつ挙げてやった。

二十年、好きでいたのだ。見た目を気に入っているというだけならそんなに長く好きではいられない。性格や考え方、仕草や表情に話し方、才能から声に至るまで、いくらでもある。

琥藍は時々、椎名の挙げた「好きなところ」に疑問を差し挟んだ。でもそんなの、「だって俺はそういうところが好きだし」で片付いてしまうことだ。

どんなに些細なことでも、普通なら困ったことでも、自分にとってツボだったらそれは魅力だと椎名は琥藍に教えた。

好きなところを挙げながら背中から琥藍に抱かれて湯船に浸かっているうちに、冷え切っていた体が十分に温まってきた。このままだとのぼせそうだけれど、まだまだ言い足りない。

（あ、これは外せないな）

大事なポイントを思い付いた椎名は、厚い肩にもたれさせている頭を少しひねって琥藍を見上げ、にやりと笑って次を挙げる。

「俺がいないと生きていけないとか、真顔で言うところ」

「……重くないのか」

「全然。俺も一緒だって言っただろ」

お腹に回っている大きな手に、自分の手を重ねる。

「一緒にかっこいいじいちゃんになろうぜ、琥藍」

笑って言うと、琥藍が数回瞬きをした。

「……椎名」

「うん」

「椎名」

もう一度深い声で名前を呼んで、琥藍の美しい紫色の瞳が揺らめいた。

一筋、雫が落ちる。

「……俺は、椎名を愛しているみたいだ」

「うん。そうかもな」

自分も瞳が潤むのを感じながら、笑って頷く。

たぶん、琥藍は自分が泣いていることにさえ気付いていない。それくらい静かに、綺麗に、彼の瞳からは雫が頬に伝っている。

この泣き方は、琥藍は知らないけれど母親の織絵にそっくりだ。たくさんのものに恵まれているのに、偏っていて、不器用で、一途な血。

椎名は湯の中で体を反転させて、そっと琥藍を抱きしめた。琥藍が、安堵したように椎名の頭に頬を付けて、抱きしめ返す。髪から雫が落ちてきたけれど、それが琥藍の涙なのか、お風呂の湯なのか、椎名は確かめない。

いつでも淡々として、感情自体がないようにさえ見える琥藍。

誰にも涙を見せずにきた琥藍。

だからこそなおさら、彼が自分にだけこういう姿を見せてくれるのは愛おしくて、こんな時に寄り添っていられるのが嬉しかった。


長いお風呂から上がった後、二人してベッドに倒れ込んだ。さすがに少しのぼせたのと、温まってリラックスしたことで眠気がピークに達したせいだ。

昨夜、椎名はほとんど寝ていない。琥藍に至っては、ここ二カ月近くの積み重ねに加えて帰国して以来まったく寝てないのだ。

転がった状態で、椎名は大きなあくび混じりに声をかける。

「眠いな、琥藍」

「ああ」

短い返事だけれど、いつになく琥藍も眠そうだ。こんな姿はなかなか見られないけれど、ゆっくり眺めるにはまぶたが重すぎる。

勝手に閉じてゆくまぶたに観念して、椎名は自分を腕に抱いている幼馴染みのしっかりとした胸板に頭を預けて、呟いた。

「……なあ、先に目が覚めた方がキスで起こすってことでいいか」

「ん」

「おやすみ、琥藍」

「おやすみ、椎名」

そのまま抱き合って、深く眠った。

お互いの重なり合った鼓動を感じながら、安らかに。


先に目を覚ましたのは、椎名だった。

すっぽりと抱きかかえられている状態のまま、琥藍を起こさないように気を付けて手を伸ばし、携帯で時間をチェックする。午後六時すぎ、三時間ほど寝ていた。

携帯を手にしたことで、椎名はようやく琥藍が見つかったことを知らせておかないといけない人々のことを思い出した。

(うわ、ごめん！　イノサン、黒江さん！)

自分だけすっかり安心して爆睡していた後ろめたさに冷や汗をかきながら、大急ぎで二人にメールを送る。それから少し考えて、着信音をサイレントに設定した。琥藍がまだ眠っているから。

椎名が起きているのに琥藍が寝ているなんて、たぶん初めてのことだ。

（やっぱ、琥藍も相当疲れてたんだろうなー……）

眠っていても見とれるほど端整な顔を眺めて、椎名は思う。

琥藍は元々がショートスリーパーのようだし、これまで一緒のベッドで寝ている時は体を繋げた後で、体力のない椎名の方がより多くの睡眠を必要としていた。こうして寝顔を見られる機会は貴重だ。無防備な状態にある完璧な美貌をしばらく堪能する。

眺めているうちに無性にキスしたくなったけれど、我慢する。

（もう少し、寝かせといてやった方がいいもんな）

先に起きた方がキスで起こす、なんてずいぶんロマンティックな提案を眠りかけた頭でしてしまったけれど、こうして目が覚めてみるとなんとも照れくさいし、せっかく眠っているのに邪魔をするのは悪い。

しかし、このまま眺めていると誘惑に負けてしまいそうだ。琥藍が起きるまでの間に何か食べるものでも作ってやろうと、起きることにした。

（……って、これじゃ起きられないし）

体に回っている腕は、きつく抱きしめているわけではないけれどしっかりと椎名を拘束している。強引にほどいたら琥藍が起きてしまいそうだ。

端整な寝顔を眺めながらどうしたものかと考えているうちに、誘惑に負けた。

（どうせ起こすことになるんだったら、約束通りの起こし方でいいよな）

なんて、自分を正当化する。ていうか一回だけ。それで起きなかったら、もう少し一緒に寝るということにしよう。軽いのを一回だけなら起きないはず。

（……久しぶり、だよなあ）

これまではどんなに仕事が忙しくても、会わずに過ごした期間はせいぜい一カ月だった。それが今回は二カ月。はっきり言ってめちゃくちゃ琥藍不足だ。

完璧な形の唇に吸い寄せられるように顔を寄せて、軽く唇を重ねた。

やわらかく、適度な弾力のある唇は、触れているだけでも気持ちいい。キスが深くなってお互いが混ざり合うと、もっと気持ちよくなれる。けど、今は駄目だ。

名残《なごり》惜しい気持ちで離した直後に、長いまつげがゆっくりと上がって、美しいアメジスト色の瞳が現れた。

「……椎名」

寝起きならではの、少しだけ掠《かす》れた低音で無意識のように呼ばれて、全身に甘い震えが渡った。紫色の瞳を見つめて、椎名はため息混じりに呟く。

「……なんか俺、眠り姫に出てくる王子の気持ちがわかったかも」

「何だ、急に……？」

琥藍の眉が怪訝そうに寄る。寝乱れた髪で、見事な裸体をあらわにしている状態でこういう表情をしているとやたらと色っぽいなと思いつつ、説明した。

「俺のキスでスイッチが入ったみたいに目が覚めるのって、すごいきゅんときた。なんか、俺だけが起動できる恋人みたいじゃん」

「ふうん……？　椎名は相変わらず、おもしろいことを言うな」

ふ、と琥藍が笑う。こういう表情、好きだなあと思う。

「琥藍、好きだぞ」

今まで言えなかった気持ちを素直に口にすると、琥藍が驚いたように目を見開いた。それから、そういう態度が恋人らしくないことに気付いたらしく、少し困ったように眉根を寄せる。

「椎名、俺は……」

「まだ好きだとか愛してるとかいう感情を理解しきれてないから、とっさに同じように返せないって言うんだろ」

先回りして指摘してやると、深刻な顔で頷く。

「……悪い」

いつになく殊勝《しゅしょう》な態度に、椎名は笑ってしまう。ぽんぽんと厚い肩をたたいてやった。

「いいんだよ、べつに。お前、わかりやすい言葉にできないだけで、ホントは超ヘビー級で俺のこと好きなのが態度でわかるし」

「そうなのか……？」

「そうだよ。俺がいないと生きていけないとか真顔で言うやつに、それ以上の言葉は求めないから気にすんな」

「……そうか」

ほっとしているような、自己嫌悪のような、複雑な顔をしている琥藍。

以前は「恋愛感情がない」という彼の言葉をそのまま受け入れていたせいで、わかりやすい言葉をもらえないのは本当に気持ちがないからだと思っていた。でも、そうじゃない。

琥藍は幼いころから感情を抑え込むようにして生きてきたせいで、自分の感情的な部分に慣れていないだけなのだ。気持ちというのは学問的な言葉に置き換えにくいものなのに、それを知性で理解しようとするからわからなくなっている。

数時間前に、椎名は二十年来の幼馴染みのそういう面をようやく本当の意味で理解できた。わかってしまえば、琥藍の気持ちはストレートに伝わってくる。

これだけ態度でわかるんだから、言葉の一つや二つでそんなに深刻にならなくてもいいのになあ、と、なんだか愛おしくなる。

「ま、気が向いたら軽い気持ちで俺に好きだって言えばいいよ」

「わかった」

無駄に真面目な返答に、噴き出してしまう。

ベッドサイドに置きっぱなしにしていたレモン風味の微炭酸のミネラルウォーターに気付

いて、椎名は体を起こしてボトルを取り上げた。

「飲む？」

頷く琥藍に、いつもとは逆の立場で椎名からの口移しで水分補給をさせてやる。常温になっていたことと炭酸が抜けたことで、一切飲食していなかった琥藍の胃も無事に水分を受け入れる。

何回か繰り返して飲ませてやっていたら、するりと後頭部に大きな手が回ってきた。引き留めるような仕草に唇を重ねたままにしていたら、開いている隙間からたっぷりの水分をまとった琥藍の舌が浅く差し込まれた。入ってもいいかと尋ねるように唇の内側を軽く舐《な》められて、ぞくぞくして口を開くと、誘われたように深く入り込んでくる。

「ん……」

深く差し込まれた舌は、ほんのりとしたレモンの風味。椎名の口の中と同じ味だ。

優しいキスだった。

官能を一気に煽《あお》るような激しいものではないのに、堪らなく気持ちいい。髪に差し込まれた手で頭を撫《な》でられるのも気持ちよくて、琥藍の上に覆いかぶさるようにしていた椎名は体を支えられなくなってくる。

崩れ落ちる寸前に、きらめく糸を引いて琥藍が唇を離した。

「……抱きたい、椎名。いいか」

「ん……。ていうか、俺の方こそ琥藍が欲しい」

愛おしげに表情を和らげた琥藍と、椎名はやわらかな眼差しで見つめ合う。互いに引き合うように、深く唇を重ねた。

優しくて甘いのに、琥藍のキスは相変わらずエロティックだ。口の中を優しく犯すようなキスに、どんどん体温が上がって肌が過敏になってゆく。

気付かない間に、持っていたミネラルウォーターのボトルは取り上げられてベッドサイドに避難させられていた。髪や頬、耳のあたりを撫でながらのキスの快楽に酔わされているうちに、仰向《あおむ》けに組み敷かれている。

逞《たくま》しい体の重みも気持ちよくて、互いの素肌が触れ合っているだけでそこからぞくぞくと甘やかな痺《しび》れが伝った。厚い肩に手を当てて、瞳を潤ませた椎名はこれ以上のキスを止める。

「なんか俺……ヤバい、かも」

「ん？」

キスはやめてくれたけれど、琥藍の手は相変わらず耳のあたりを優しく撫でている。撫でられているだけなのに、信じられないくらいに肌がざわめく。

「このままだと、キスだけでイきそう」

白状すると、少し驚いたようにアメジスト色の瞳を見開いた琥藍が、やわらかく、愛おしげな笑みを見せた。駄目だ、今の顔は反則。

思わず赤くなった顔を横にそらした椎名の耳元に、熱を帯びた低音が吹き込まれる。

「いいぞ、何の問題もない」

くちゅりと耳の中に舌を差し込まれて、体が震える。このままだと本当にすぐに達してしまいそうだ。椎名はもう一度、琥藍の肩を押して逃げた。

どこか楽しげな顔をしている幼馴染みを、潤んだ瞳で軽く睨む。

「問題あるから止めてんの。琥藍、俺たちが抱き合うの久しぶりだってわかってるか？　俺の体、女の子と違って準備に時間がかかんのに、キスだけでイかされてたら絶対途中でバテる」

「それは困るな」

「だろ。ていうか、俺も困る」

怪訝な顔をする琥藍に、椎名は告げる。

「キスも好きだけど、今は琥藍のでイきたい」

「……椎名、真顔で煽るな」

熱っぽいため息をつかれて、思わずにやりとしてしまう。真顔は彼の専売特許じゃないのだ。

「てことで、慣らしたいんだけど、……っ」

言っている途中で、するりと下へと伸びた琥藍の手で秘められた蕾《つぼみ》の表面を軽く撫でられて体が跳ねた。長い指先で確かめるようにゆるゆると撫でられると、背筋がざわめいて声も出せなくなる。

「きつく閉じてる。……こうして触ってみると、改めて椎名はすごいな。こんなとこに俺のが入るのか」

「ば……っ、琥藍……っ」

そういうこと言うな、と叱ってやりたいのに、ぞくぞくしているせいでまともな言葉にならない。

「濡らした方がいいよな」

呟いた琥藍が、端整な口許に手を持ってきて長い指を舐めた。優雅なのに艶《なま》めかしい姿に、体が内側からジンとする。

ゆっくりと、一本目を埋め込まれた。久しぶりの圧迫感に、最初は違和感を感じる。けれど、他の場所を愛撫《あいぶ》されているうちに彼の指に体が馴染み、動かされると快楽さえ覚えるようになる。

早く琥藍が欲しい。だけど、久しぶりの体は状態が整うまで時間がかかる。琥藍もそれをわかっているからか、初めての時と同じくらいそこへの愛撫が丁寧だ。嬉しいけれど、もどかしい。

「琥藍、そこ……っ、もっと指、入れて……」

胸の突起を口で愛撫している琥藍の頭を無意識に抱きしめながら、乱れた吐息混じりに椎名はねだる。彼が少し顔を上げて聞いてきた。

「きつくないか？」

「へいき、だから……ん、ん……っ」

答えるなり、圧迫感が増した。はやる気持ちとは裏腹に、小さな入口をさらに開かれる感覚に椎名は少し眉根を寄せる。と、気遣うように琥藍が寄せられた眉間《みけん》にキスを落とした。

慣れなくて照れくさい。でも、胸が温かくなる。

「……なんか、琥藍が優しすぎて恥ずかしくなる」

間近にある美貌を見上げて照れ笑いして打ち明けると、彼が少し困ったように眉をひそめた。

「嫌だったか？」

「逆。嬉しくって幸せだけど、どうしたらいいかわかんなくなるだけ」

笑って彼の首に腕を回して、自分から唇を重ねる。

舌を絡め合うキスに、溶ける。頭がぼんやりして、体中が快楽に満たされてゆく。

十分に煽られた体は、大きな手でただ撫でられるだけでも過敏に反応した。特に感じやすい胸の突起を長い指の先で転がされると、強烈な快感に背がしなって唇が離れる。

「あっ、琥藍……っ、胸は、もう……っ」

「イきそうになる？」

「ん……っ」

首筋をぞくぞくするようなキスでなぞっていた琥藍が、ふ、と笑った気配がした。

「困ったな。キスもやりすぎたら駄目、胸も駄目じゃ、椎名にさわれる場所が減る」

「んなこと、言ったって……」

好きで感じやすいわけじゃない。ていうか、こんな淫《みだ》らな体になっているのは長年椎名を濃厚に抱いてきた琥藍にも責任があると思う。

ついでに言えば想いを通じ合って初めて抱き合うせいか、琥藍の抱き方がなんだか違う。今までだって丁寧にたっぷりの快楽を与えてくれていたけれど、何て言うか……甘くて、優しくて、言葉にはしてないのに愛おしまれている感じがすごく伝わってくるのだ。そういう触れ方に、心も体もぐずぐずに溶かされてしまう。

気持ちよくて幸せなのはいいけれど、自分ばかりが快《よ》くなってるのは嫌だ。ちゃんと琥藍にも快楽をあげたい。

熱っぽい吐息をついて、椎名は首筋から鎖骨へと愛撫のキスを移動していた琥藍の黒髪に指を差し込んで注意を引いた。少し顔を上げた彼のアメジスト色の瞳と視線が合う。

「あのさ琥藍、俺、お前の……舐めたい」

せっかく琥藍が甘い恋人になったのに、我ながらストレートすぎてちょっと自己嫌悪だ。

でも、同じ内容のロマンティックな言い方なんて思い付けない。

ふ、と琥藍が笑った。

「椎名」

どことなく甘さを含んだ優しい低音の呼びかけに、急に恥ずかしくなる。

「……何だよ」

照れ隠しでふくれっ面になって答えたのに、笑みを湛えたままの唇が寄せられて、深く口づけられる。声にしてないのに、温かい感情が伝わってきて胸がジンとする。

椎名からの提案がきっかけで、お互いを愛撫することになった。姿勢を崩してベッドヘッドに上体をもたれさせるようにして座っている琥藍に背中を向ける形で、椎名は彼の引き締まった腹部のあたりをまたいで座る。

「すご……琥藍の、重そう」

ずっしりとした質量を感じさせる彼のものは、余裕のありそうな態度からは想像していなかったくらいに張りつめていて、間近で見るとものすごい迫力だ。背後で苦笑した気配がする。

「二カ月ぶりだしな。椎名、無理はしなくていいぞ。お前、俺のを口でするとあごがだるくなるって言ってただろう」

「無理じゃないし。……まあ、ぜんぶは口に入んないと思うけど、可愛がってやるから早くイけよ」

「頑張ってくれ」

「人ごとみたいに言ってる場合か」

苦笑して、椎名は彼の熱の根元を両手でやわらかく握り、手のひらで愛撫する。背後で琥藍が息を呑んだ気配がして、手の中のものがより逞しくなった。自分の手で引き起こした反応が嬉しくて、煽られる。

唇を寄せようとした矢先、大きな両手で腰を摑まえられた。

「椎名、腰を上げろ」

「ん……」

この状態で腰を上げたら琥藍に何もかも丸見えだけれど、いまさら恥じらう方が逆に恥ずかしいくらいに椎名は彼に抱かれてきた。正直、椎名の体の見える範囲、さわれる範囲で、琥藍に見られていないところも、手や口で触れられていないところもないと言っていい。

……だからと言って、全然恥ずかしくないわけじゃない。

琥藍の手で促されるままに腰を上げながらも、じわりと全身が羞恥《しゅうち》で熱くなるのを感じる。それでも懸命に平気な顔を装っていたのに、くい、と両手で開かれてびくりと腰が跳ねた。

「ちょ……っ、琥藍！」

「ほころびかけていて、中が赤く熟《う》れてるのまで見える」

「だからそういう……っ、ひぁ……っ」
感じやすい蕾にぬるりとしたものが差し込まれて、言葉が途中で高い声に変わる。やわらかく艶めかしいものを抜き差しされる感覚は堪らなくて、腰から溶けてしまいそうなくらいぞくぞくした。

上体が崩れ落ちて、そのせいですぐ口許に彼の熱がくる。

吸い寄せられるように、それの先端に唇を付けた。薄くて感じやすい唇が熱さでジンと痺れて、もっと欲しくなる。

椎名は口を大きく開けて、たっぷりとした熱をできるだけ含んだ。

大きすぎてだんだんあごが痛くなってくるし、奥まで飲み込むとほとんど息ができなくなる。だけど、琥藍のものだからこそ椎名は口にしたくなるし、できるだけ喉奥まで使って愛撫してやりたくなる。

相手を気持ちよくしてやりたくてしている行為のはずなのに、それがいつの間にか自身の快感に置き換わっているのはいつも不思議だ。これで口蓋《こうがい》から喉奥へと擦《こす》られると、椎名はそれだけで達してしまいそうなくらい気持ちよくなってしまう。

（絶対、琥藍のキスで口の中まで開発されてる……）

べつに文句があるわけじゃないからいいけど。

口内を琥藍の熱で満たされながら後ろをほぐすための愛撫を受けていると、両方からの快楽が溜まってよりいっそう感じやすくなった。触れられてもいないのに、椎名の先端からは雫が滴《したた》る。先に恋人を口でイかせてやるつもりだったけれど、こっちがもう我慢できない。

「ん、は……っ、琥藍、もう、いいから……っ」

「まだ三本しか入ってない。今日は椎名に挿《い》れたら自制がきかなくなりそうだから、ちゃんと準備しておきたい」

そんなことを言って、琥藍はさらに丁寧な愛撫を施した。

優しいのはいい。気遣ってくれているのもわかる。でも、より深い快楽を得られることを知っているのに焦《じ》らされているような中途半端さは、つらい。

「琥藍……っ、もう、頼むから……っ」

「ああ……、そろそろよさそうだな」

熱っぽい吐息をついて、ずるり、と揃えた指が引き抜かれる。

「椎名」

「な、に……?」

半ば朦朧《もうろう》としながらも泣き濡れた瞳を向けると、熱っぽく、深みを増した紫色の瞳と視線が絡んだ。

「こっちに来られるか?」

「ん……」

頷いて、骨まで溶かされてしまったかのように力の入らない体を椎名はなんとか起こした。両腕を差し出した琥藍に、自分も両腕を伸ばす。摑んだ腕を強く引かれて、向かい合わせに抱き寄せられた。体温が上がって汗ばんだ肌が、ぴたりと触れ合う。張りつめているお互いの体の中心も。

椎名のは自らが漏らした蜜《みつ》で、琥藍のは椎名の口淫《こういん》でどちらもたっぷりと濡れていて、なめらかに交わる。

熱が触れ合っているだけで気持ちよくて、濡れた吐息が漏れた。琥藍が淡い苦笑を浮かべる。

「大丈夫か？　挿れたらすぐにイきそうな顔してる」

「ん……、たぶん、挿れられただけでイく……」

もう体を起こした状態をキープするのも大変なくらい力が入らなくて、琥藍の厚い肩に頭を乗せるようにしている椎名は、上がった吐息混じりの声で認める。

「しかも俺、そのまま飛ぶかもしんない……」

「それは困るな」

琥藍が深刻な顔で眉根を寄せるけれど、もっともだ。意識のない椎名を彼は抱かないから、挿入直後に意識を失ったらものすごくハードなおあずけになってしまう。椎名としても、愛しい男をそんな目に遭わせたくはない。

少し考えて、椎名はあることを決断した。背に腹は替えられない。

「俺の、出せないように押さえとく」

「……それは椎名がきついんじゃないのか？」

「まあそうなんだけど……それ以上に、琥藍が欲しいんだよ」

「……そうか」

ふ、と琥藍が微笑した。やわらかく、嬉しそうで愛おしげな表情に、胸の奥がきゅんと甘く痛む。

琥藍はまだよくわからないと言っているけれど、彼の気持ちは一目瞭然だ。一緒にお風呂に入ったあたりから、ずいぶん表情が増えた。涙を流したことで、感情を覆っていた氷がとけたような感じがする。

見つめ合って、お互いに引き合うように唇を重ねる。溶けて、混ざり合うように舌を絡めた。

細い腰を摑んだ大きな手に支えられながら、琥藍の腰をまたいだ状態で椎名は膝立ちになる。すっかりほとびた場所に熱が触れると、そこが期待するように収縮して、鼓動が速くなった。

「……椎名」

美しいアメジスト色の瞳でじっと見つめて、彼が名前だけ口にする。甘い言葉なんて何も言っていないのに、深く、情感のこもった低音に、ジン、と体が内側から震えた。

椎名は熱っぽい吐息をついて、厚い肩に腕を回す。

微笑《ほほえ》んで、彼と同じように名前だけ呼んだ。心からの気持ちを込めて。

「……琥藍」

愛してる、とか、好きだ、とか言うことで、すぐに返せない琥藍が負い目を感じるのなら、わざわざ口にしなくてもいい。言葉に頼らないで気持ちを伝えるようにするだけだ。

腰を支えている手の力がゆるんで、熱が触れている場所への圧迫感が増した。余分な力が入らないように大きく息を吐くと、いっそうの圧力がかかった直後に、ずりゅ、と濡れた音と共にそこがたっぷりとした先端を飲み込む。ここが入ってしまえば、後はなめらかだ。

自分の体重で体が落ちてゆき、椎名は太いものでゆっくりと深くまで貫かれる。ものすごい圧迫感。でも、それが気持ちいい。熟れきった内壁を擦り上げられる感覚が堪らなくて、押し出されるように先端から蜜が溢れる。

それを、椎名は自身の根元をきつく握りしめて無理やりに止めた。出せないせいで溜まってゆく一方の熱に息をあえがせながら、なんとかぜんぶ飲み込む。

「大丈夫か、椎名……？」

色っぽく眉根を寄せた琥藍が、いつの間にか零れていた涙で濡れた上気した頬を手のひらで包み込んで、親指で涙を拭ってくれる。椎名は無意識に大きな手に頬をすり寄せ、とろりと潤んだ声で本心から答えた。

「ん……、へいき……。ていうか、すごくいい……」

ドクン、と内部のものが大きく脈打って、中からの振動が指先まで響く。

「……ぁ、こら……っ」

「煽るようなことを言うからだろう」

「だって、本当だし……」

言い返すと、愛おしげな苦笑を見せた琥藍が、唇を重ねてきた。乱れた呼吸を繰り返す口を素直に開いて、椎名は彼の舌を受け入れる。

体に回った長い腕で抱きしめられて、汗ばんだ肌がぴたりと吸い付くように触れ合う。動かないままでキスで交わるうちに胸の鼓動が重なって、これ以上ないような一体感に満たされた。

(すごい、気持ちいい……)

ずっとこうしていたいくらいの充足感。体だけでなく、心まで深く琥藍と結び合えているのを感じる。

溶け合うようなキスでお互いを味わっているうちに、彼のものが内部で脈打つたびに奥が疼《うず》くようになった。

ずっとこうしていたい。けれど、もっと深く、強く混じり合いたい。

そう思ったのが伝わったかのように、琥藍が抱きしめている体を下から軽く突き上げてきた。軽く突かれただけなのに、待ちかねていたような内部から頭のてっぺんまでびりびりと痺れるような快感が走って、背中がしなる。

きらめく糸を引いて唇が離れた。喉から鎖骨へとやわらかなキスを落としながら、琥藍が両手で椎名の腰を摑んでさらに揺さぶってくる。

堪らなかった。

激しくされていないのに、太いものが濡れた音を立てて内壁をこねるだけでも達してしまいそうなくらいに感じる。握りしめていても、先端から蜜が溢れた。

イきたいのにイけないようにしているせいで、何も考えられなくなった。体が求めるままに、椎名は琥藍にねだる。

「琥藍っ、もっと奥……っ、強く、突いて……っ」

「ん……」

突き上げが深く、激しくなる。タイミングを合わせるともっと深くまで彼を感じられることを経験的に知っている椎名は、無意識に突き上げられるのと同時に腰を落とす。乗馬をしているような要領で、呼吸を合わせて快楽に浸る。

「あっ、あッ、イく、もう、イくから琥藍……ッ」

「ああ……中に出してやるから、このままイけ」

とてつもなく色っぽい低音が耳に吹き込まれて、ぞくぞくと体が震えた。混じり合う速度が上がって、耐えきれないほどの愉悦に襲われる。

細い腰を掴まえた手で強く引かれ、ひときわ深く穿《うが》たれた瞬間、目の前が白くなった。内部にたっぷりとした熱が溢れるのを感じて指先まで甘い痺れが渡り、びくびくと全身が震える。

「はっ、はぁ……っ、んむ……」

息をあえがせてすっかり力の入らなくなった体を逞しい長身に預けると、息を乱している琥藍に唇を深く奪われた。呼吸も奪われて苦しいのに、堪らなく気持ちいい。

濡れた吐息ごと混ざり合う。深く、甘く。

優しい手で髪を撫でられて、それにもぞくぞくして椎名は背をしならせた。唇が離れて、代わりのように喉元にキスが落とされる。達したばかりなのに堪らない。

「ちょ……っ、琥藍……っ」

「椎名、ここ、握ったままイったのか」

するりと体の間に伸びてきた手で、自身を縛《いまし》めている手を包み込まれた。堰き止めきれなかった蜜のせいではしたなく濡れてはいるものの、放ってはいないそこは手の中でまだ張りつめている。直接触られなくても過敏になっているせいで、びくりと体が跳ねた。

「あ……っ、ん……離すの、忘れてた……」

「忘れられるってすごいな」

自分でも驚いて口走ると、本気で感心している声で言われた。……嬉しくない。

本能に逆らって途中でゆるませることなくきつく握り続けられたなんて、琥藍に抱かれる時、彼の体を傷つけないようにこぶしを握る癖がついていたのが仇《あだ》になったようだ。

（本当にもう、俺の体って……）

どこまで琥藍のものになっているのか。

嫌じゃないけれど、さすがに苦笑混じりのため息が零《こぼ》れる。

琥藍が眉根を寄せて、気遣わしげに聞いてきた。

「大丈夫か……？　椎名、出さずにイくのは怖いからあまり好きじゃないと言っていただろう」

「……ん、大丈夫だった」

ふわりと、胸が温かくなる。

長年に渡って琥藍に抱かれてきた椎名の体は、実は出さなくてもイける。けれども、男としての達成感なしに極めるのはなんとなく抵抗感があるし、放出しないと快楽に区切りがつかないのか絶頂状態が長く続いてしまう。それが怖くて、椎名は琥藍に「出さずにイくのは好きじゃない」と言ってきた。

彼はちゃんと椎名の言葉を覚えていて、こうして気遣ってくれるのだ。

「ここ、もう握ってなくていいんじゃないか」

重ねた手で促されて、濡れた吐息をついて手を離す。ずっと止められていた蜜がとろりと溢れて伝ってゆく感覚に、まだ絶頂の余韻に満たされている体が小さく震え、中がうねった。

息を呑んだ琥藍が、切なげな顔になる。中にある彼のものはまだ存在感たっぷりだし、抱き合うのは久しぶりだ。いつもなら、このまますぐにでも二回戦目に突入するところなのに、今日は言い出さない。

「琥藍……？」

間近にある紫色の瞳を見上げてたずねるように名を呼ぶと、彼が淡く苦笑した。

「そういう顔はまずいぞ、椎名。誘われてるみたいな気になる」

「まあ、はずれてないけど」

「……いいのか？　このまま続けたらつらくないか」

じっと見つめて問われて、口許がほころぶ。

「大丈夫だよ。ていうか、何でそんな遠慮がちなの」

「何でだろうな……、上手く言えないが、椎名を困らせたくないんだと思う」

「うん？」

「椎名がいないと生きていけないことがわかったからには、俺にとってお前は自分以上に大事にするべき存在だ。いつも際限なく椎名が欲しくなるから、どこまでなら椎名の負担にならずにすむのか確認したい」

真顔での発言は、論調は硬いのに内容自体はロマンティックだ。彼らしすぎて、思わず噴き出してしまう。

身体が揺れたせいで埋め込まれているもので刺激されて、二人して息を呑んだ。

「……このままだと、まずいことになりそうだな」

苦笑混じりに呟いた琥藍が、椎名の腰を両手で摑む。彼が抜いてしまうつもりなのに気付いて、即座に厚い肩に腕を回した。ついでに彼の腰に脚まで回してホールドする。

驚いているらしい琥藍に、笑って告げた。

「琥藍、いちいち確認しなくてもいいんだよ。俺、本当に駄目な時はちゃんと言うだろ」

「だが……」

「お前が負担になることなんかないから、遠慮すんな。俺にとっても、琥藍は自分以上に大事な存在なんだからな」

くしゃくしゃと黒髪を掻き混ぜてやると、彼が複雑な表情を見せる。嬉しそうな、戸惑っているような、……少し、泣き出しそうな。

吐息をついた琥藍が、目を閉じて椎名の頭に頰を寄せた。大事そうに抱きしめて、低く、囁《ささや》かれる。

「ありがとう、椎名」

「うん」

頷いて、抱きしめ返す。

「椎名……」

深く、甘い低音が耳に吹き込まれて、とろりと瞳が潤んだ。顔を上げて視線を合わせ、互いの瞳に同じ気持ちを確認して唇を重ねる。

そのままゆっくりと仰向けに押し倒されて、埋め込まれたままの熱に内部を違う角度で刺激されて椎名は背をしならせた。

離れた唇を舐めた琥藍が、熱っぽく色を深くしたアメジスト色の瞳で見つめて低く囁く。

「遠慮なく、もらうぞ」

「ん……」

もう一度、お互いが完全にひとつになるまで混じり合った。愛しい相手と溶け合う快楽は、他では得られないほど強烈で、特別な幸福感に満たされる。

一度出さないままで達した体は自分でも怖くなるくらいに感じやすくなっていて、熟れきった内部を摩擦されているだけで甘い悲鳴が零れた。深くまで突き入れられるたびに、先端から蜜が溢れ、目の前が激しいハレーションを起こす。

「あッ、ぅあっ、琥藍……っ、手、押さえて……っ」

彼の背に爪を立てたりしないように、ほとんど無意識に椎名は頼む。

息を乱した琥藍が、とてつもなく色っぽい低音で言った。

「今日は、いい」

「なに、言って……っ」

「大丈夫だから、俺に、椎名の痕を残してくれ」

囁いた琥藍に追い上げるように穿たれて、何も考えられなくなった。誘導に従って逞しい背中に両手を回した椎名は、耐えきれないほどの快楽の渦の中で唯一確かに感じられる彼に夢中でしがみつく。

汗みずくの熱っぽい肌がなめらかに触れ合って、擦れ合うほどに二人の体の境界がわからなくなった。

溶ける。すべての細胞で快楽が弾《はじ》けて、自分の形がなくなる。

「あっ、あぁあっ、あー……ッ」

奥の奥まで突き入れられて、止めようもなく甘い悲鳴と白濁が迸《ほとばし》った。びくびくと痙攣してうねっている中に愛しい男の熱を注ぎ込まれるのを感じて、瞳と胸が熱くなる。

「……椎名」

閉じたまぶたに乱れた吐息混じりのキスを落とされて、激しく息を乱しながらも椎名はとろりと潤み切った瞳を開ける。美しい、紫色の瞳と視線が交わる。

言葉なんてなくても、十分だった。

感情を雄弁に語る眼差しに、椎名はうっとりと満たされた笑みを返す。それから、幸福感に飲み込まれるように意識を手放していた。


目を覚ましたら、完全に夜だった。

いい匂いがする。ぎゅるる、とお腹の虫が遠慮なく鳴いた。

「いいタイミングだ、椎名」

耳に馴染んだ腰に響くような低音の方に寝ころんだままで顔だけ向けると、琥藍がダイニングキッチンに続くドアから入ってくるところだった。Vネックのニットに黒いパンツというシンプルな格好なのに、相変わらず感心するくらい絵になる。

「今何時……？」

ちょっと嗄《か》れてしまった声で寝起き恒例の問いを発すると、予測していたらしい琥藍が時計も見ずに答える。

「二十二時八分」

「何がいいタイミングって……？」

「メシ。ちょうどできあがったから起こしに来たところだった」

椎名が気を失っている間に持って来たらしいスーツケースから、琥藍が自分のシャツを一枚手に取ってやってくる。自宅だから服ならたくさんあるけれど、椎名は素直に受け取ってベッドの上で恋人のシャツを羽織った。……実を言うと、質がよくて、ゆったりしていて、琥藍の香りがする服を借りるのが椎名は好きだったりするのだ。

「琥藍、料理とかできたんだな」

何でも器用にこなすけれど、家事全般は家政婦に任せきりだからアウトなんだと思っていた。フランスで覚えたのだろうかと思いつつ言ってみると、ベッドサイドで椎名を待っている彼があっさり否定する。

「いや。黒江を呼んだ」

「……は？」

唖然とした耳に、キッチンの方から聞き慣れたぴしりとした声が届く。

「琥藍様、お飲み物はいかがいたしましょう」

間違いなく黒江女史。

「どうする」

「どうするって……お前なあ……」

呆れた声で言いかけて、遅まきながら気付く。

気を失う前に恋人とたっぷり愛し合ったはずなのに、身体はさらりとしているし、寝ていたシーツまで清潔だ。ついでに言えば、このシーツは椎名のじゃない。

たぶん琥藍は、椎名をお風呂に入れている間に、呼び付けた黒江女史にシーツを替えさせたのだ。本当にとんでもないやつだ。

頭痛のしそうな思いで椎名はこめかみに手を当てて、大きくため息をついた。

「どうした？　具合が悪いのか」

心配そうにのぞきこんできた恋人の綺麗なアメジスト色の瞳を見上げているうちに、だんだん笑えてきてしまう。

「まったく、この王族もどきめ」

「王族もどき……？」

怪訝そうな顔をしている琥藍には意味を教えてやらずに、代わりに引き締まった腹を軽く殴ってやった。そのうち、一般的庶民の生活についてもっと学ばせてやろう。

とはいえ、王族もどきの恋人のおかげで黒江女史の美味しい食事にありつけたのはありがたかった。

最近まともに食事をとっていなかったという琥藍の胃に配慮したのか、メニューはあっさり味の春野菜のリゾットだ。ついさっき喉を酷使してしまった椎名にも食べやすい。

「黒江さん、帰っちゃったんだ？」

ベッドヘッドに背をもたれさせた琥藍の肩に頭を預けて、恋人にリゾットを食べさせてもらいながら椎名は複雑な気分で確認する。ちなみにこの体勢は、椎名の希望ではない。確かに体はだるいけれどちゃんと起きるつもりだったのに、セフレから恋人になったばかりの幼馴染みの主張に押し負けた結果だ。

椎名と同じ皿から、同じスプーンで自分の口にリゾットを運んで琥藍が頷く。

「ここだと仕事がないせいで、身の置き所がないそうだ」

「……まあ、狭いしな」

でもせっかく来てあれこれしてもらったのに、お礼を言うこともできなかったなんて申し訳なさすぎる。

「黒江さんが帰る前に、俺のこと呼んでくれたらよかったじゃん。お礼くらい言いたかったんだけど」

訴えてみると、淡々とした口調で琥藍が思いがけないことを言った。

「椎名ならそう言うと思ったから呼ぶつもりだったが、黒江に止められた。椎名に合わせる顔ができるまで、少し時間が欲しいらしい」

「へ……?」

きょとんとしてしまう。と、琥藍も少し戸惑った表情で説明を足した。

「よくわからないが、椎名の前で取り乱してしまったのが恥ずかしいとか言っていたぞ。そうなのか？　黒江が取り乱すのは俺には想像できないし、恥ずかしいなんて感情があったことにも心底驚いている」

数回瞬きして、椎名は思わず噴き出してしまった。失礼とわかっていても、思いがけない黒江女史の反応が可愛くてどうしても顔がほころんでしまう。

「黒江さんが取り乱したの、琥藍のせいだぞ」

「……俺の？」

困惑顔の恋人に、椎名は笑いながら深く頷く。

恥ずかしがっている黒江女史には悪いけれど、彼女の琥藍への愛情を自分だけが知っておくなんてもったいない。

会話の録音なんてしていないけれど、発着信履歴でも見せて説明してやろうとベッドサイドに置かれている携帯電話を手に取ったら、メールと電話の着信があったというライトが点滅しているのに気付いた。チェックしてみて、啞然とする。

「どうした？」

怪訝そうに聞いてきた琥藍に、椎名は今にも笑い出しそうな顔で携帯電話を差し出す。履歴を見た彼が、紫色の瞳を見開いた。

「メールも着信も、笑えるくらいにイノサン祭りだろ」

笑い混じりの椎名の声に、戸惑った様子で彼が頷く。

六時過ぎに一旦目が覚めた時に、椎名から「琥藍発見」のメールを送っていたのだけれど、その後十分から二十分おきにイノサンから電話とメールが入っていた。サイレント設定にしていたせいで全然気付いてあげられなかった。……まあ、それどころじゃない時間を恋人と堪能していたというのもある。

最終的に、一時間ほど前にようやくイノサンが自分の間の悪さを察したらしく、「何よ、せっかくクランが無事に帰ってきた喜びを分かち合おうと思ってたのに、どうせ二人でイチャイチャしてるんでしょ！　いいわよ、アタシもモン・シェリが帰ってきたらイチャイチャしてやるんだから〜！」という、何に張り合っているのかよくわからない留守電を残して終わっていた。

呆然とした顔で履歴を遡《さかのぼ》っていた琥藍の手が、一昨日《おととい》のところで止まる。明らかに琥藍がフランスを発った直後の、イノサンからの電話に気付いたのだ。

「イノサン、椎名に連絡してきたのか？　そんなことしたら慰労金はないって俺に言われてたのに……？」

信じられない、と言わんばかりの表情をしている琥藍は、やっぱりわかってない。椎名は笑って教えてやる。

「そりゃお前、友達だからだろ。友達の様子がおかしかったら、いくら放っておいてくれって言われたってどうにかしてフォローしてやりたくなるって」

「……そういうものなのか？」

「そういうものだよ。ていうか、実際そうだったろ？　帰国してるはずなのに琥藍が消息不明になってた時、俺も黒江さんもイノサンもめちゃくちゃ心配して、お前の携帯に電話かけまくったんだからな。履歴見直してビビれ」

半分冗談、半分本気で叱ってやると、斜め上にある綺麗な紫色の瞳が戸惑ったように瞬《まばた》きした。それで、椎名はピンとくる。

「……まさかお前、またコートのポケットに携帯入れっぱなしでクロゼットにしまってたとか言わないよな……」

口許がひきつるのを感じながら確認してみたら、腹が立つくらいあっさりと琥藍が頷いた。

「たぶんそうだな。椎名と最後に会った日から使ってないし」

「てことは、相当前に充電切れてるよな⁉　……なんだよそれ、この二カ月、俺がどんな思いでお前に電話かけ続けてたと思ってんだよ……」

はああ、と魂まで抜け出てしまいそうな大きいため息が出てしまう。

「……電話をくれてたのか？」

戸惑った顔の琥藍に、椎名は当然だ、と頷いた。

「俺が追いかけないと、本当に終わりになるって思ってたからな」

「椎名は、俺と終わりになるのが嫌だったってことか……？」

「当たり前だろ」

きっぱりと返して、椎名は苦笑してしまう。

こんなに完璧な美貌の持ち主で、体格にも頭脳にも才能にも恵まれて、世界中からオファーが殺到している超人気モデルのくせに、琥藍はつくづく自分が愛されていることに自信がないのだ。

切ないのと愛おしいのとで、椎名は琥藍の腕の中で体をひねって片手を伸ばし、長めの黒髪をぐしゃぐしゃと撫でてやる。

「言っただろ、俺はお前がいないと生きていけないって。黒江さんだってお前の消息不明でめちゃくちゃ動揺してたし、イノサンだって金よりお前を大事にしてる。琥藍、お前は気付いてないかもしんないけど、俺たちはみんなお前を愛してるんだよ」

言い聞かせるように見つめて告げると、琥藍がゆっくりと飲み込むように紫色の瞳を瞬かせた。

「……俺は、いろんな人の心が見えてないんだな」

低い呟きににっこりして頷いて、椎名は提案する。

「そう思えるようになったんなら、一緒に会いに行こうぜ」

「……あの人にか」

「他に誰がいるんだよ」

明らかに気乗りしない表情の琥藍を見上げて、椎名は苦笑する。

「そんな顔するなって。言っとくけど、お前がホテルで携帯に出た時から、織絵さんはずっと俺たちがケンカしたんじゃないかって心配してくれてたんだからな」

少し、琥藍が瞳を見開いた。たぶん、織絵が自分のことを気にかけているなんて思ってなかったせい。

あと一押しだ、と椎名は恋人に約束してやる。

「なあ琥藍、ちゃんと織絵さんに会って話そうぜ。万が一お前が傷つくようなことがあったら俺が責任もって慰めてやるし、死にたくなるようなことになったら一緒に死んでやるから」

端整な美貌が、ひどく複雑そうな表情を見せた。

「……椎名、そういうのはずるいぞ。椎名の命まで担保にするのか」

「それだけ自信があるってことだ。なんせ俺は、琥藍の代わりに織絵さんとやりとりしてきた実績があるからな」

少し胸を張って請け合うと、琥藍が小さく吐息をついた。それから、背中から椎名の首筋に顔を埋《うず》めるようにして抱きしめて、低く「d'accord《ダコール》」と呟く。

照れ隠しにフランス語で言ったのだろうけど、二十年に渡る付き合い、それが了承を表す言葉だなんて余裕でわかる。

思わず笑ってしまいながら、椎名はぐしゃぐしゃと褒めるように恋人の黒髪を掻き混ぜてやった。

【6】


いつか椎名とフランスを旅することがあるなら、春から初夏にかけてがいい。

なんてことをかつて、ちらりと考えたことがあった。椎名が「琥藍と休みが合えば、フランス旅行も楽しそうだよなあ」と呟いた時に。

奇《く》しくも現在四月、希望通りに実現したのだけれど、琥藍としては複雑な気分だ。空港を出てすぐに借りたレンタカーでのドライブ時間が長くなり、目的地が近付くにつれて落ち着かなくなってきている。

（……本当に、あの女に会うのか俺は……）

「死にたくなったら一緒に死んでやる」とまで言ってくれた男前な恋人に押し切られるようにしてここまで来たけれど、織絵がアトリエを構えているパリ郊外の町へと車を走らせながら、実感のなさに琥藍は戸惑う。

ドライブを始めて約一時間、車窓の外はすっかり田園風景だ。

広々とした空は明るい青、コットンのような白い雲が浮かぶ。車窓から見える景色は、野辺の黄緑、菜の花の黄色、遠景の森の深緑が層になって、延々と続いている。菜の花部分が芥子《けし》の赤になったりすることはあっても、土地の広さを感じさせるこういう風景は自分がフランスにいる紛れもない証拠みたいなものだ。

この道をあと二十分も行けば、ずっと拒絶し続けてきた産みの親がいる。

物心がついて以来、ずっと拒まれていると思い、自分も拒んできた相手だ。正直、会いたいのかどうかもわからない。

そんなこっちの気持ちなど知らぬげに、助手席の椎名はリラックスした顔でご機嫌だ。

「いやー、琥藍が一緒だと言葉がわかんなくても安心してフランスを楽しめていいよな。イノサンおすすめの屋台で琥藍がさっき買ってくれたクレープ、めちゃくちゃ美味い」

嬉しそうにハムとチーズのクレープを頬張っている。

ひょい、と口許に食べかけのクレープを差し出された。

「琥藍も食う？」

「……のんきなもんだな」

思わず苦笑してしまうと、椎名はにやりと笑う。

「俺が緊張してても仕方ないじゃん」

「要するに人ごとってことだな」

ため息混じりにまとめると、笑った椎名がかぶりを振った。

「琥藍のことなのに、人ごとだなんて思うわけないだろ。俺としては、ようやく琥藍が織絵さんに会う気になってくれたってことが嬉しくて、ちょっとテンション上がってる」

「……」

答えようがなくて、琥藍は黙って差し出されていたクレープを一口食べた。……なるほど、さすがにイノサンが「途中でゼッタイに寄ってね！」と推薦していただけのことはある。

言葉にしなくても表情で琥藍の感想がわかったらしい椎名が、にっこりした。

「な、美味いだろ？　帰りも寄ろうぜ」

「……そうだな」

頷いて、小さく笑う。

椎名にとっては、織絵のところに行くのは本当に大したことじゃないらしい。すでに帰りのことまで考えているのだから。

実際、自分が深刻に考えすぎているのだろう。

（……どんなことになっても、べつに大したことじゃない）

織絵が自分のことをどう扱うかなんて、どうでもいいことだ。

冷たくあしらわれたところで、これまで自分が思っていた通りの女というだけのことだから、何の痛手にもならない。

むしろ……思っていた通りの女じゃなかった時、どうしたらいいのかわからない気がする。

そして椎名は、織絵のことを琥藍が思っているような女じゃないと言っている。

彼女の事情については、椎名から聞いた。

わかりたくないのに、わかると思った。

自分も椎名がいなくなったら生きていけないし、他のことはすべてどうでもよくなる。死ねるものなら死を選ぶ。

その邪魔をしたのが自分だったのなら、織絵の態度も理解できてしまう。子どもに対していかに一方的で残酷な仕打ちであったとしても、一度椎名を失ったと思ったことで、琥藍は織絵の取り乱し方が理解できるようになってしまった。

（……似なくていいところが、似るものだと言うな……）

淡く苦笑して、琥藍は織絵が自分の母親であることを妙なところで認める。

目的の住所が近付いてきた。

この辺りは一軒ずつの家の間隔が広い。母親との面会を先延ばしにするように無意識に速度を落とした琥藍の横で、椎名が声をあげた。

「あ！　あれ、たぶん織絵さんだぞ」

思わず息を呑む。予想していたより、動揺した。

大きな木に囲まれている白っぽい石造りの大きな建物に向かって、たくさんのアネモネが咲く前庭の真ん中を幅の広い煉瓦《れんが》の道が通っている。そのプロムナードの途中で、シンプルな黒いドレス姿の女が両手を胸のあたりで組んで立っていた。

「……何で外で待ってるんだ」

ただでさえ心の準備をしておきたい相手なのに、これでは自分のタイミングで呼び鈴《りん》を押すことさえできない。

声に出したつもりはなかったのに、隣で幼馴染みが笑って言った。

「琥藍に会うのが待ちきれないからだろ。それにしても織絵さん、綺麗なラインの服だけど相変わらず喪服みたいだなー」

「喪服なんだろう」

もし椎名を失っても後を追うことを許されなかったら、自分もきっと残りの人生は黒い服を着て、一生喪に服する。自分の命よりも大切なものを失った悲しみが完全に癒《い》えることは決してないし、失った時点で自らも死んだも同然だから。

つくづく、わかりたくないのに織絵の思考がわかることに琥藍は複雑な気分になってしまう。

私道にゆっくりと車を乗り入れながら、目の端で自分の母親である女を観察した。

織絵はじっと立ち尽くして、こっちを見つめている。

表情は緊張しているかのように少し強張《こわば》っていて、顔色もよくない。そのせいできちんとさしているルージュがひどく鮮やかに見える。染めていない銀髪混じりの髪は長くて、昔と同じように一本の三つ編みにして左の肩に垂れている。そして、折れそうに細い。過ごしてきた月日の影響は出ていても、遠い記憶にある姿とほとんど変わらないことに不思議な感慨を覚えた。

織絵の近くで車を停めて、外に出た。けれども、自分から動くことはできずに閉めた車のドアに手をかけたまま、琥藍は庭にたくさん咲いているアネモネを意味もなく眺める。

濃い色をした大輪の花は、自分の父親にあたる人物が最後に買い求めた花だという。愛する男が自分のために最後に求めた花を、織絵は棺《ひつぎ》を埋める花のように家の周りに咲かせている。その感覚も、わからないでもない。

「……琥藍、行こう」

よく馴染んだ手が、車のドアにかけていた自分の手に重なった。少し振り返ると、椎名がこっちを見上げている。何の心配もないから、と言うような笑みを湛えて。

ひとつ、息をついた。

頷いて、織絵の元に向かう。

近付いてくる琥藍を、織絵は瞬きひとつせずに見つめ続けるだけだ。完全に固まっていて、ひょっとしたらよくできた彫刻なんじゃないかと思いたくなるほど微動だにしない。

あと一メートルほどの距離まできて、琥藍は足を止めた。よく見ると、胸の前で組んである織絵の手は強く握りしめているせいで真っ白になっている。

もしかしたら自分よりも織絵は緊張しているのかもしれない、と、その時初めて思えた。

きつく組み合わされた手から、視線を上げてゆく。琥藍の方がかなり身長があるせいで、織絵はほとんど真上を見上げる時のような角度で顔を上げている。

ようやく、相手の顔をちゃんと見た。

目の前にいる華奢な女性が自分の母親だという実感は湧かないけれど、客観的に見て、年のわりに綺麗と言えた。

かつて真っ黒な洞穴《ほらあな》のような印象を受けていた大きな瞳は、今は上向いているせいで太陽の光を受けてゆらゆらきらめいている。今にも落ちそうなくらいに水を湛えているから。

琥藍を見て、瞳に涙を溜めているから。

……何て言ったらいいのかわからなかった。

何も言うべきことはないような気がしたし、逆にものすごくたくさん言いたいことがあるような気もした。

椎名が何か言ってくれればいい、と思っても、こんな時に限って幼馴染みは割り込んできてくれない。

自分から何か声をかけるべきか迷っていると、かすかに、織絵の唇が震えた。隙間から、細く途切れがちな声が零れる。

「……琥藍なのね……？　本当に、来てくれたのね……？」

黙ったまま、琥藍は頷く。と、織絵が両手で顔を覆った。

まさか泣き出したのではと思った矢先、両手で目許を拭う仕草をした織絵が再び顔を上げる。目を赤くしてはいるけれど、涙はもう零れ落ちそうにはなっていない。

折れそうに見えて意外と強い人らしい。実際そうでなくては、生計を立てるためとはいえハイメゾンのブランドを背負い続けることなどできないだろう。

確かめるように、織絵がじっと見つめてくる。琥藍も黙って見つめ返した。

ひたすらに見つめたまま、織絵がどこかうわごとのような呆然とした呟きを漏らす。

「嘘みたいだわ……、本当に……写真と同じ……。わたし、夢を見ているのかしら……。琥藍、本物ならわたしのことをぶってみて」

突然の発言にさすがにぎょっとすると、斜め後ろで椎名が噴き出した。

「織絵さん、マゾの人みたいなこと言ってます」

「でも本当に、信じられないんだもの……。お願いだから、琥藍」

そんなことを言われても困る。

目の前の女性は、軽く頬をはたいただけでも首の骨が折れそうなくらいに華奢だし、それ以前に琥藍は自分より弱い相手に手を上げるのは軽蔑すべき行為だと思っている。

眉をひそめて一歩後ずさりかけると、背中に椎名の両手が触れて止められた。ひょこりと横からのぞきこむようにして、笑ってアドバイスしてくる。

「琥藍、何も力いっぱい殴れとか言ってんじゃないんだから、そんなに真面目に考えなくていいんだよ。軽くでいいから、希望を叶えてやれよ」

「お願い、琥藍」

二対一。前方の織絵、後方の椎名。二人がかりは卑怯だ。

結局、すがるように見つめてくる織絵、背中を軽く押してくる椎名に負けて、ため息をついた琥藍は一歩前に踏み出した。気乗りしないながらも右手を上げる。

少しためらってから、琥藍は織絵の頬に触れた。そっと、すでにヒビの入っている壊れ物に触れるような思いで。

「……っ」

触れた瞬間、言葉にできないような感情が一気に胸に押し寄せた。

織絵も感極まったように瞳を潤ませ、何か言いたげに唇を開く。けれども声を発するより先に、糸が切れたようにふらりとその体が大きく傾いた。

「な……っ」

「織絵さん⁉」

反射的に抱き留めたけれど、腕の中のガラス細工のような体にはまったく力が入っていない。呆然としていると、背後から回り込んできた椎名がぐったりしている織絵の様子を確認して、困ったように苦笑した。

「織絵さん、感情が高まりすぎて気を失っちゃったみたいだな」

「……嘘だろう」

「血圧低そうだし、繊細な女の人ならこういうこともあるんじゃないの。とりあえず、家の中に運んでやろうぜ」

現実的な椎名の提案で、少し平静さが戻ってきた。頷いて、腕の中の華奢な体を抱き上げ、蔦《つた》の絡まる大きな白い建物へと向かう。

織絵は驚くほど軽かった。椎名も意識がない状態で運んでやれるくらい軽いけれど、織絵の軽さはその存在が頼りなく思えるほどだ。

先に立って歩いていた椎名が、見るからにアンティークなデザインの両開きのグレーの扉を開けた。

吹き抜けのエントランスホールの右側にはアイアンの優雅な手すりがついた幅広の階段があり、左側には大きなガラス戸がある。ガラス戸の向こうは、一階全体を使ったアトリエらしかった。さすがにオリジナルブランドを立ち上げているだけあって、かなり広い。

「……誰もいないんだな」

助手やエージェント、契約しているパタンナーなどがいても不思議はないのに、ガラス戸を通して見える空間に人の気配はない。迷いなく階段を上り始めていた椎名が、肩越しに笑みを含んだ声で答えた。

「休みにしたんだって」

「……何で椎名が知っている」

「電話した時に言ってた」

そういえば椎名は、日本を発つ前に織絵に予告の電話を入れていた。

軽やかな足取りで階段を上がりながら、楽しげに明かす。

「織絵さん、琥藍と会いに行くって伝えたらすごいおろおろし始めて、来るのを聞いただけでこれだと実際に会ったらどうなるかわからないから、スタッフも家政婦さんもみんな休みにするって言ってたんだよ」

「まるで災厄扱いだな」

「そんなわけないじゃん。琥藍だってわかってるくせに」

あえて答えないけれど、笑っているから椎名には何もかもお見通しなのだろう。

（……調子が狂う、な）

椎名じゃなく、織絵の態度に。

琥藍が来たら取り乱すのがわかっているなんて、本当にずっと会える日を待ち焦がれてきた人みたいだ。

階段を上がってすぐの部屋をのぞいた椎名が、手招いた。

「織絵さんの部屋っぽい。ベッドもあるから寝かせとこうぜ」

「ああ」

肌触りのいい白いリネンのかかったベッドに、慎重に織絵を横たわらせる。目を覚ます気配はない。目の下にクマがあるところからして、昨夜はよく眠れなかったのだろう。

(俺が来るって、わかっていたからか……?)

じっと見下ろしていると、入ってきたドアの方から椎名の声がした。

「何か気付けになるものがないか探してくる」

こっちの返事も聞かずに、ひらひらと手を振ってドアを閉める。待てと呼び止める間もない。

予定外に、織絵と二人きりで残されてしまった。

戸惑いながらも、琥藍はベッドサイドの椅子を少し移動させて、気を失っている家主の様子が見やすい位置に置いてから座る。意識がないとはいえずっとわだかまりのあった相手だけに二人きりは居心地が悪いけれど、おそらく自分のせいでこんなことになっている織絵を一人きりで放っておくことなどできない。

椎名が戻ってくるまで、織絵が目を覚まさなければいい。二人きりで残されても、何を話したらいいのかわからない。

特にすることもなく、手持ち無沙汰に室内を見回した。

シックさと殺風景が紙一重の部屋だった。家具がアンティークだからこそ洒落た雰囲気に見えるものの、必要なもの以外置いてない。唯一の例外はベッドサイドテーブルの上に束ねて生けられているアネモネだけだ。他に織絵のプライベートを感じさせるものは何もなかった。アルベールの写真さえ。

おそらく、亡き最愛の人の写真があると彼の元に行きたいという誘惑に負けるからだろう。生きている人の写真と亡くなった人の写真では、同じ写真でもこちらに訴えてくるものが変わる。

自分でも嫌になるくらい、織絵のことがわかる。わかってしまうと、否定し続けることが難しくなる。

見るもの自体がほとんどない部屋で、琥藍はベッドに横たわっている織絵に改めて目を向けた。

（……細いな）

さっき運ぶ時も思ったけれど、こうしてレースのかかった窓からの光しかない静かな室内で身動き一つしない姿を眺めていると、つくづく病的なまでの細さだと思う。

腕なんか、少し強く握れば折れてしまいそうに見える。

こんなにも細いのは、生きることへの関心が少ないから。今でこそ黒江が付いていなくても生きているけれど、かつての織絵は一時期の自分と同じようなものだったらしいというのは椎名から聞いた。

最愛の人を失った織絵にとって、生きるのはきっと楽なことじゃなかった。死んでしまう方がよほど楽だった。

それでも彼女は生かされ、苦しみながら生きて、少しずつ、本当に少しずつ回復してきたのだと思う。一生癒えない痛みを抱えていても、一人で立てるようになるまで回復した。

それがどれほど大変なことだったのかは、なんとなく想像ができる。わかりたくなくても、わかるようになった。

織絵は自分を生んだ女性――世間で言うところの母親だ。

けれど、その前に一人の女性だ。

母親である前に女性であることを理由に、子どもをないがしろにしてもいいなんていう理屈は通らない。覚悟がないなら母親になるべきではないのだ。琥藍がずっと抱いてきたその考えは、今でも変わらない。

だが、織絵が彼女なりの精一杯を尽くしてくれたのだということは、今ならわかる。

会うのがつらいなりに育てるための工夫をして、経済的に何不自由をさせないように懸命に働いて、なんとか回復した時には会いに来ようとさえした。

それが琥藍にとってはわかりにくく、遅すぎただけ。

そう考えてみると、織絵も被害者なのかもしれなかった。自分のことを被害者と思ったことはなかったけれど、無意識に織絵を責めていたのは自分にも傲慢《ごうまん》な部分があったからだと思う。

双方の立場を知る椎名が、二人の間をなんとかしたいと思ってくれたのはもっともなことだった。今なら、心からそう思える。

青白い薄いまぶたがぴくりと震えて、ゆっくりと上がった。

織絵が目を覚ましてしまった。

戸惑った様子で瞳を動かして琥藍に気付くなり、少し見開いて、瞳を潤ませる。

そんな顔をされても困る。どう反応したらいいかわからない。

織絵が体を起こそうとした。ためらったものの、見るからに力のなさそうな細い体を起こすのに琥藍も手を貸す。壊れそうな片手を手のひらで受け止めて、細すぎる背を軽く支えてやる。

ベッドヘッドに背をもたれさせた織絵が、琥藍の手に手を重ねたままで、小さく吐息をついた。

「ありがとう」

声は落ち着いているのに、表情も静かなのに、ただ一粒、頬に雫が伝う。

自分でも驚くほど内心で動揺して、琥藍は低く呟いた。

「……泣かれると困る」

「そうでしょうね。わたしもあなたに泣かれたら困ると思うわ」

まつげは濡れているのに、淡々とした口調。冷たくも聞こえる発言内容には、裏も表もないのが琥藍にはわかる。妙なところで、やはり似ている。

ふ、と思わず苦笑が漏れた。

「あんたの前では泣かない」

「……誰か、あなたを泣かせてくれる人はいるの？」

じっと見つめて、真摯《しんし》な声で聞かれた。

これは、心配しているのだ。――琥藍のことを。息子のことを。

急に母親面をされても困る、と思う一方で、かつてのような強張《こわば》った感情はいつの間にかなくなっていて、「関係ないだろう」と突き放す気にはなれなかった。

少し間をおいて、琥藍は頷いた。自分の命よりも大切な、たった一人の幼馴染みのことを思い描きながら。

「じゃあ安心だわ」

本当にほっとしたように織絵が微笑んだところに、ガチャリと遠慮なくドアが開いた。

「なあ琥藍、キッチンで飲みかけのワインくらいしか見つけられなかったんだけど――あ、織絵さん、目が覚めたんだ？」

片手にグラス、片手にシャブリのワインボトルを持った椎名だ。

ベッドの方に歩いて来ようとして足を止め、まじまじと琥藍と織絵を見る。

「……何かあった？」

「何かって何だ」

「だから何か。琥藍と織絵さんの間にある空気が、ちょっと変わった気がする」

「……そうか？」

「うん」

頷いて、椎名が笑う。安堵と喜びの入り混じった顔で。自分のことじゃないのに琥藍のためにそういう顔ができるのは、椎名だからだ。

大股でベッドの近くまでやってきた椎名が、織絵にグラスを渡した。もう気付けは必要ないけれど、織絵は辛口の白ワインをグラスにもらう。

ゆっくりと飲んで、織絵が吐息をついた。

「さっきはごめんなさいね」

倒れたことを謝罪する織絵に、椎名が悪戯《いたずら》っぽくにやりと笑った。

「息子に会えたからって嬉しすぎて気絶する人、初めて見ましたよ」

「……っ」

織絵がぱっと頬に血を上らせる。ワインのおかげで血流がよくなった影響かもしれないけれど、これまで見た中でいちばん人間らしい表情だ。

目を伏せた織絵が、弁解口調で呟くように言った。

「わたし、琥藍に母親らしいことは何もしてあげてこなかったから……。実を言うと、生んですぐに人に預けたから、ちゃんと触ったことも、触られたこともなかったのよ」

言葉を途切れさせて、無理やりのように瞳を上げる。

「……ごめんなさい、琥藍」

じっと見つめて謝られても、返事に困る。いくら謝られたところで過去はどうしようもないし、いまさら何かしてほしいこともない。

「……もう、済んだことだ」

言外に謝罪を受け入れると、過去の彼女の態度についても問う気がないことまで伝わったようだった。織絵が瞳を潤ませて、小さく「ありがとう」と呟いて顔を伏せる。

こういう空気は慣れなくて気まずい。居心地の悪さを感じていると、琥藍の隣に勝手に椅子を運んできた椎名が明るい声で言った。

「織絵さん、母親らしいことを何もしてやってないってことはないですよ。確実に一つはしてるじゃないですか」

「……？」

織絵と一緒になって怪訝な瞳を向けると、にっこりして椎名が明かす。

「名前って、親から子どもへの最初で一生ものの贈り物でしょう」

「……でも、琥藍の名前はアルベールと一緒に決めたものよ……」

「だからこそ、両親からのいちばん想いがこもったプレゼント、って言えるんじゃないですか？　ていうか俺、ずっと琥藍の名前ってどんな意味があるのか気になってたんですけど」

椅子の上からベッドの方に身を乗り出すようにしている恋人は、好奇心に瞳を輝かせている。けれど、琥藍としては微妙な気分だ。

「……椎名、欧米だと名前に必ずしも深い意味を持たせないことも多いぞ」

「でも織絵さんは日本人じゃん。琥藍の名前って漢字でも書けるし、意味ありそうじゃないか？」

言い返した椎名の視線を受けて、織絵が笑って頷いた。最愛の人を思い出しているらしいゆっくりとした口調で、琥藍の名前の由来を明かす。

「わたしたちの子どもはたぶんフランスで育つことになるし、世界中で活躍できるような子になってほしいと思っていたから、どの国でも呼びやすいようにあんまり長くない名前で、綺麗な音で、できるだけいい意味のあるものにしたくて……たくさんの中から、アルベールと二人でクランって音を選んだの」

「……意味は、もしかして英語からきてる……のか」

名前なんてただの記号。意味なんてどうでもいいと思っていても、語彙《ごい》が増えるにつれて同じ音の単語を知ればやはり引っ掛かりを感じて記憶に残る。

これまで誰にも確認しようのなかったことを呟くように聞いてみると、織絵が微笑んで頷いた。

「『仲間』っていう意味があるのを気に入ったの。血が繋がっていても、そうじゃなくても、とにかくしっかりした繋がりのあるたくさんの仲間っていうのが素敵だと思って。あなたがそういう人たちに恵まれたらいいと思って、決めたのよ」

「漢字にも意味があるんですか?」

椎名が聞くなり、急に織絵がおろおろした様子で目を伏せた。じり、と胸の奥を不安のようなものが焼く。

「話したくないなら、べつにいい」

無意識の自己防衛本能で言うと、織絵が顔を上げた。じっとこっちを見て、小さく吐息をつく。

「……話したくないわけじゃないの。ただ……その、アルベールとわたしは、少しロマンティストすぎたかもしれないから……」

言い淀《よど》む織絵を椎名と二人で問うように見つめると、彼女は意を決したように、一息に告白した。

「つまりね、クランって音が先に決まっていて、それに合う漢字をわたしが辞書を引いて、名字とのバランスも考えて候補を選んでいったの。それで、一文字ずつアルベールに漢字の意味も教えてたら……、あの、琥藍のクは、宝石でもある琥珀《こはく》の一文字めと同じでしょう。

だから、宝物って意味にもなるわよね。ランの字は、わたしの好きなテキスタイルの藍染《あいぞめ》の藍という字で……愛情の愛と、音が同じなのよって言ったら、アルベールが、『ぼくたち二人の愛の宝物ってことだね』って言って……とにかく、そういう意味よ」

若干文脈の乱れた説明を無理やり打ち切って、両手で顔を覆って壁の方を向いてしまった。

おかしな織絵の態度に戸惑っている琥藍の横で、椎名が楽しそうに笑い出す。

「つまり、たくさんの仲間がいる『愛の宝物』が琥藍ってことなんだ？　親の想いがたっぷり詰まった名前だったんだなー。よかったな、琥藍」

笑いながら肩をたたかれても、何と返事したらいいのかわからない。べつに嫌ではないし、少しだけ——照れくさくて、くすぐったいような気がしないでもないけど。

一方の織絵は、『愛の宝物』というストレートかつロマンティストすぎる名づけの告白がよほど恥ずかしかったのか、壁の方を向いたまま顔をこっちに戻そうとしなかった。

何回か呼びかけていた椎名が苦笑して、それからふと何か思い出したように瞳をきらめかせる。

「そういえば織絵さん、俺、さっき気付けになるものがないかってキッチンを探してたら、おもしろい部屋を見つけましたよ」

少しだけ、織絵がこっちを向く。怪訝そうに数回目を瞬いた織絵が、ハッとしたように目を見開いた。白い頬が再びさっと朱に染まる。

「駄目よ！」

椎名は笑ってかぶりを振る。

「俺は琥藍にあれを見せてやりたいです」

「見せたくないわ」

自分の名前を出されて戸惑うものの、織絵は頑《かたく》なな表情で拒絶している。相変わらず頬は赤い。

椎名が織絵を見つめて、静かに言った。

「つらかったのは、織絵さんだけじゃないですよ」

何が響いたのか、織絵が唇を噛んで瞳を伏せる。逡巡しているような間があって、しぶしぶといった口調で呟いた。

「……一分だけなら」

「五分」

「二分……」

「じゃあ三分で」

にっこりして椎名が強引に手打ちにする。何が起きてるのかまったくわからない。

「椎名」

問うように呼びかけたのと同時に、椎名がこっちを向いた。楽しげに瞳をきらめかせている。

「琥藍、ちょっと来てみろよ」

腕を取られて、戸惑いながらも立ち上がる。部屋を出る前にちらりと織絵の方を見たら、彼女はいたたまれないと言わんばかりにさっき以上に真っ赤になって、壁の方を向いていた。謎だ。

椎名に腕を引かれるままに廊下に出て、上ってきた階段のある反対側、窓のある突き当たりの壁の右手にある部屋のドアの前に来た。

織絵の家は全体的に色味が少ないうえにトーンが落ち着いていて、並んでいるドアは壁の白とはニュアンスの違う白、もしくはグレーだ。それなのに、二つだけ色の違うドアがある。

さっき出てきた織絵の部屋と、今目の前にある部屋のドアだ。

わざと微妙な塗りむらを残している白い壁にも馴染むように、ところどころ色味を落としてある紫がかった深い青色。褪《あ》せた藍色と言った方が早いかもしれない。

繊細な透かし模様の入ったアンティークのドアノブに手をかけた椎名が、悪戯《いたずら》っぽく笑って大きくドアを開けた。

「インディゴの間へようこそ」

室内が見えた瞬間、唖然とした。

広々とした部屋は、このままショップにできるくらいディスプレイにも凝って、大量の服が置かれている。……どれも琥藍がデザインした『インディゴ』のラインだ。最初期のものから最新のものまで、全種類、全カラー揃っているように見える。

これだけ揃っていると圧巻だけれど、居心地が悪い。織絵は椎名からインディゴのデザインを琥藍がしていることを聞いて、集めてきたのに違いないから。

（こんなの、子どもの作品を取っておく親みたいだろう……）

常々馬鹿馬鹿しい、と思ってきた親バカな人々の収集癖を、まさか自分の知らないところで織絵までもが発揮していたなんて信じられない。しかしさっき名前の由来を聞いていた時にも、その片鱗《へんりん》は確かにうかがえた。

複雑な気分になっている琥藍に、椎名が楽しげな声でさらに打撃を与える。

「ほら、こっちにはモデルもやってるデザイナー本人の写真もあるんだぜ」

椎名の指さしたところに飾ってあるのは、額装してある大きなスチール写真だ。壁にバランスよく、大小合わせていくつもレイアウトされている。

仕事柄、自分の写真が大量に並んでいたところで特に恥ずかしさなんて感じないけれど、この部屋を作り上げてきたのが織絵ということがわかるだけになんとも落ち着かない気分になった。

いくらアーティスティックにレイアウトされていても、やってることは自分の子どもの写真や絵を壁にペタペタ貼《は》っているのと同じだ。

「琥藍、こっちに来てみろよ」

「……もういい、これ以上見る気力がない」

部屋の奥、壁一面に並ぶキャビネットや本棚の前で手招く椎名に断りを入れるのに、よくも悪くもお節介で面倒見のいい恋人はわざわざ腕を引っぱりに来る。

「そう言うなって。これでぜんぶだから」

「もう三分経っただろう」

「俺の時計だとまだだから気にすんな」

時計の針の刻む速度は共通だ、と呟くより早く、目的地の大きなキャビネットの前に押しやられた。椎名が両開きのガラス戸を勝手に開ける。

大量にある雑誌を一冊抜いて、付箋《ふせん》のところをチェックしてにやにやし始める。

「やっぱりこれ、琥藍が載ってるとこに付箋つけてある。あ、こっちの本棚はアルバムみたいだぜ」

「……何でこんなに大量のアルバムがあるんだ」

二十年以上会っていないのに、とため息をつきたい気分で呟くと、椎名が笑って答えを寄越す。

「黒江さんと俺がこつこつ写真を送ってきたから。最近はデータになってたんだけど、ちゃんとプリントアウトしてファイリングしてるとか、織絵さんって几帳面でマメだよなー」

キャビネットのひとつには、織絵のオリジナルデザインの布で綺麗にカルトナージュされた箱も積んであった。中身は黒江からの月報、椎名からの手紙だ。二十年に渡って、きちんと年ごとに保管されている。

ここまできたら、もう呆れるしかなかった。

「……俺はずっと、物静かで熱烈なストーカーに遭ってたんだな」

「で、俺も協力してた」

苦笑する琥藍に、椎名が笑って片手を挙げて自供する。

ふと、琥藍は目を瞬《しばた》いた。

織絵に椎名が協力していたことで、一度、琥藍と椎名の繋がりは完全に壊れかけた。それがもう、こんな風に軽い冗談になりうるのだ。

絶対に許せないと思っていたことや、自分は間違えていないと信じていたこと、何も見ようとせず、何も聞こうとしなかったこと。

何かを思い込みすぎると、世界は狭くなる。

そのくらいわかっていたつもりだったのに、固く閉ざされた殻の中で、自分はずっと安心しようとしていたのだと思う。

人は往々にして見たいものだけを見ようとし、聞きたいことだけを聞こうとする。それがどんなに愚かなことでも、その方が本人にとって都合がいいからだ。

何かを得るために。

または拒むために。

きちんと目を開いてみれば、世界の色は違うかもしれないのに。

自分も、ずっと織絵のことを見ようとしていなかった。存在そのものをなかったことにして、それで心の平安を得ようとした。

幼いうちは、知識も足りなければ想像力や理解力もまだ十分じゃないから、心を守るためにそういうことも必要だったかもしれない。でも、大人になってまで逃げ続けてしまったのは怠慢だったと思う。逃げている自覚すらなかったけれど、相手を知ろうとしなければ話ができるわけがない。

こうして知ってみると、呆れるほどに織絵は自分のことを気にかけていた。

彼女にとって、琥藍という子どもはどうでもいい存在ではなかった。

自ら織絵のことを知ろうとしなかったのに、琥藍が今、こうやって彼女の本心を知ることができるのは、椎名のおかげだ。

琥藍が断ち切った後も、椎名が繋いでいてくれた。いつか二人に親子としての関係ができることを信じて、ずっと繋いでいてくれた。

繋いでいることを黙っていたのは、まだ話を聞く耳を持てない琥藍に知られた場合、どうなるかを椎名もわかっていたからだ。

椎名は優しい。そして、勇気があると思う。

自らが傷つく可能性があることをわかっていて、見て見ぬふりはしなかった。人ごとだからと放っておいたりはしなかった。

琥藍の頑《かたく》なさが和らぐ日が来る確証なんてどこにもなかったのに、琥藍のために、織絵のために、仕事でもないのに二人の間をひそやかに繋ぎ続けた。

それは、琥藍のことをずっと好きだったからだという。琥藍のことを愛しているから、幸せになってほしいからそうしてきた、と椎名は言った。

不思議な感慨を覚えながら、琥藍は椎名に目を向ける。

幼馴染みは琥藍がデザインし、自らがパターンを作ったごく初期の服を懐かしそうに見ている。

インディゴはスタンダードな形をベースに少しひねりを加えたデザインが多く、あまり流行に左右されない服が多い。それでも業界にいる人間から見れば、今のモードより少し古い印象を受けるサイズ感やテクスチャーというのはある。何年も前の服は、やはり最新のラインとは違う。

それなのに椎名は、ひどく大切そうに、楽しそうに眺めていて、まるで二人の間にできた子どもでも見ているかのような眼差しだ、とふと思う。

（ある意味、そうなのかもしれないな……）

二人で作ったものだ。琥藍と椎名がいなければ、この世に生まれなかったものたち。

一度生み出されたものは独立する。親のあずかり知らないところで勝手に歩き出す。

でも、親にとって子どもは子どもだ。それは親子関係がどうこうというのじゃなくて、単純な事実として。親としての興味があってもなくても、その人が生み出したという事実だけは変わらない。

琥藍はずっと、自分を生んだ女がいるということだけしか織絵には認めないようにしてきた。相手の感情に何の期待も抱かないようにしてきたし、興味も持たないようにしてきた。

織絵の方もそうだと思っていた。

だけど違った。違うことを知った。

織絵は織絵なりに、母親としての感情を持っていた。

琥藍は部屋全体を見回す。

すみずみまで溢れる、織絵の想い。琥藍の気配。椎名と黒江の協力。

小さく、苦笑に似たやわらかい笑みが零れる。

いくら織絵の本心や過去を知ったからといって、生まれてこの方親子として関わってはこなかったのだ。いまさら普通の親子らしい関係になるのはきっともう無理だろう。

でも、友人のようなものにはなれるのかもしれないと思う。

変わらないものはない。いいようにも悪いようにもできるし、それは二人の努力次第だ。

そのことを、琥藍はもう理解できている。

椎名との関係が甘く優しいものに変わったように、織絵との関係もいい方向に変わってゆけばいい。

もう一度、幼馴染みに瞳を向ける。なんとなく満たされた思いでじっと見つめていると、視線を感じたらしい椎名がこっちを見た。

少しつり目がちの綺麗な瞳と目が合った瞬間、ごく自然に、口から声が零れていた。

「……ありがとう、椎名」

「うん」

頷いて、にっこりと椎名が笑う。

大きな窓から入る四月の明るい午後の日差しを背に、インディゴの服に囲まれて椎名が笑っている。

お礼を言われるだけのことをしたとわかっていても、それが大したことではなかったように。当然のことをしただけのように。

不意に強く、温かい想いが胸に溢れた。

渦巻いて、溢れて、激しいのに優しく、痛みに似ているのに甘さを含む。椎名といる時はいつだって胸にあったのに、何と呼べばいいのかわからなかったこの感情。

それが言葉にせずにはいられないほどに溢れたことで、琥藍は目が覚めたような思いで理解する。

「椎名」

「ん？」

「愛してる。やっとわかった、俺は椎名を愛してるんだ」

理解できた感情を溢れてくる気持ちのままに声にすると、椎名が大きな瞳をさらに見開いた。

表情は固まったままで数回口をはくはくさせて、突然しゃがみこむ。

「どうした⁉」

ぎょっとして駆け寄るのに、膝に顔を埋めるようにしてしゃがみこんでいる椎名は顔を上げない。

「……なんでもない」

下を向いたままくぐもった声で答えられて戸惑うものの、よく見たら耳が赤い。……いや、正しくは耳まで赤い。首筋までうっすら染まっている。

これは照れているのだ、と気付いたら、どうしようもなく愛おしくなった。身体が勝手に動いて、小さく丸くなった体を上から抱きしめてしまう。溢れてくる気持ちを言葉にせずにはいられなくて、琥藍は囁いた。

「愛してる、椎名。今、すごく可愛い」

「うわー、やめろ！　頼むから！」

湯気が出そうなくらいに熱くなった顔で、椎名が腕の中でじたばたする。ものすごく可愛いけれど、頼まれた内容に琥藍は困る。こっちとしては、胸に溢れている気持ちを全然言い足りない。でも、大事な恋人が嫌がるようなことはしたくない。

「言われるのは嫌か？」

確認してみると、じたばたが止まった。僅かな間の後、これまで見たこともないくらいに鮮やかに染まった顔を椎名が少し上げる。少し涙目になっているのが、やっぱりものすごく可愛い。

「……嫌なわけないだろ。でも、慣れないからめちゃくちゃ恥ずかしいんだよ」

ほっとする。

「じゃあ慣れるまで言う」

「ありがたみがなくなる……」

「それでいい。俺の気持ちはありがたがってもらわなくても変わらないから」

本心から言うと、椎名が複雑そうな顔になった。それから、甘い苦笑を見せる。

「気障《きざ》……似合うのがまた腹立つっていうか。でも、俺も琥藍を愛してるぞ」

「ああ」

さらりと言ってくれる恋人に、唇をほころばせて頷く。と、叱られた。

「あっ、もっとありがたがれよ」

「それもそうだな。椎名が俺を愛してくれてるなんて、俺にとって最高の幸運で素晴らしい奇跡だもんな」

もっともだと思って言ったのに、少し落ち着きかけていた椎名の頬の赤みがみるみるうちに濃くなっていった。あまりにも可愛くて、思わず染まった頬にキスを落とす。

「ちょ……っ、だから琥藍、真顔でそういうさあ……」

すねているのと照れているのの中間みたいな顔で言いかけた椎名が、はっと息を呑んだ。大きな瞳は見開かれて、一点を見つめている。

何ごとかと視線をたどると、ドアの隙間には織絵の姿。

「……ストーカーか」

「だって、三分以上経つのに戻ってこないんですもの」

呆れて言ってやったのに、あまり悪びれた様子もなく言い訳する。それから大きくドアを開けて、嬉しそうににっこりした。織絵のこんな表情は想像したこともなかったけれど、悪くない。

「椎名くんを選ぶなんて、見る目があるわね、琥藍」

織絵の声で不意に我に返ったかのように、腕の中で完全に固まっていた椎名が声にならない悲鳴をあげた気配がした。慌てて逃げ出そうとするから、琥藍は腕に力を入れてしっかりと恋人を抱きしめる。

「ちょっ、琥藍……！　お前、母親の前で……っ、ていうか、いや、これはですね織絵さん……っ」

「あら、わたしのことは気にしないでいいのよ。実を言うとわたし、椎名くんが二人めの息子になってくれたらいいのに、ってずっと思っていたの」

　にっこりしての織絵の言葉に、椎名は絶句して逃げ出そうとするのを忘れたようだった。ここぞとばかりに琥藍は椎名を腕の中に抱いたまま、壁際の白いソファに移動する。どうせ恋人を抱いているのなら、座り心地がよくて安定感のある場所の方がいいから。

　現実逃避中なのか呆然としている椎名を抱いている琥藍の横に、嬉しそうな笑みを浮かべた織絵がやってくる。

「いいわね、二人でいるととても絵になるわ。写真が欲しいわね」

　長年写真ばかり見てきたせいかそんなことを言う織絵に、琥藍は軽く肩をすくめて返す。

「黒江に頼めばいい」

「そうするわ」

「……いや、おかしいですよこの会話」

　ようやく現実に戻ってきたらしい椎名が言うけれど、琥藍と織絵は首を傾げる。

　似たような角度で首を傾げて怪訝そうにしている二人の顔を見て、椎名が苦笑めいた、それでいてやわらかな笑みを見せた。

「……もういいです。ていうか、織絵さんに反対されなくてよかったです」

織絵に反対されたところで琥藍は気にしないけれど、椎名にとっては違うらしい。織絵が目を瞬いて、少し照れたように微笑《ほほえ》む。

土地柄と職業柄もあってか息子に同性の恋人がいてもまったく動じない母親は、いいことを思い付いたと言わんばかりに軽く手を拍《う》って提案してきた。

「そうだわ、わたしから椎名くんにウエディングドレスをプレゼントしてあげましょうか」

ちらりと目を向けると、腕の中で恋人は唖然としている。それでも綺麗な顔をしている椎名に織絵のデザインする優雅なドレスは似合うだろうけれど、琥藍は断った。

「椎名に着せる服はぜんぶ俺がデザインするから、いらない」

「待て、俺はドレスなんか着ないぞ！」

「じゃあタキシードにする」

慌てた声での主張に服の形を譲ってやると、椎名がこめかみを押さえて嘆息する。

「ていうか、前提が間違ってるだろ……」

「プロポーズがまだだったな」

結婚式を挙げるという前提を違うと言われているのはわかっているけれど、椎名を手放す気なんかないからわざと気付いていないふりで答えてやる。

でも、ずっと琥藍のことを見てきて、唯一理解してきてくれた恋人を相手にとぼけてみたところで何でもお見通しだ。少し困ったような顔で肩越しにこっちを見上げた椎名が、最終的にゆっくりと笑み崩れた。

こっちを楽しげにきらめく瞳で見つめて、琥藍のデザインした特別な服を着る条件を出す。

「ヴァージンロードは歩かないからな」

ほっとして、琥藍は頷いた。

「椎名が一緒に歩いてくれるんなら、どんな道でもいい」

「……真顔だし」

笑う椎名を腕に抱いて、琥藍も胸の内側から溢れてくる感情に唇をほころばせた。

あとがき

こんにちは。または初めまして。間之あまのでございます。

このたびは拙著『片恋ロマンティック』をお手に取ってくださり、ありがとうございます。

こちらはルチル文庫さんからは四冊目の、通算では八冊目のお話となっております。

今回のお話は、ある時ふと「ロマンティックに愛してベイビー」というフレーズと、そのフレーズを元にいくつかバリエーションを思い付いて、それらをタイトルにして連作できないかな、と考えたのをきっかけに生まれました。

ちなみに今作は、「ロマンティックに愛して」ということは現在ロマンティックじゃない関係で、片想いっぽい……好きな人のセ◯レ⁉（↑何故か伏せ字）という流れで、椎名と琥藍に繋がりました。キャラクターの性格や背景を考えていると勝手にお話が出来てくるのですが、ワンフレーズからここまで展開するなんて書いた本人もびっくりです（笑）。

と言いつつタイトルが違うのは、最初のフレーズが長すぎたせいです。「背表紙がぎゅうぎゅうになります……！」と忠告されて数えてみたら、なんと十五文字もありました（笑）。短縮しようと改題案を出したところ、その中の単語を組み合わせて担当のF様が今回のタイトルを思い付いてくださいました。綺麗で可愛いタイトルになったので、お気に入りです♪

イラストは、驚くべき幸運に恵まれてなんと高星麻子先生に描いていただけました。

高星先生のイラストはもう本当に期待通りと言いますか、キャララフが届いた時はあまりの琥藍の美しさ、格好よさに感激してしまいました。椎名も男前なキャラが感じられる美人さんで、ああ、この子たちはこういう顔をしてたんだなあなんて納得していました。

それにしても、高星先生のイラストでイノサンを見られるとは……！　イラスト指定をしたF様、なんというツワモノでしょう（笑）。そして見事に描いてくださった高星先生、素敵すぎます！　カラーも繊細で美しくて、しみじみと嬉しいです。高星先生、素晴らしいイラストを本当にありがとうございました。イノサンも感涙しています（笑）。

今回は少しだけページが余ったので、あとがきの後にちょこっとおまけページを添えてみました。ささやかですが、椎名に「無自覚でめろめろ」だった琥藍が「自覚のあるめろめろ」になった様子を楽しんでいただけたら嬉しいです♪

読んでくださった方が、少しでも幸せな気分になったらいいなあと思っております。楽しんでいただけますように。

間之あまの

雪花の季節に

◇その後のロマンティック◇

マンションのドアを開けると、ふつふつと煮込まれているトマトソースの美味《おい》しそうな香りが漂っていた。椎名《しいな》は唇をほころばせて、軽い足取りでキッチンへと向かう。

「ただいま。晩メシ、何？」

「ペスカトーレとサラダ。おかえり、椎名」

質問への答えを先に返す律儀《りちぎ》さは、とても琥藍《くらん》らしい。

仕事用のバッグをソファに放って、ものぐさをしてキッチンのシンクで手洗いとうがいを済ませると、調理を中断した恋人に待ち構えていたように抱き寄せられた。いつもの「おかえりのキス」だ。照れくさいけれど、以前はなかった恋人感がちょっと嬉《うれ》しい。

現在五月半ば、琥藍は三カ月のオフのまっただ中だ。そして脱・王族もどきの修業中。

要するに、暇に飽かせてスーパー家政婦から家事を学んでいるのだ。おかげで毎晩、温かくて美味しい食事と恋人が待つ部屋に帰ってくる幸せを椎名は享受している。

かつて「大抵のことは努力しなくても上手《うま》くやれる」と言ってのけただけあって、琥藍は本当に驚くほど器用で、勘も覚えもいい。師匠の黒江《くろえ》女史も「このままではわたくしの仕事がなくなってしまいます」と少し困った口調で――それでいて孫の優秀さを喜ぶ祖母のように目を細めて――呟《つぶや》いていたくらいだ。

「そういえば黒江さんは？」

魚介たっぷりのパスタに舌鼓をうちつつ聞いてみると、さらりと思いがけない返事がきた。

「後でまた来ると言って織絵《おりえ》の家に戻ったが、椎名を避けたんだと思う」

「えー、何で？」

「椎名が食事の同席を求めるからだろう」

イカを咀嚼《そしゃく》していた椎名の口が、少しへの字になる。確かに「家政婦は主人の前で食事などいたしません」とにべもなく断る黒江女史に懲りることなく、椎名は「琥藍の家事の『師匠』なんだからいいじゃん」と何度も誘ってきた。琥藍と黒江女史がもっと仲良くなればいいと思ってのことだったけれど、お節介がすぎたようだ。

「一緒にご飯食べるのって、そんな嫌なもん？」

「嫌と言うより、戸惑うと言っていた。黒江は昔気質《むかしかたぎ》だからな」

「琥藍は？　黒江さんと一緒に食事することになったら琥藍も戸惑いそう？」

「いや、べつに構わない」

「構わないって……」

微妙に突き放して聞こえる言い方に苦笑すると、琥藍が真顔で言葉を足した。

「以前だったら違和感を覚えていたかもしれないが、椎名から黒江が俺のことを心配して取り乱したって聞いて以来、黒江のことをただ仕事に忠実な家政婦だと割り切って見なくなった気がする。何て言うか……上手く言えないが、近く感じるようになった。だから、食事を一緒にするのも構わない」

「……ん、そっか」

ふわりと胸が温かくなって、顔がほころぶ。

母親と直接会って話した日から、琥藍は少し変わった。母親の織絵はもちろんのこと、黒江女史やイノサンを含む、周りの人に対する態度から無関心さがなくなったと思う。

琥藍がこの調子なら、そのうち黒江女史が一緒に食事をする日も来るかもしれない。

(あ、一緒に食事といえば……)

会社からの帰路でかかってきた電話を思い出して、聞いてみる。

「あのさ琥藍、うちの親に会う気とかある？　琥藍が長期休暇中なんだったら、食事でもどうって言ってんだけど」

「椎名のご両親が……？」

「相当久しぶりだろ？　小学校以来だもんな」

琥藍が頷《うなず》く。微妙に複雑な顔に気付いて、椎名は苦笑して恋人の懸念をフォローした。

「ちなみにまだ誤解してたらいけないから言っとくけど、うちの親は織絵さんから金とかもらってなかったから。普通に琥藍のこと、礼儀正しくてしっかりした子だって気に入ってたんだからな」

「……ああ。悪かった」

気まずそうに瞳を伏せた恋人は、もうちゃんとわかっている。金銭を介さなくても成り立つ友情や愛情や好意、そういう親愛の気持ちがあるということを。

両親との食事会の日程を決めていたら、思いがけないくらい真剣な表情で切り出された。

「椎名、俺は当日何を着て行ったらいい？　手土産《てみやげ》は何が喜ばれるだろうか」

「ん？　べつにいつも通りでいいんじゃないの。手土産とかなくていいし」

「いや、恋人のご両親に改めて挨拶《あいさつ》に行くからには、きちんとしたい」

「…………いや、待て。待て待て待て！　そういうアレじゃないぞ⁉」

ぎょっとして誤解を訂正しようとするのに、琥藍はあっさりと頷く。

「わかってる。が、俺にとっては気持ちのうえでそうだし、今後に備えて万全を期したい」

真っ直《ます》ぐに見つめてくる紫色の瞳は、至って真剣だ。

わかっていてこれなのか。ていうか、そういう心構えの恋人と両親を引き合わせるのか。

じわじわと顔が熱くなってきたと思ったら、ふ、と琥藍の眼差《まなざ》しが愛《いと》おしげに和らいだ。

「赤くなる椎名は、本当に可愛い。愛してるぞ」

もう本当に困る。自覚して以来、琥藍は椎名への気持ちを惜しげもなく口にするようになった。……でも、大好きな人から気持ちを伝えられるのはやっぱり嬉しい。

だから椎名は、もっと頬《ほお》が熱くなるのを感じながらも恋人に目を向けて、答えた。

「……さんきゅ。俺もお前を愛してるよ、琥藍」

✦初出　片恋ロマンティック……………書き下ろし
その後のロマンティック………書き下ろし

間之あまの先生、高星麻子先生へのお便り、本作品に関するご意見、ご感想などは
〒151-0051 東京都渋谷区千駄ヶ谷 4-9-7
幻冬舎コミックス　ルチル文庫「片恋ロマンティック」係まで。

幻冬舎ルチル文庫

片恋ロマンティック

2015年1月20日　　第1刷発行

✦著者　間之あまの　まの あまの

✦発行人　伊藤嘉彦

✦発行元　株式会社 幻冬舎コミックス
〒151-0051 東京都渋谷区千駄ヶ谷 4-9-7
電話 03(5411)6431［編集］

✦発売元　株式会社 幻冬舎
〒151-0051 東京都渋谷区千駄ヶ谷 4-9-7
電話 03(5411)6222［営業］
振替 00120-8-767643

✦印刷・製本所　中央精版印刷株式会社

✦検印廃止

ISBN978-4-344-83341-8　C0193　Printed in Japan